JAHNN

DREIZEHN NICHT GEHEURE GESCHICHTEN

Universal Bibliothek

BELLETRISTIK

Hans Henny Jahnn

DREIZEHN NICHT GEHEURE GESCHICHTEN

1987

Verlag Philipp Reclam jun. Leipzig

Mit einem Nachwort von Klaus Schuhmann

ISBN 3-379-00096-5

Reclams Universal-Bibliothek Band 1190
1. Auflage
Reihengestaltung: Lothar Reher
Lizenz Nr. 363. 340/60/87 · LSV 7301 · Vbg. 12,3
Printed in the German Democratic Republic
Grafischer Großbetrieb Völkerfreundschaft Dresden
Gesetzt aus Garamond-Antiqua
Bestellnummer: 6613371
00200

1 Ragna und Nils

Es war ein junger Fischer Nils. Er besaß ein schuldenfreies schönes Schiff. Es war ein starkes Schiff aus gutem Eichenholz. Es war sehr viel Kupfernes und Messingenes an Bord. Man konnte daran erkennen, daß die Taler, die in seiner Tasche klangen, nicht blechern waren. In der Kajüte, häuptlings an seiner Koje (es war die obere von zweien; in der unteren pflegte zu schlafen ein Bursche, ein junger Steuermann) war eine rote Locke befestigt. Nils hatte eine Braut. Zu fünfen waren sie. Fünf Männer waren auf dem Schiffe Nils. Sie lagen, wenn es die Zeit war, in den Wassern um Island und fischten. Es konnte geschehen, daß der Schiffsherr sehr plötzlich die Arbeit abbrach, in die Kajüte hinabstieg und die roten Haare anstarrte. Das war für seine Umgebung sehr ungewöhnlich. Sie mochten es nicht leiden, die anderen. Sie waren abergläubisch, wiewohl sehr beherzt. Als Nils wieder einmal in der Bucht seines Heimatortes Anker geworfen hatte (es war eine stille und flache Bucht, es war sehr viel Sonne an diesem Strand, es standen nur ein paar Häuser bis an das Wasser heran) und er an Land gegangen war, Geschäfte halber und um des Bodens willen, auf dem er geboren, der seine kindlichen Schritte geduldet, ging er nicht sogleich den Weg nördlich, am Gestade entlang, nach dem Hause seiner Braut, die ihn erwartete; – war doch das Schiff gekommen, das aus gutem Eichenholz gefügte mit den zwei gelben Masten und den braunen Segeln; – er narrte die Gewohnheit, er ängstete die Wartende. Er besuchte seinen Bruder im Gebirge, der einen Hof bewirtschaftete. Er sagte zum Bruder: „Am Strand wohnt eine, die rothaarig ist. Wir aber liegen in den nördlichen Buchten und fischen. Unsere Gedanken sind stark, aber nicht immer von bester Zusammensetzung. Ich habe nicht immer eine gute Ruhe bei meinem Geschäft. Wenn du in meiner Abwesenheit zuweilen den Strandweg benutzen möchtest, würde es mir wohltun." Nach diesem Gespräch erst suchte er die Braut auf. Er fand sie sehr verweint. Es konnte ermessen werden, sie liebten einander sehr. Das Schiff trug nach dem Mädchen den Namen Ragna. Sie fand ihn ungerecht. Dieser Mann konnte besser mit dem Fahrzeug verglichen werden. Er war sehr fest an den Muskeln. Sie sagte „Bär“ zu ihm. Aber er hieß nicht Björn, Nils war sein Name. Sie schaute ihn an. Daß er sehr groß war. Ein heller Mast. Daß er sehr schön war. Das gute Eichenholz, die kupfernen und messingenen Beschläge. Sie bat ihn, das Schiff umzutaufen. Nils solle am Bug stehen. Oder zum wenigsten Björn. Er verwarf Björn. Er sagte: „Vielleicht heißt ein anderer Björn. Mein Bruder heißt Björn.“ Sie war sehr betrübt, daß er einen Bruder hatte, der sich Björn nannte. Sie hatte es nicht gewußt. Sie hatte niemals nach seinen Verwandten gefragt. So sehr liebte sie ihn. Er sagte sehr still, daß es eine Erfindung sei, dieser Bruder Björn. Sie gingen hinab an den Strand. Sie fuhren über den grünen Spiegel der Bucht. Es war ein schöner Augenblick. Sie stiegen an Bord des Schiffes. Sie wußte sich vor Glück nicht zu fassen. Dies Schiff und diesen Mann. Es war ein gutes Schiff. Es roch nach Fischen, nach Islandsfischen. Island war eine weite Ferne. Der Name und der Geruch seiner Fische stimmten sie traurig. Doch überwog das Glück. Dieser Nils besaß blanke Buchstaben, die seinen Namen ausmachten. Er suchte sie in der Kajüte aus einem Schubkasten hervor. Er legte sie auf den Tisch. Mit Schrauben konnte man sie am Bug befestigen. Das sollte jetzt geschehen. Er nahm einiges Werkzeug. Ein starkes Hanfseil legte er sich um Schenkel und Brust. Ragna mußte ihn mit ihren Händen hinabgleiten lassen über das Wasser, vom Deck aus, vorn am Bug. Da arbeitete er nun. Und sie sah ihn nicht. Ihre Hände hielten ihn, ein wenig eingeschnürt, unterstützt durch ein paar Schlingen, die um zwei Eisenstäbe liefen. Die Arbeit war zwiefach: Backbord und Steuerbord. Auch einen Topf mit Farbe mußte sie ihm reichen. Als nun die Arbeit getan, stiegen sie in das Beiboot, umfuhren das Schiff. Da stand golden auf schwarzem Grund: *Nils Nils.* Sie gingen wieder an Bord. Sie wollten Kaffee bereiten. Zuvor erschien Nils eine andere Arbeit wichtiger. Er zog aus seiner Tasche die abgelösten, ein wenig ältlichen, patinierten Buchstaben. Über seine Lagerstatt heftete er sie an, in unmittelbarer Nähe des roten Haarbüschels. Und man konnte, nach wenigen Minuten schon, lesen: *Ragna Ragna.* Sie weinte fast und sagte: „Ich möchte immer dein Bett sein." – „Jetzt ist alles sehr richtig", antwortete er. Es mußte bald ihre Hochzeit kommen, denn ihre Liebe zueinander war sehr groß.

Er fuhr noch einmal aus. Wie er zurückkam, war er gesegnet gewesen. Das Schiff wollte fast bersten vor der Menge des Fanges. Er lief, Sehnsucht trieb ihn, die heimatliche Bucht an. Bestellte die große Feier seines Lebens. Dann fuhr er südlich. Um die Beute zu verkaufen für gutes Geld. Die Leute, die im Dorfe wohnten, sagten: „Dieser Nils ist ein reicher Mann. Er hat ein Schiff. Man weiß nicht, woher er es bekommen hat." Sie vergaßen ganz, daß er einer der Ihren, unterschlugen, ein Bruder von ihm wohnte im Gebirge. Waren auch seine Eltern gestorben, so gab es doch einen kleinen Grabstein bei der weißen Kirche, der von ihrem ehemaligen Leben an der Bucht berichtete. Aber die Kirche war eine Wegstunde vom Strande entfernt. – Sie alle freuten sich auf die verschwendende Hochzeitsfeier. Sie rechneten: in einer Woche oder in zweien, in dreien werde diese Freude eintreffen. Auch der Lendsmand meinte es. Es verstrichen die Wochen. Nils kam nicht zurück. Er mußte sehr weit südlich gefahren sein. Diejenigen, die das Böse wünschten, kamen hervor mit ihrer Meinung und ängsteten die übrigen, ein Unglück müsse geschehen sein. Da wurde nun die Ansicht über den Fischer sehr verändert. Die vier Männer, die mit ihm waren, hatten auch ihre Weiber und Geliebten an diesem Ort. Und ihr Kummer klagte den Menschen an, daß er durch unnatürliche Neigung zu der Rothaarigen die Kräfte des Untergangs angezogen. So war er schuldig. Und das Mädchen selbst (sie wurden sehr verächtlich, Waisenkind sagten sie, die von dem reichen Nils Ausgehaltene) schuldiger, weil es ihn behext. Es war eine große Sorge, die solche Meinung gebar. Die Wochen und Monate waren sehr lang. Es kam die Zeit heran, wo man sich erneut zum Islandfang hätte rüsten müssen. Da, eines Morgens, lag auf dem schwarzgrünen Spiegel der Bucht das Schiff, dieser *Nils*. Die fünf gingen wohlbehalten an Land und lachten, unbändiger Freude voll. Und trugen mit sich Kisten und Kasten. Dieser Nils verstand das Leben. In Spanien hatte er den Fang verkauft. Das war keine Ausbezahlung in harten Silbertalern gewesen: Gold, lauter

Gold, säuberlich in Beutelchen verwahrt, war sein Besitz geworden. Und er hatte mit den vieren geteilt, wie sie es im Heuervertrag ausgemacht hatten. Die fünf und ihre Weiber und Bräute und Kinder lachten. Auch der Lendsmand rieb sich die Hände in gutmütiger Anteilnahme. Von den übrigen Bewohnern aber ging eine Stille aus, eine Stille des Enttäuschtseins. Es war Ärger, daß sie unrecht behalten hatten. Es war Neid, des großen Reichtums wegen, der den anderen geworden war. Ragna hatte sehr lange geweint an der Brust Nils'. Sie erzählte ihm (nicht von den eigenen Herzsorgen) von dem Leid, das man ihr zugefügt. Sie wollte nun um so gewisser von ihm hören, daß sie geliebt war. Die Hochzeit wurde in ganz anderer Weise begangen, als man erwartet hatte. Es wurden die vier geladen, die Mannschaft vom Schiff, mit ihren Frauen und Bräuten. Nicht einmal der Bruder des Nils war herabgekommen. Dieser Mensch, dieser Schiffsherr, hatte den Bruder aufgesucht. Man wußte nicht, daß zwischen den beiden ein Gespräch, eine Abmachung getroffen wurde. Man wollte an Streit zwischen den beiden glauben. Und es war doch nur der Taumel eines kleinen Heimlichtuns bei Nils gewesen, der es so anrichtete, wie es hinterher kam. „Zweihundert Taler schenke ich dir für ein Pferd", hatte er gesprochen, „ich mache jetzt Hochzeit. Das ist ein Fest für zwei, nicht für viele. Ich möchte dich ungeladen lassen. Ich tue es nicht aus Feindschaft zu dir; bitte dich vielmehr, daß du mir die Freundschaft gibst und mich ohne Groll gewähren lässest." Ragna buk den Hochzeitskuchen: ein Kilogramm Mehl, ein Kilogramm Butter, ein Kilogramm Zucker, sechsunddreißig Eier. Es war ein gutes altes Rezept. Und die vier kamen auf das Fest. Zwei mit ihren Bräuten, zwei mit ihren Weibern, so daß zehn beisammen waren. In der Nacht aber wurden nur fünf Betten warm. Acht Tage lang verließ Nils das Haus nicht. Danach reiste er aufs Meer. Mit den vieren. Beim Abschied gab er, was er besaß, seiner jungen Hausfrau in Obhut. Und sagte noch, eingedenk der Furcht, die sie, als er lange ausgeblieben war, um ihn gelitten: „Was auch gegen dich und mich beschlossen sein mag, ich kehre zu dir zurück."

Nachdem das Schiff drei Tage fort war, fühlte Ragna, daß ihr Schoß blühte. Sie erachtete sich sehr erniedert und be-

gann zu weinen. Sie wartete einen Monat. Als das Bluten sich wiederholte, wurde es ihr schwer ums Herz. Sie ging nacheinander zu den vier Frauen und kundschaftete aus, ob es ihnen ergangen ihr gleich, nicht gesegnet zu sein. Sie kam zu den Ehefrauen. Sie waren guter Hoffnung. Sie wagte den Weg zu den Bräuten. Sie waren guter Hoffnung. Wie die Ehefrauen. An der Brust der letzten weinte Ragna. Sie mußte sich trösten lassen mit dem bescheidenen Trost, daß eine kurze Woche der Freude in die Zeit geringer Bereitschaft zur Mutterschaft fallen könne. Nun blieb nur das Wort in ihr: „ – ich kehre zu dir zurück."
Es kam eine sehr schlimme Nachricht ins Dorf. Der Telegraph verkündete sie. Es war eine ungewisse Nachricht. Sie besagte, die „Nils" sei wahrscheinlich mit der Besatzung in einem Sturm vor Island verloren. Der Lendsmand schlich zu den fünf Frauen. Er verlas mit gedämpfter Stimme, was da geschrieben stand. Seine Ernte war sehr gleichmäßig: Tränen. Er bemerkte auch, die Weinenden waren schwanger, die Ehefrauen und die Bräute. Die Bräute tröstete er, so gut er es verstand, daß die Kinder ehrliche Namen haben sollten. Nur Ragna, die rothaarige, fand keine Tränen. Sie hörte den Mann bis ans Ende an. Dann sagte sie: „Nein. Es ist ein Irrtum. Es ist eine Falschmeldung wie im Vorjahre. Nils hat mir zugesagt, er würde zurückkommen. Er wird kommen." Das war ihre Antwort gewesen. Als aber der Beamte gegangen, wollte heimliche Furcht ihr das Herz abdrücken. Mit Neid dachte sie an die vier Frauen, die guter Hoffnung waren. Nils mochte tot sein, trüge sie nur ein Kind von ihm. Es war eine große Verwirrung in ihr. Die Zeit verstrich. Das Schiff war überfällig. Es mochte schon Wahrheit sein, daß es gescheitert. Was lag auch an dem Schiff? Nils würde kommen. Nils würde über das breite Wasser zu ihr kommen. Sehr verspätet. Ein weiter Weg. Er würde sie schwängern. Vielleicht verließ er sie danach wieder. Es sollte ihr gleichgültig sein, wenn er nur käme und ihr etwas schenkte. Es war ein böser Winter. Alle Freude war erdrosselt. Es war eine Strafe über den Ort gekommen. Niemand wußte wessentwegen. Niemand wagte den Namen der Rothaarigen über die Lippen. Die Lehre des Vorjahres wirkte noch. Die Hoffnung war nicht unwiderruflich tot.

Der Bruder des Nils kam herab an den Strand. Er wollte der Schwägerin ein paar Worte sagen. Er war der Bruder des Toten, ob sie ihn auch nicht kannte. Er war nicht bei der Hochzeitsfeier zugegen gewesen. Das Heimlichtun rächte sich. Da er feige war, Tränen zu sehen, wartete er, bis der Abend herab war. Er klopfte gegen die Tür. Es war kein Licht in der Stube. Doch wurde er eingelassen. Es hing ihm jemand am Halse und küßte ihn mit Inbrunst. Er hatte niemals vorher solche Lippen gefühlt. Ihm wurde sehr warm. Er schämte sich. Er wollte stammeln. Und ermaß nur, daß hier eine Qual leidenschaftlich war wie das Meer, das gemordet hatte. Er hörte an seinem Ohr flüstern: „Nils, Nils." Und erschrak. Er wollte schreien, er sei der Bruder, nicht der Tote, er sei Fleisch, nicht ein Gespenst. Daß er nicht über die Wasser gekommen. Aber das laute Wort erstarb in seiner Kehle. Er hielt hin diesem Ansturm der Liebe. Er flüsterte nur, um wahrhaftig zu bleiben: „Ich bin Björn, Björn bin ich." Seine Stimme aber schien nichts zu bewirken. Es wurde eine Antwort, die nicht im Widerspruch zu dem Empfang stand: „Mein Bär bist du, mein Bär. Nun heißt das Schiff nicht Ragna, nicht Nils, *Björn* heißt es." Sie zog ihn in die dunkle Stube. Mit ihrem ganzen Leib umfing sie ihn. Er hatte dergleichen niemals erlebt, wiewohl er Weib und Kind besaß. Es betäubte ihn. Da war plötzlich das Fleisch der Frau in seinen Armen. Seine Hände tasteten an ihrer vollkommenen Nacktheit. Sein Herz wurde warm an der Gestalt, die er mit Händen wahrnahm. Ihre Stimme aber flehte: „Geh nicht von mir, geh nicht zurück über das Meer, ehe mein Schoß nicht gesegnet ist." Da war das Bett warm von den zweien. Er schlich fort, ehe die Nacht vorüber. Sie schien zu wissen, daß sie ihn nicht halten konnte. Ehe er am Wege war, hauchte ihre Stimme: „Eine kurze Nacht der Freude kann mich in geringer Bereitschaft zum Mutterwerden finden. Über vierzehn Tage wieder erwarte ich dich." Und er kam. Und er fand eine Lagerstatt, deren Süßigkeit ohnegleichen war. Die Stimme sagte: „Ich möchte immer dein Bett sein."
Die vier Frauen gebaren ihre Kinder. Und die der Bräute wurden ehrlich geschrieben, weil ihre Väter tot waren. Es war sehr viel Leid an den Wochenbetten. Ragna besuchte die vier und zeigte mit Händen auf sich und sagte: „Auch

ich habe empfangen." Und lächelte. Man glaubte es ihr nicht. Und bemitleidete sie, weil ihr Geist krank erschien. Man trieb sie in einen Hinterhalt und fragte: „Wann denn wirst du gebären?" Und sie rechnete an ihren Fingern aus, in welchem Monat es sein würde. Eine unbeherrschte Frau pfiff durch die Zähne: „Seit wann kommen die Toten ins Ehebett?" Ragna nickte mit dem Kopfe, lächelte und antwortete: „Er ist gekommen. Er hatte es versprochen. Er ist zweimal gekommen." Wie sie es errechnet, in einem späten Monat gebar sie einen Knaben. Die Weiber des Dorfes sagten: „Es stinkt." Und fragten: „Geht ein Weib fünfzehn Monate schwanger? Und ist nicht berichtet worden, daß sie im Hochzeitsbett nicht empfangen?" Niemand aber konnte den heimlichen Liebhaber nennen. Die Mutter beharrte, das Kindes Vater sei Nils. Der Lendsmand schrieb den Knaben ehrlich, weil der Pfarrer es anempfahl; der lange mit Ragna gesprochen. Ihr Glück war sehr groß. Ihre Brüste waren zwei Brunnen, weiß und feingeädert. Wenn das Kind schlief, dachte sie daran, daß dem, der zweimal über das Meer gekommen, ein drittes Mal nicht schwerfallen könne. Und sie rief ihn mit ihrem Herzen. Und war dessen gewiß, daß er sie höre. Und schon daran war, die Pilgerschaft zu tun. Bald würde er über die Schwelle treten. Und er kam. Er sagte nur ein Wort: „Das Kind." Und sie antwortete: „Unser Kind." Sie führte ihn an die Wiege, daß er es betaste. Sie hörte einen schweren Atem in ihm. Und ein Schluchzen. Und es war ihr, als fühlte sie eine Träne seines Auges in ihren Händen. Da hatte sie das Bett für ihn bereit. Er aber widerstrebte. Doch überwand sie ihn mit der Weichheit und dem Duft ihres Leibes und der Süßigkeit ihrer Verheißung. Und der Pilger sank hin. Und versprach, wieder einzukehren. Er brach sein Wort nicht. Als nun der Leib Ragnas sich zum zweitenmal wölbte und von ihren Lippen kam, daß wieder Nils sie gesegnet, da begann man Gift auf ihren Weg zu spritzen. Man schrie ihr nach: „Hure." Der Pfarrer kam zu ihr ins Haus. Er verhörte sie sehr christlich, aber sehr strenge. Sie lächelte. Sie sagte: „Nils ist über das Wasser zu mir gekommen." Der Lendsmand löste den Pfarrer ab. Die Hebamme versuchte, ihr Geständnisse abzupressen. Man alarmierte den Distriktsarzt. Der fuhr sie an, ob sie wünsche, daß auch er an das Märchen glauben solle. Sein

Zorn richtete nicht mehr aus als der Eifer der anderen. Er erklärte sie für geistig minderwertig. „Defekt im Hirn", schrie er auf dem Polizeiamt, „ungefährlich, aber verrückt. Wenn man nur ihren Beischläfer fassen könnte! Ein sauberer Bursche. Ein Vieh." Da ein zweites Kind geboren wurde, mußte der Lendsmand es in das Register eintragen. Kein Vater war nachzuweisen; es wurde nach diesem toten Nils benannt. Es gab einige Geistergläubige im Dorf, die Ragna für eine Heilige zu halten anfingen. Diese Menschen kamen zu ihr ins Haus, um mit der Auserwählten (wie sie meinten) das Wunder zu besprechen. Sie sanken vor den beiden Kindern in Verzückung und priesen ein Geschehen, das sich ihnen nur mit einer Ahnung entschleierte. Sie stärkten den Geist Ragnas. War sie allein, betete sie über der Wiege des zweiten Knaben ihren Lockruf an Nils, daß er über die Wasser zu ihr kommen möge. Ihr Schoß sei wieder eine frische Frucht. Sie mußte ihn oft bitten, ehe er ihre Stimme vernahm. Sein Weg mußte sehr mühevoll geworden sein. Er hatte sehr lange pilgern müssen. Da war diese Furcht in ihr gewesen, er sei auf ewig verschollen. Sie hatte sich die beiden Kinder an die Brüste gedrückt, die Augen voll Wasser. Er war ihrem Ruf endlich gefolgt. Er war gekommen. Sehr verändert, wie ihr schien. Müder. Mit vielen Seufzern in der Brust. Doch ohne Widerstreben war diese dritte Hochzeit geschehen. Es war eine lange Hochzeitsfeier. Die Nächte eines Monats füllte sie aus. Eine Nacht war wohl die letzte. Er mußte zurück über die Wasser. Sie fühlte es. Er weinte. Sein Atem wurde beladen. Als sollte die Trennung für alle Ewigkeit geschehen. Sie weinte mit ihm. Und er sprach aus, was ihre Seele zerriß, daß er nicht würde wiederkommen dürfen. Und verschwand in der Dämmerung und entglitt über die Wasser. Jetzt hatte der Tote Ruhe gefunden. Sie wurde sehr schwach. Das starke wohlgefügte Schiff mit den Planken aus Eichenholz war vor Island gescheitert. Nils in den Fluten ertrunken. Fünf Männer ertranken. Der eine aber hatte sein Versprechen halten müssen: „Was auch gegen dich und mich beschlossen sein mag, ich kehre zu dir zurück." Jetzt war sie Witwe wie die anderen. Und ertrug es schwerer als die anderen. Und klagte an, daß der Tote selbst die Zeit bemaß. Doch reifte in ihr das dritte Kind. Als es ruchbar wurde, kam ein schlechtes Schweigen in den Gemütern auf. Man übte Verhaltung. Diese Geburt sollte erst vorüber sein. Dann aber würde ein Strafgericht angezettelt werden. Die Dörfler wurden aufgebläht von dem Unheil, das sie stiften wollten. Sie fühlten sich beleidigt, genarrt, angespien. Doch ehe die Zeit sich erfüllte, kam anderswo das Schauderhafte ans Licht. Da war ein grauenvolles Verbrechen gewachsen. Dieser Björn hatte an einem Tage sein Weib und sein Kind mit einer Axt erschlagen. Und man wußte den Grund sogar. Die Ursache lag wie ein aufgeschlagenes Buch. Die Hausfrau war in einem Anfall von Traurigkeit auf die Straße gelaufen und hatte geschrien: „Björn hat Ragna geschwängert." Da war dieser Mord geschehen. Mit einer Axt. Dieser Björn, der ein Bruder des Nils war, hatte, blutbespritzt, mit blutigen Händen, ein Pferd aus dem Stall gezogen, sich fast nackend auf den sattellosen Rücken geschwungen, war galoppiert. Hinab in die Bucht. Ins Wasser. Reitend. Der Schrei über seine Tat aber war schneller gewesen als das Pferd. Es fuhren Boote auf der Bucht. Eine Hand faßte die Haare seines Kopfes. Das Pferd trieb ab, versank. Dieser Menschenkopf aber ging nicht unter. Das war ein wertvoller Kopf, ein Verbrecherkopf, Schädel einer Kanaille. Sie zogen den Leib aus dem salzigen Wasser hervor. Sie prügelten diesen Leib. Sie banden ihn mit neuen Hanfseilen. Sie brachten ihn in die Amtsstube des Lendsmands. Am Nachmittage schon kam ein Motorboot gefahren, einige Soldaten an Bord. Er wurde in das Fahrzeug hineingestoßen. Er würde auf Lebenszeit in einem Gefängnis vermauert werden. Als Ragna erfuhr, was geschehen war, wurde ihr Antlitz sehr steinern und weiß wie Kalk. „Es war Nils", sagte sie, „denn er hat mich geliebt. Er wollte über das Wasser zurück." Wie sie noch weinte, kam das dritte Kind. Sie gebar es stehend. Es fiel vor ihr auf den Boden. Sie hob es auf. Niemand war bei ihr. Sie wusch es, obgleich sie daran war, umzubrechen. Da waren nun drei Kinder in der Hütte. Alle sehr stark und sehr schön; aber der Name schon bestimmte ihnen ein schweres Leben. Sie hießen: Nils, Björn, Ragna. Die aber, die ihre Mutter war, war steinern. Sie konnte nicht lachen, ob sie auch die Kinder liebte. Da war der erwachsene Nils ihretwegen ertrunken und vermauert in einem Gefängnis.

2 Die Geschichte des Sklaven

Der Sklave begann seine Geschichte:
„Wer die Haltung aufgibt, o Herr, hat die Achtung der anderen verloren und ist daran, sein Leben zu verlieren. Verwundert Euch deshalb nicht, o Herr, wenn Ihr wahrnehmt, daß ich trotz des täglichen Brotes so vielen Unglücks, wie Ihr noch erfahren werdet, sofern Euer Ohr meiner Rede geduldig, es nicht verlernt habe, zu lächeln. Wenn Ihr deutlich seht, und Ihr werdet es tun, weil ich daran erinnere, müßt Ihr erkennen, daß die gewölbte Lippe, die Euch zuspricht und ermunternd einlädt zur Fröhlichkeit des Lachens, in der Mitte gespalten war – und sich doch mit Schorf und Narben wieder vereinigte, um nicht im glänzenden Gesicht lästig zu sein. Nur der Feige verkriecht sich, o Herr, wenn das Unglück zum Besuch bei ihm einkehrt; der Kluge aber empfängt es wie einen lange erwarteten Gast. Und schmückt sich, wie ich mich geschmückt habe. Wenn die Seide an meiner Haut auch jenen, ach, so beständigen Gast nicht schreckt, so vertreibt sie doch auch nicht die Augen der Vorübergehenden von mir, die ich beleidigen würde, gliche ich dem Bettler oder dem Krüppel. Daß ich ihnen gleichen könnte, o Herr, das werdet Ihr mir glauben, wenn ich Euch die volle Wahrheit gesagt habe, was wohl meine Pflicht ist, will ich nicht eines Tages von Euch den Schimpf ernten, daß Ihr mich Betrüger nennt, denn Ihr habt mich rechtmäßig von einem Makler gekauft, weil ich Euch gefiel. Und habt einen guten Preis für mich bezahlt, wie ich erfahren habe. Ich werde mich wert zeigen des Preises, wie ich Euch bitte, mir zu glauben, bis ich Gegenteiliges bewiesen habe.
Auf dem Markte hattet Ihr herausgefunden, ich duftete süß. Ich habe es wohl gemerkt, als Ihr zum erstenmal an mir vorüberginget, daß Eure Nase angenehme Luft einsog in meiner Nähe. Gleich begriff ich, Ihr hattet ein wohlwollendes Verständnis für die Zusammensetzung der Riechwässer, die ich auf meiner Haut verrieb; und ich würde nur zu Eurem Vorteil handeln, wenn ich mein Gewand am Halse ein we-

nig ausließe. Ihr verstandet meine Bewegung sogleich und antwortetet mit einem Lächeln und einem Handzeichen. Ihr grifft nach meinem Gewand und streiftet es mir ab, daß ich Euch bis zum Nabel herab nicht verborgen blieb. Ihr fandet mich wohlgewachsen und unbehaart.

Nun aber, Herr, wo die Stunde gekommen ist, daß ich mit meiner ganzen Gestalt vor Euch muß Rechenschaft ablegen, ob Ihr nicht etwa unnütz Geld vertan habt, bange ich doch, es sei zu viel des Lächelns gewesen, und Ihr, in eine Falle gegangen, wäret betrogen, da ich nicht weiß, zu welchem Dienst in Eurem Haus Ihr mich benützen wollt. Wenn Ihr Euch recht erinnert, und da ich daran mithelfen will, werdet Ihr's, verstand ich es, daß, wie auch immer Ihr den Kopf wendetet, Euer Auge doch nicht mehr an mir bemerkte als den vorderen Anblick meines Körpers. Ihr werdet nun verlangen, daß ich mein Kleid ganz abstreife. Ich werde es tun, o Herr. Doch bitte ich Euch, erlaubt mir, daß ich über meinen Rücken einen Mantel hänge, und vergeßt, während Ihr mich an allem anderen prüft, was ich Euch von meinem Rücken erzähle, daß er von Dolchstößen zerfetzt ist und gänzlich durch Narben entstaltet.

Es ist eine Geschichte, Herr, mit diesen Narben verbunden, wie mit der gespaltenen Lippe. Die Geschichte ist mein zweites Ich und Ursache dessen, daß ich nur halb noch menschlich anzuschauen bin. Und daß die zurückgebliebene Hälfte nicht schlecht erscheine, deshalb, o Herr, habe ich gelernt zu lächeln bei jeder Stunde. Und Ihr, o Herr, werdet Freude finden an dem Anblick des Bildes von vorn, das das Denkmal einer freudvollen Vergangenheit ist, wie Ihr hören werdet, wenn nicht lästig Euch, was meine Lippen vorbringen.

Wenn Ihr die Jahre von mir nehmt, o Herr, bin ich jung und ein Knabe. Ich war es zu der Zeit, wo der Anfang meiner Geschichte gesetzt werden soll. Es paßte auf mich das Wort des Dichters: – Es gibt eine Lotosblume, die auf dem Teiche schwimmt. – Doch auch ein anderer Vers war nicht im Widerspruch zu mir: – Wenn der Mond scheint, schleicht die Tigerin über die Felder. Ihr Fell ist gestreift mit den Flammen des Feuers; aber es ist das Schwarz der Nacht hineingewebt. – So war ich wohl schön an Gestalt, doch die Leidenschaft konnte aus mir brennen. Die Eltern wollten für mich einen Gespielen ausersehen. Da es ihr Wunsch nicht war, daß ich mich über ihn erhöbe, durfte er nicht weniger als ein Bruder sein. Sie mochten erahnt haben, daß meine Tugend leicht an meiner Eitelkeit scheitern konnte, und wünschten darum, daß jener ohne Gebrechen sei und von großem Ebenmaß des Körpers. Mir überlegen. Mein Vater war oft auf den Markt gegangen und hatte mit Maklern wegen eines Sklaven verhandelt. Immer wieder hatten angebahnte Geschäfte sich zerschlagen. Er fand stets einen Makel an dem Menschen, der mir als Gefährte dienen sollte. Eines Tages sang ein junger Bursche: – Des Tieres Same ist des Tieres Lust, des Menschen Lust ist der Genuß der Schönheit. – Es war noch früh am Morgen. Und die meisten Sklaven zitterten vor Kälte. Und saßen zusammengekauert, eingehüllt in ihre Fetzen. Dieser eine aber stand aufrecht, fast unbekleidet, ohne daß ihn fror, und sang mit leuchtender Stimme sein Lied. Er sang es um niemandes willen, denn es waren noch keine Käufer zur Stelle. ‚Ach, daß er schwiege!' seufzten die Beladenen. ‚Ach, daß er später krähen wollte!' schalten die Makler. ‚Wer ist es?' fragten die einen. ‚Wer wird es sein?' antworteten die anderen. ‚Unsereiner, der nicht weiß, daß er unsereiner ist', sagten die dritten. ‚Schönheit vergeht, Schminke besteht', sagte eine unfreie Hebamme. Sie sagte noch mehr über ihn. Dann kam mein Vater auf den Platz und besprach sich mit dem Makler. Es war derselbe, der den Singenden zum Verkauf anzubieten hatte. Er sagte von ihm den Vers: – Des edlen Pferdes Gang ist unvergleichbar; die Schönheit liegt im blanken Fell des Rosses. – Und fügte hinzu: ‚Es ist nicht zu viel über diesen Menschen gesagt. Es ist ein Geheimnis mit diesem Menschen. Er ist jung, ein Kind noch, wie Ihr seht. Er ist klug, er ist wohlgewachsen. Er versteht zu schreiben, zu lesen, zu singen, zu rechnen, zu fechten. Er spielt Laute und läßt mit Meisterschaft die Figuren auf dem Schachbrett sich tummeln. Er ist von angenehmen Umgangsformen. Nachsichtig, edelmütig, hilfsbereit. Ich habe eine Liste seiner Tugenden aufgestellt. Lest sie, Herr! Ich habe durch einen Arzt seine Maße nehmen lassen. Er erklärte sie für die vollkommensten, die Allah erdacht hat. Lest das Gutachten, Herr! Ihr werdet zufrieden sein.' – Er sprach es. Wurde dann aber, entgegen aller Gewohnheit, des Sprechens

müde. Und schloß mit dem Vers: – Wer wird das Gold anpreisen, da es das Maß der Werte ist? –
Er, den ich hier auf dem Markte beschrieben habe, wurde mein Bruder. Meine Eltern verschwiegen mir, daß er der Sohn einer Sklavin. Sie gaben ihn frei am ersten Tage nach dem Kauf und ließen durch einen Notar niederschreiben, daß es so sein solle. Die vollkommene Schönheit meines Bruders stachelte mich an, daß ich ihn bat, wir möchten Freunde werden. Er war es zufrieden. Und meine Eltern beglückte es, daß ich neben den Verpflichtungen der Schicklichkeit eine solche des Herzens auf mich nahm; denn er hatte sich als das edle Metall erwiesen, als das er ausgegeben worden war. Es war wohlsein in seiner Nähe. Und nicht grundlos war das Frohlocken meiner Erzeuger, sahen sie doch, daß meine Heftigkeiten an seinem Beispiel und meiner Liebe zu ihm in Edelmut umschlugen. O Herr, sie priesen Allah, daß er ihnen zwei tugendreiche und schöne Söhne gegeben.
Es kam die Zeit, wo unsere Herzen einander feuriger zugetan waren, als wir selbst später leiden mochten. Das Übermaß unserer Zuneigung war die Ursache für das Leid unserer Zukunft. Wir waren nicht klug vor den Versuchungen der Welt und ermaßen das Ziel der Schöpfung nicht. Wir liebten es, uns in den Armen zu liegen und füreinander Schwüre zu tun, die alle Ewigkeiten überdauern sollten. Und setzten Strafen auf die Verletzung der Schwüre. Und gärten schon in dem Begehren, sie zu verletzen. Je reifer wir wurden und unsicherer, sie zu halten, desto grausamer erfanden wir Strafen und Peinigungen, zu denen Allah uns verhelfen möchte, wenn so geschähe, wie wir abschworen, daß es geschehen könnte.
Mein Vater brachte die Tochter eines Freundes in unser Haus. – Er hatte es absichtlich und mit einer gewissen Hoffnung getan, wie später offenbar wurde. – Sie war sehr jung und schön, eine Lilie im Morgentau, wie man zu sagen pflegt. Eine runde weiße Stirn krönte ihre tiefen Augen. Ach, daß ich die Verse vergessen könnte, die ich von ihr gesungen habe! Es wurde aus mir, was beschlossen war, daß aus mir würde: Ein Liebender. Mein Herz wollte zerspringen bei dem Gedanken, es möchte das Ziel meiner Wünsche unerreichbar bleiben, leer meine Hände an Erfüllun-

gen. – Der Augenblick neben ihr war ein anderer als der in der Gegenwart meines Freundes. Meine Schwüre waren in Gefahr. Deutlicher noch sah ich meinen Untergang, wenn sie ungebrochen blieben. Die Nächsten um mich mußten erkennen, daß ich verwirrt geworden. Sie konnten den genauen Grund für mein Verändertsein nicht erraten. Jede Fährte, der sie nachgingen, um mit Gewißheit zu erfahren, was die Veränderung meines Wesens bewirkt hätte, zerstörten meine störrischen Handlungen. Ich schloß mich ein. Ich wollte den Bruder nicht sehen. Ich wollte die Geliebte nicht sehen. Es sollte nicht offenbar werden, daß ich verweint war. Daß ich meine Tage damit zubrachte, Verse zu ersinnen, die mein loderndes Herz nährte. Daß ich Bittschriften, verschnörkelt, klug, voll philosophischer und göttlicher Erwägungen an den Freund richtete; sie wieder verwarf, eingedenk der vielen und eindeutigen Reden, die wir in der Vergangenheit gewechselt hatten. Blutwilde und leichtfertige Offenbarungen sog ich aus meiner Seele, die ihn abschrecken, mich unwürdig machen sollten. Und verwarf sie wieder, eingedenk, daß es mein Wunsch sei, der Geliebten zu gefallen; und der Betrogene, wie ich meinte, in seiner Bitterkeit meine Niedrigkeit würde öffentlich machen.
O Herr, es war kein Absehen, wie mir Linderung hätte werden sollen. Meine Leiden, meine Zweifel aber weckten den alten Jähzorn in mir; das Böse; das Hochmütige; die Sucht nach Abenteuern. Meinem Vater, der sich um mich zu sorgen anfing, begegnete ich mit Heftigkeiten. Meine Mutter wies ich von mir, schalt sie. Als ich bereute, mußte ich mich wieder der Tugenden befleißigen, die ich an meinem Bruder gelernt hatte. Aber die selbstgewählte Buße war schwer. Sie machte mein Blut gallig. Fasten und Weinen und Sehnsucht, vergiftete Wünsche zerstörten die Ordnung meines Leibes. Man fand mich eines Tages ohnmächtig am Boden liegen. Ich hatte gegen mich gewütet. In besinnungslosem Zorn die Geräte des Zimmers auf mich gewuchtet, daß sie mich erschlügen. Ich war gestürzt; ein Kasten war auf mich gefallen und hatte mir die Lippe gespalten. Die Wunde war bis auf die Zähne durchgebrochen. Blut verklebte mir Nase und Mund. Man hielt mich für tot. Da man noch Atem in mir fand, rief man einen Arzt. Er brachte mit Hilfe scharfer Gerüche mein Bewußtsein zurück. Ich erfuhr den Schaden,

den mein Gesicht genommen; und begann heftiger zu weinen als jemals vorher. Häßlich zu werden erschien mir in meiner Lage das schlimmste Geschick. Wie sehr beneidete ich jetzt meinen Bruder um sein Ebenmaß! Wie wenig war ich ihm ebenbürtig, wie unwürdig meiner Geliebten, entstellt! Ich flehte den Arzt an, die letzten Geheimnisse seiner Kunst anzuwenden, um mich vor dem erniedrigenden Zeichen einer Hasenscharte zu bewahren. Ich wollte von seiner Hand Schmerzen erdulden, die schlimmer waren als die des angeschmiedeten Prometheus, dessen Leber ein Adler fraß. Er versprach, sein Bestes zu tun. Geduldig ertrug ich seine Maßnahmen. Mein Kopf wurde verbunden. Die Tage verstrichen in Traurigkeit. Die Verwandten mieden mich. Meine Beleidigungen gegen sie waren zu groß gewesen. Als der Verband von mir genommen wurde, der Schorf von der Narbe abfiel, war ein deutlicher Spalt in meiner Lippe geblieben. Ich verlor fast die Besinnung vor Schreck. War doch in mir der Entschluß gereift, meinen Vater zu bitten, er möge mir gestatten, daß ich die Tochter seines Freundes zur Frau nähme. Das entstellte Antlitz mußte mein Vorhaben für immer vereiteln. Verlachen würde die Schöne mich, niemals meine Liebe erwidern. Ich versuchte ein Letztes, mir selbst zu helfen. Ich trennte mit einem Dolche die verwachsene Scharte und klammerte die Wundränder mit spitzen Fingern zusammen; abwechselnd mit denen der linken und rechten Hand, wenn sie erlahmten. Ich schlief nicht; ich wachte an meiner Wunde. Nach Tagen trennte ich einen Zipfel, der mir im Vernarben nicht gut genug geraten war, wieder ab vom Mutterfleisch. Als ich erkannte, daß meine Ausdauer Besseres zuwege brachte als die Kunst des Arztes, war es mir ein Ansporn. Ich vernachlässigte alle Schmerzen, die mir erwuchsen. Ich verlor das Bewußtsein der Zeit. Das Warten auf die Geliebte wurde ein goldenes Frohlocken: Meine Lippen würden schön werden wie einst. Ich hatte nur dieses Ziel, weil ich liebte. Als es erreicht war – und daß es erreicht wurde, könnt Ihr sehen, o Herr –, kleidete ich mich reich. Ich wollte alle, die ich beleidigt, um Verzeihung bitten und sprechen: Übergroße Liebe hatte mich verwandelt. Durch sie bin ich jähzornig geworden; sie hat mich wieder sanftmütig gestimmt. Solche Macht besitzt sie über mich. – Zu diesen Erklärungen ist es nicht gekommen. Als mein Vater mich geschmückt und heiter sah, sprach er mich an: ‚Du bist wieder vernünftig geworden, so scheint es. Höre denn, was in der Zeit deiner Zurückgezogenheit geschehen ist. Du wirst dich erinnern, daß ich die Tochter eines Freundes, mit dem ich Handel treibe, ins Haus gebracht hatte. Damit du Gefallen an ihr fändest und sie zum Weibe nähmest. Diese Ehe sollte mein Geschäft erleichtern. Es gab Zahlungsfälligkeiten, die ich nicht innehalten konnte, weil ich Unglück gehabt und Verluste erlitten. Du aber vereiteltest durch störrisches Benehmen meinen Plan und erschrecktest das Kind. Wäre nicht der Bruder zur Stelle gewesen, unser Besitztum hätte sich zerstören müssen. Wir selbst, das Los der Bettler glücklich preisend, im Schuldturm säßen wir. Ich danke Allah, daß er mir eingab, diesen Schönsten zu meinem Sohne neben dir zu machen. Es ist mir gelohnt worden. –' Noch ehe er seine Rede beendet, wich mir alles Blut aus den Wangen, daß sie aschfahl wurden. Meine Ohren aber gierten, meines Unglücks volles Maß zu vernehmen. Ich wandte mich ab, daß der Sprechende nicht meine Veränderung gewahrte. Da er meinte, die Bewegung von ihm fort bedeute eine Anwandlung neuen Trotzes, wurde seine Stimme laut. Meinem Gehör konnte nun nichts entgehen von dem Geschrei: daß ein liebliches Paar aus meinem Bruder und der Freundin geworden. Daß sie einander zugetan wie junge Turteltauben. Daß ihre Liebe gesegnet, weil sie an der Elternliebe erwachsen. Daß darum ihr Hochzeitsbett köstlich dufte und eine weiche Lagerstatt voll bunter Seiden sei. Und ihr Haus eine Stätte des Friedens und der Freude. Das dunkle Getäfel an den Wänden ein schwarzer Himmel. Und sie selbst Sonne und Mond. – War ich auch versessen gewesen, die letzte Neige meiner Qual zu kosten, sie überwand mich. Ich stürzte wimmernd zu Boden. Als ich den Ort wiedererkannte, befand ich mich, allein gelassen, auf meinem Bette liegend, in meinem Zimmer. Ich konnte den Zorn meines Vaters daran ermessen: er hatte mir niemand zur Pflege oder zur Hilfe bestellt. Sehr deutlich wußte ich noch die Worte, die er über meinen Bruder und die Geliebte gesprochen hatte. Mir fiel bei, daß nun dieser Schöne, dies Meer an Tugenden, unsere Eide gebrochen. (Wenngleich ich sie im Geiste vor ihm zerfetzte.) Ich gebrauchte die Kunst der Mathematik, errechnete seine Verworfenheit, um mir das Recht zu Vergeltungen zu geben. Rache und Brunst loderten in mir auf. Ich verfiel in eine solche Erregung, daß ich jede Beherrschung über mein Trachten verlor. Ich wollte zur Tür hinaus. Ich fand sie verschlossen. Ich hätte mich nun zum Fenster hinausstürzen können; wiederholen, was ich vorher schon getan, des Zimmers Schränke gegen mich wuchten; mit einem Dolche mich zur Ader lassen. Doch kam eine Kälte von meinem Herzen, ehe ich es vermuten konnte. Es glomm ein Plan in mir auf, der mich befriedigen und meinen Widersachern schaden sollte. Dies Hirn wurde sehr bösartig, o Herr. Ich wartete, bis die Tür meines Gemaches von außen aufgeriegelt wurde. Ich stellte mich schlafend, als es geschah. Da niemand hereintrat, Schritte sich entfernten, erhob ich mich, ordnete meine Kleider, machte mich duftend, warf meinen Mantel über, ging auf die Straße. Ich begab mich zu den Basaren und hörte mir an, welcher Art Geschehnisse die Erfahrenen zu berichten wußten. Brocken ihrer Rede merkte ich mir. Sie gefielen mir, gaben Steine für den Bau meines Vorhabens. Ich konnte Vorgänge berichten hören, die abenteuerlich waren wie mein Geschick. Was an dem meinen die Zukunft verbarg, hatte sich andernorts und anderen Menschen schon enthüllt. Auf dem Markt, bei den Lastträgern, hörte ich Erlebnisse geflüstert, die mir nicht minder wohlgefielen. Ich nahm mir einen Träger. Ich sagte ihm: ‚Zwar habe ich keinen Auftrag für dich, der in deinen Beruf gehört, doch sollst du belohnt werden. Es ist mir berichtet worden, daß du in vieler Leute Häuser eintrittst. Nenne mir unter deiner Kundschaft jene, von der du vermutest, daß mehr der Zufall des Abenteuers als das Gesetz der Ordnung in ihrem Geschick waltet.‘ – ‚Wenn ich Euch recht verstanden habe, junger Herr‘, begann er seine Antwort, ‚werde ich Euer Begehren erfüllen können. Folgt mir, ich werde euch geradeswegs dorthin führen, wohin es Euch treibt.‘ – Und schritt vorauf, während ich auf seine Fersen achtete. Wir gelangten in einen Stadtteil, der mir unbekannt war. Wir traten in ein Haus ein. Meine Ankunft wurde den Bewohnern berichtet. Ich entlohnte den Träger. Ich wurde von einer Frau empfangen, die sehr anmutig, doch von geringer Sorgfalt in ihrer Rede war. Sie war eine Kurtisane,

und ihre Dienerinnen waren Negerinnen, die sich niederem Volk hingeben mußten. So groß auch mein Unbehagen nach den ersten Minuten meiner Ankunft war, ich wurde allmählich fröhlich, ein Dach zu kennen, das mich beschirmte, und das nicht das meines Vaters war. Die Frau schien Gefallen an mir zu finden. Ich aber beschloß bei mir, es so einzurichten, daß ich bei ihr bliebe, im Verborgenen, bis mein Plan zum Handeln ausgereift wäre. Vielleicht auch, daß ich hier einen Helfer fände für mein Vorhaben.
O Herr, was Allah uns bestimmt, muß an uns wirksam werden. Es galt auch für mich der Vers: – Neue Erlebnisse tilgen alte Erinnerungen, und das Gestern ist kürzer als das Morgen. – Als wir beisammen saßen und Süßigkeiten aßen, war ich schon bereit zu den Spielen der Verliebtheit. Es hätte scheinen können, als ob ich die verzehrende Glut und Rache meines Herzens vertan hätte. An meiner Bereitschaft, mit meiner jungen Kraft ihr, die mich begehrte (was sie offenbarte), war ich jung doch, Freude zu geben, erkaufte ich mir die begehrte Wohnstatt. Ich sah manches in diesem Hause vor sich gehen, was besser im Verborgenen bleibt. Es war meiner bösen Seele angenehm. Ich nahm nicht Anstoß an der Unordnung in der Lebensführung dieser Frauen. Ob mein Auge blind war oder mein siedendes Hirn müde, o Herr, erklärt meine Duldsamkeit nach Eurem Belieben. Doch nennt mich nicht lasterhaft ohne Leidenschaft, nicht unkeusch ohne heftige Begierden! Erwägt vor Eurem Urteil, daß sehr bald der Tag herankam, an dem ich die Liebesbezeugungen der Frau nicht mehr ertrug; daß ich angefaßt wurde von einer heftigen Sehnsucht zu der ersten Geliebten, zu dem Weibe meines Bruders; daß ich unklug jene, die sich mir angetragen hatte, schmähte, zu Boden schleuderte! Meine Gedanken, meine Pläne schüttete ich vor ihr aus, daß sie erkennte, wie sehr mein Herz zerfleischt sei. Daß sie mir hülfe, die Verstoßene. Doch wollte sie nichts meines überströmenden Mundes hören (ich war ein Tor, o Herr, sehr unklug), schrie nur. Sie schrie sehr laut. Sie stieß die Namen von Dienern und Dienerinnen aus. Die kamen herzu. Es war ein häßlicher Augenblick. Sie packten mich, schlugen mit Fäusten in mein Angesicht. Sie stießen mit Füßen nach mir. Warfen mich auf die Straße. Der Kot haftete an meinen Kleidern. –

Wie ich nun tief beschämt und zaghaft mich aufrichtete, angewidert von dem faden Geruch des Schmutzes an mir, auch hilflos, weil ich nicht wußte, welcher Richtung Weg meinen unvorteilhaften Zustand entwirren würde, öffnete sich noch einmal die Tür des Hauses ein weniges. Ein dunkler Arm drang durch den Spalt und reichte meinen Mantel hinaus. O Herr, ich nahm es als ein kleines Zeichen des Trostes in meiner bejammernswerten Lage.

Meine Füße trugen mich davon. Ich gelangte vor das Haus meines Bruders. Ich trat über die Türschwelle. Mein Tun war durch keinen Gedanken veranlaßt. Ich war wie Eisen dem Magnet. Die Dichter sagen: – Des Rosses Eigenschaft ist das Feuer; des Weibes Eigenschaft ist das Wasser; des Liebenden Eigenschaft aber ist die Luft, denn es gibt kein Hindernis, das er nicht zu durchdringen vermöchte. – Ich kam bis vor das Angesicht der Freundin. Sie erkannte mich. Sie schloß mich in ihre Arme und weinte über meinen Zustand. Sie wandte sich nicht ab, weil ich übel roch; ihr Mitleid war groß. Sie befahl, daß ich gebadet und neue Kleider mir gereicht würden. Nach dem Bade begehrte sie heftig die Geschichte meines Mißgeschickes zu hören. Sie richtete es so ein, daß wir allein blieben: Sie sagte, ihr Gatte sei auf Reisen. Sie bewahrheitete das Wort, daß auch das tiefste Wasser dem Werben des Windes nicht widerstehe. Meine Erzählung entschleierte mein Herz. Und sie fand, es war nicht schlecht genug, ihm die Zuneigung zu versagen. Mitgefühl gebot ihr, den gefährlichen Bezirken meiner Leidenschaft nicht auszuweichen. Meine Lippen und meine Hände waren nicht müßig, in der schönen Kunst zu überzeugen. Mein Mund wölbte sich so vollkommen wie niemals vorher und rötete sich tief. Und die Augen bettelten, und die Sprache verstummte. Ich war begehrlich und ohne Scheu und wagte, was der Verstand als tollkühn verworfen hätte. Ich pries mich an. Ich zwang sie, meinen Atem zu schmecken, ihre Stirn gegen meine Brust zu senken. Ehe die Sonne hinab war, hatten wir mehr verliebte Spiele getrieben, als die Lagerstatt eines jungen Paares nach den Probenächten zu erzählen vermöchte.

Ich richtete mich während der Abwesenheit meines Bruders in seinem Hause als sein Nachfolger in allen Rechten ein. Keine Vorsicht erschien mir geboten. Ein Eroberer, der einen unbeliebten König verjagt hat, ist nicht unbescheidener im Gebrauch der zugefallenen Macht, wie ich es während der knappen Wochen als ungebetener Gast war. Nicht einmal die Abrechnung mit dem Betrogenen scheute ich. Ich floh nicht, als seine Ankunft bevorstand. Die Tränen des reuevollen oder geängstigten Weibes zerblies ich mit flötendem Munde. Ich sagte, einen Bissen würde ich ihm hinhalten, an dem er ersticken müsse. Er kam. Er sah mich. Er umarmte mich als seinen Bruder. Durch die Diener erfuhr er, daß ich das Gastrecht mißbraucht, seinen Besitz nicht geachtet, seine Ehre und sein Glück zerstört hatte. Selbst nahm er wahr, daß ich, schier grundlos, meine Anwesenheit ausdehnte, mich ihm frech mit zweideutigen Reden stellte. Ich verdarb ihm den Genuß an den Speisen. Er fürchtete Gift. Ich verdarb ihm die Sucht nach seinem Ehebett. Er fürchtete Dolche. Er begriff, daß ich ihn zwingen wollte, mich anzureden um Rechenschaft. Er ahnte eine Schwäche bei sich. Er erklärte meinen Mut mit seinen geringen Kräften. Ich weidete mich daran, daß seine herrliche Gestalt an der Last seines Herzens einschrumpfte. Ich war grausam. Ich gab den Dienern Befehle über seinen Kopf hinweg. Mit zärtlichen Berührungen umlohte ich sein Weib. Bis er sprach. Bis sein Mund überging in Schmerz und Groll und Scham. Und ich antwortete ihm. Die Eide und Verfluchungen höhnte ich in seine Ohren. Vielleicht war er klug und erkannte, daß ich, so sprechend, alle Rechte verausgabte; daß ich die Lüge mit dem Gewande der Unschuld und Reinheit umgab; wie ein Händler um einen längst verfallenen Schuldschein stritt. Vielleicht war er gerecht und fand seinen Kummer nicht ärger als den meinen. Er antwortete mir: ‚Wir haben einander geschadet. Ich habe genossen und deine Lust vergällt. Du hast genossen und meine Lust vergällt. Wir haben unsere Angelegenheiten geordnet schlicht um schlicht. Doch das Weib, dem ich nichts zugefügt hatte, hat meine Ehre besudelt.‘ Und schwieg. Und fügte hinzu: ‚War es möglich, die Ehre, die nichts mit meinem Glück, nur mit den Ohren und Augen meiner Nachbarn zu schaffen hat, zu zerstören, muß auch ein Weg sein, sie wieder aufzubauen. Denn die Ohren und Augen sind neugierig. Das Weib wird sterben; und du wirst von dannen ziehen.‘

O Herr, der eisige Hauch einer erschöpften, aber unerbittlichen Stimme überwand mich. Ich begann zu winseln. Mein Leben war plötzlich so bar allen Glückes, daß ich die Süchte nicht begriff, die mich getrieben hatten und weiter am Dasein erhielten. Der dumpfe Schmerz der Heimatlosen durchseuchte mich, die neidisch ihre Gedanken an den Rauch jeden Herdfeuers verlieren. Und den Geruch des Zaumzeuges von Pferden schwer ertragen, weil Stalldampf daran haftet. Und die Erde küssen, die ihnen nicht gehört. Und Kindern mit hohler Hand die Augen bedecken, weil sie selbst keine gezeugt. Ich erbot mich, das Sühneblut zu vergießen, wenn das Weib geschont würde.
Es ist mir nicht bekannt geworden, o Herr, ob mein Jammer den Bruder anrührte. Er sagte nur, daß er das Haus verlassen werde. Daß er sieben Tage lang, eine Stunde vor Mitternacht, einen Gedungenen senden werde mit dem Auftrage, einen Dolch in das Ehebett zu stoßen. Der Mann und das Eisen würden nicht fragen, in wessen Fleisch sie getroffen. Doch müßte die Handlung der Vergeltung wirkungslos bleiben, wenn nicht das Weib im Bette gefunden würde. Nicht länger ausüben das grausame Handwerk würde der Schlächter, wenn sich vor seinen Füßen am Eingang zur Kammer ein Leichnam fände. In der achten Nacht würde der Bruder, er selbst, kommen. Und wäre inzwischen kein Betrug geschehen, das Weib am Leben, werde aus seinem Innern ausgemerzt sein die Schmach. Vergessen, daß das Gefäß seines Glückes gläsern. Er werde sein Hirn regieren lernen. –
Er ging von mir. Ratlos blieb ich zurück. Ich hatte seine Rede nicht gut begriffen. Allmählich verdeutlichte ich mir die Meinung. Und daß mir ein Weg zugestanden war, die Geliebte zu retten. Es kam die erste Nacht, die ich in dem reich duftenden Bett freudlos verbrachte. Die warme Haut der Geliebten rührte mich nur zu Tränen. Und die Küsse meiner Lippen waren kühl und trocken. Die schwellenden Brüste und Schenkel der Unvergleichlichen waren die Ursache meiner Klagelaute. Die Süße der Liebe war ganz in Bitternis verwandelt. Die Finsternis, die allein unsere Retterin hätte sein können, fürchtete ich. Meine Augen gierten nach Licht, weil meine Phantasie die Dunkelheit mit Mordwaffen angefüllt wähnte. So stellte ich fern vom Bett eine Am-

pel auf, daß meinen Blicken des Mörders Tun nicht entginge. Und er kam. Schleichend. Der Türspalt entließ ihn ins Zimmer. Er suchte die Lagerstatt. Seine Hände waren kahl und braun. Um den Leib war er fest gegürtet mit einer roßledernen Weste. Sein Oberkörper war entblößt und glänzte ölig. Die Arme waren mit pergamentenen Schuppen gepanzert. Wie die Haut eines Krokodils. Doch weißlich und wächsern. Und er war groß an Gestalt. Und ohne Gesicht. Nur ein Grinsen war ihm gegeben. Er ließ es spielen, als er das Weib erblickte. Eine Hand streckte er aus nach den unverborgenen Hügeln der Brüste. In der anderen sah ich ein Blitzen von Stahl. Ich wollte schreien; doch schrie ich nicht. Ich war ohnmächtig; doch bewegte ich mich. Mit meinen Schultern warf ich mich in die Bahn der Waffe. Ein Schmerz. Ein kaltes Knirschen. Eine Leere in der Milz, als wäre mir der Nabel ausgelaufen. Ein klebriges Naß schien sich ins Bett zu ergießen. Ich schämte mich fröstelnd, weil mein Erinnern trübe wurde; und mein mattes Herz nicht bänger des Weibes Schicksal zu wissen begehrte. Allmählich begriff ich, daß mein Blut die Laken rot besudelt hatte. An meinem Rücken klaffte eine Wunde. Der Geliebten Fleisch war unberührt.
Es kam die zweite Nacht. Sie glich der ersten. Doch war die Furcht verdoppelt. Die Wunde meines Rückens schmerzte. Die Kraft eines Armes war gelähmt. Ich war plump in meinen Bewegungen. Ich war nicht sicher, ob ich mich geschickt genug vor den Blitz des Eisens würde werfen können, um das Herz der Geliebten zu schützen. Mit dem unnatürlichen Mut eines Fiebernden gelang es mir ein zweites Mal. Ich stieß mich in die Luft hinein und fiel zu Boden wie ein zerklaffter Schild. Bewußtloser als am ersten Abend.
Es kam die dritte Nacht. Meine Schwäche hatte in schlimmer Weise zugenommen. Ich vermochte nichts gegen das Zittern, das meinen Körper schüttelte. Ich fürchtete nicht Schmerzen, nicht neue Verstümmelung, nur die Ohnmacht beim Anblick des Schlächters. Ich wünschte, daß sein Messer meine Rippen durchdringe und das Herz oder die Nieren fände. Aber auch in dieser Nacht schälte es Schwarten von meinen Rippen. Und schonte die Eingeweide.
Es kam die vierte Nacht. Das Weib hatte mir kräftigende

Speisen eingeflößt, Brühe und Wein, Eselsmilch und Enteneier. Aber ich lag da, nicht fähig, den Wunsch meines Geistes zu erfüllen. Ich weinte. Und verfluchte mich, daß ich nicht gestorben war. Und ein jähzorniger Haß stieg in mir auf, wie ihn nur der Entmannte kennt. Aber ich wußte nicht, wen ich haßte. Denn ich haßte mich. Ich schob meinen Oberkörper über die Brüste des Weibes und wartete auf den Streich des Mörders. Und er kam wie alle Nächte vordem und schonte mich nicht.

Es kam die fünfte Nacht. Mein Rücken war zerfleischt und fast enthäutet. Ich schrie vor Angst bei dem Gedanken, daß das Messer erneut an ihm schneiden würde. Ich flehte das Weib an, einen anderen Körperteil opfern zu dürfen. Die Brust. Die Freundin bangte um mein Herz. Den Bauch. Ach, die süßen Eingeweide. Den schwellenden Teil meiner Oberschenkel.

Sie aber riß die Verbände von meinen Wunden, daß sie erneut aufbrachen. Sie legte mich, blutüberströmt, unbekleidet vor die Kammertür. Der Mörder kam. Er stieß mit den Füßen gegen mich. Er beugte sich über mich. Er betrachtete mich. Er hob mich auf, trug mich auf die Straße. Er ging einige Dutzend Schritte mit mir fort. Dann warf er mich von seiner Schulter herab in den Kot. Und verschwand. Als er davongegangen und ich die Kälte der Nacht deutlicher spürte als die Schmerzen der Zerfleischung, war es mir, als ob eine andere menschliche Gestalt heranschliche. Und eine zweite. Und eine dritte. Ich wollte an den Bruder denken; an die Geliebte; an den Vater. Aber die blieben Schatten. Unbekannte waren es, die mich aufhoben und davontrugen. Als die übergroße Kraftlosigkeit von mir gewichen war, die Starrheit meiner Glieder sich zu lokkern begann, meine Sinne wieder erwachten, erkannte ich, daß ich gebettet lag. Ich hörte den Ton einer Stimme, die mir bekannt war. Die Hure stand an meinem Lager und sprach: ‚Es gibt niemanden so gering, daß seine Freundschaft in der Not nicht einen Vorteil zu bieten vermöchte.‘ Meine Augen wurden feucht, und ich antwortete: ‚Du hast mich vom Tode errettet.‘ Sie sagte: ‚Liebe ist die Mutter des Hasses; er ist zäher und verschlagener und selbstsüchtiger als die Liebe; er mißbraucht die Freundschaft, wie es die Liebe tut; er will einen Taumel, der den Freuden der Liebe

nicht nachsteht. – Du erntest, was sich in den beiden Sprüchen ausdrückt. Du hast mein Herz nicht geschont. Darauf wird eine Antwort gegeben. Gnade würde meinen Karakter nicht zieren und deine Unklugheit nur fördern. Ich habe gelernt zu sehen, wer ich bin und wie alt. Es gibt keinen Verstoßenen, der dem Anstifter seine Hoffnungslosigkeit vergibt. Da ein anderer mir vorwegnahm, deinen Tod zu wünschen, zum wenigsten doch dein wollüstiges Fleisch strafte, werde ich dich in Unfreiheit bringen. Verkaufen will ich dich, nachdem deine Wunden vernarbt sind. Um dir die Zukunft lästig zu machen; daß dein Hochmut zuende gehe an der Pflicht zu gehorchen. Schon um des Unbequemen willen warst du bereit zu verraten. Darum soll das Erniedrigende dir munden werden. Was du, entselbstet, nicht mehr belächeln kannst, wird zu ertragen schlimmer sein als das Sterben. Und das Recht, dein Los zu bestimmen, ist bei mir. Denn das Gesetz sagt: Den Sklaven erwirbt man durch Kauf oder durch Erretten vom unabwendbaren Tode. – –‘
O Herr, sie sagte noch viele Worte, die leichter zu sprechen als anzuhören sind. –“

3 Der Uhrenmacher

Dem Andenken meines Urgroßvaters Matthias Jahnn

Ich gehe die steinernen Stufen einer Treppe hinauf, stoße die Tür auf und stehe im Laden.
„Vater", sage ich bebend, und er schlürft heran. Seine Gestalt schleicht an einer Flucht kleiner Fenster vorüber: zwölf schmale Fensternischen, durch Doppelsäulen und zwei Mauerpfeiler voneinander getrennt, – durch eine einzige lange steinerne Fensterbank vereint, eine wunderbare Wand aus Licht und Schatten.
„Vater", sage ich, „zeige mir deine Uhren."
Er führt mich zu den Regalen. Ich höre das melodische Tikken der Uhren wie das Pochen vieler Herzen. Er rückt einige der kostbaren Stücke heran, hebt sie hoch, trägt sie auf die Fensterbank. Seine Finger bewegen die Zeiger auf einem Zifferblatt, und mit jeder Stunde, die schnell herbeikreist, flötet das verborgene Räderwerk ein kleines Lied. Es flötet lieblich wie ein Vogel und ist doch vernünftig wie eine Melodie, zu der man hätte Worte setzen können. Während ich es denke, sehe ich im Gehäuse einen winzigen goldenen Amsel, der die Flügel schlägt, den Schnabel aufsperrt; doch sobald das Lied zuende ist, fliegt er ins Innere des Gehäuses davon, eine Tür schlägt zu.
„Noch einmal alle zwölf Stunden", bitte ich.
Er schüttelt verneinend den Kopf. Er hält mir eine kugelförmige Repetieruhr ans Ohr. Er zieht die Feder auf, und das kleine Wunderwerk zählt mir mit einer feinen Glocke die Stunden und Minuten vor, in denen der Tag gerade steht. Plötzlich hebt ein dumpfes Getön an, Glocken, Schellen, Tierstimmen, Trommeln, Flöten fallen ein. Die volle Stunde wird von den hundert lebenden Räderwerken begrüßt; eine Minute lang schwebt eine Heiligkeit durch den Raum, als ob der schwarze Engel des Todes hindurchgeschritten. Allmählich erst gerinnt die Zeit zum Schweigen des gleichmäßigen Tickens. Ich habe den Atem angehalten.
„Das ist das Erhabene", sagt der Vater, „daß jede Stunde ihren Wert hat, daß keine endet, ohne daß ihr Lob verkündet

wird. Wie viele Stunden habe ich schon gehört!"
Ich schaue mit scheuem Verwundern auf die großen Standuhren mit den schweren, an gehaspelten Tierdärmen hängenden Gewichten aus Blei und Messing, deren Pendel langsam schwingend die Sekunden zählen. Der Ton ihrer Glocken war silbern und rein gewesen, so daß ich ehrfürchtige Müdigkeit in meinen Knien spüre.
„Zeig mir deine schönste Uhr", bitte ich.
„Später", antwortet er, „wenn sich der Tag neigt." Er legt einen flachen Kasten vor mich hin. „Lies die Zeit ab", sagt er zu mir.
„Es ist ein Kasten", sage ich und versuche, ihn zu öffnen. Es gelingt mir nicht. Er ist von allen Seiten verschlossen. Der Vater lacht. Er berührt mit einem Finger die eine der sechs Flächen, es ist die blankeste; und sogleich erscheinen, wie von innen durchgeschlagen, Zahlen, die bald wieder verlöschen.
„Wie kann es sein?" frage ich verwundert.
„Viele Dinge sind möglich", sagt er still, „aber nur wenige der Möglichkeiten sind unschuldig. Eine Uhr ist unschuldig, auch wenn sie ans Wunderbare grenzt. Die meisten Maschinen sind schuldig, diese nicht."
Nun streichen wir wieder an den Regalen vorüber, in denen Seigerwerke in schönen Gehäusen stehen. Gelbglänzende Bronze rankt sich um die Zifferblätter. Auf marmornem Sockel steht ein Kinderpaar, Amor und Psyche, und trägt die goldene Scheibe, auf der römische Zahlen von Sträußen aus Vergißmeinnicht gehalten werden; das Kobaltblau der Emaille schmeckt wie die Lippen eines sterbenden Mädchens, das man liebt. – Schon zerstreut von all den Herrlichkeiten, frage ich wie ein Nimmersatt: „Ist das alles?"
Nein, es ist nicht alles. Auf einem Wagen schiebt er einen durchbrochenen Himmelsglobus heran. Messingene Reifen bezeichnen die Bahnen der Planeten; aus wasserklarem Quarz gedrechselte Kugeln veranschaulichen die Gestirne. In der Mitte des Weltenraumes sitzt Frau Venus und hält in ihrem Schoße einen honiggelben glitzernden Stein, die Sonne. Mit zarter und geschickter Hand löst der Vater die Fessel der Unruh, die die Sekunden abmißt; die kunstvolle Maschine stürzt aus der Zeit heraus, die Planeten beginnen

sich zu bewegen, kreisen in ihrer Bahn, der Mond nimmt ab, wächst wieder. Ein Monat vergeht, ein Jahr vergeht, der Zodiak mit seinen über das Himmelsgewölbe ausgeschleuderten Tieren, schwarz in glänzendes Metall graviert, hat sich leise schwankend dreihundertfünfundsechzig Tage lang an mir vorübergewälzt. Mir schwindelt. Da hebt wieder das dumpfe Getön an. Der Lobgesang der vollendeten Stunde beginnt. Bricht ab.

„Ein Jahr lang muß die Uhr jetzt stillestehen", sagt der Vater, „das habe ich für dich getan."

Er denkt etwas. Er setzt die Hemmung der Sekunden wieder ein. Das Weltall liegt tot auf seinem Wagen. Ich bin dem Weinen nahe. Er tut etwas für mich. Er tut niemals etwas für die Mutter. Sie kennt die Uhren nicht. Sie fürchtet sie.

„Es sind schon viele Stunden herum", höre ich ihn sagen, „wir haben nicht auf die Zeit achtgegeben."

Der Gehilfe eilt herbei. Er trägt zwei dicke Folianten, in denen die verzweigten Berechnungen und die kunstvollen Bilder des ineinandergreifenden Räderwerks aufgezeichnet sind.

„Setz dich auf die Fensterbank", sagt der Vater zu mir, „rühr dich nicht. Der Tag neigt sich. Die Uhren warten auf ihren Schlaf."

Eilends verschließt der Gehilfe die Folianten in einen Schrank. Ich sehe meinen Vater die Tür zum Laden verriegeln und in den Hintergrund laufen. Der Gehilfe flieht ihm nach. Ich sehe sie über eine enge Wendeltreppe aufwärts entschwinden. Das letzte, was ich von ihnen sehe, sind die Füße des Gehilfen. Da hebt das dumpfe Getön wieder an, mahnender als vorher, fast unheilvoll. Der Silberton der Standuhren wird erstickt; die Flöten, kaum, daß sie angesetzt haben, ersterben; das Tiergeschrei vergeht mit einem kurzen Angstgebrüll, das Pergamentfell der Trommeln platzt. Aus der Tiefe dringt wie ein Erdbeben das erzene Brummen einer Kirchenglocke. Das große Regal vor mir beginnt sich zu bewegen. Geschmeidig, wie wenn es ein Segel vorm Winde wäre, entweicht es nach rückwärts. Der Schrank, in den der Gehilfe die Folianten verschlossen hatte, versinkt. Jetzt saugt die Wand auch das große Regal auf. Die Standuhren wenden ihr Zeigergesicht ab und ver-

kriechen sich in einen bereitstehenden Schatten. Der Raum wird leer. Noch steht mein Herz nicht still; aber ich vermag mich nicht mehr zu rühren. Da fällt es, wie Staub erst, dann mit deutlicher Gestalt von den Wänden, der Boden öffnet sich. Der Ton der Glocke kommt, ein Bündel zerbrochener Blitze, aus dem Spalt, der anzuschauen ist wie eine dunkle Gruft, von der die Deckelquader abgewälzt sind, daß die unheimliche Gestalt ruheloser Toter emporsteigen könne. Und es bewegt sich dort unten. Es bewegt sich an den Wänden. Geräusche, ein leises Knacken; eine Empore schiebt sich vor. Ich erkenne fleischfarbene Engel, die in einem Gebüsch aus Lorbeer, Akanthus, Petersilie und Buchsbaum schweben. Es ist eine winzige Barockorgel, die über die Brüstung der Empore hervorragt. Seltsame Lauben, von buntbeschnitztem Holzwerk umrahmt, stehen vor den Mauern. Niedrige Betschemel sind aus der Gruft aufgestiegen. Ich sehe menschliche Gestalten sich zwischen ihnen bewegen. Ich weiß nicht, sind es Lebende, Tote, ist es ein Räderwerk, das man wie Puppen bekleidet hat? Dünn und zirpend tönt es vom Pfeifenwerk der Orgel herab, ein Koral, der Note für Note mit allen Harmonien anspringt. Zum ersten Male spüre ich, daß ein mechanisches Wunderwerk sich vor meinen Augen aufgebaut hat. Ich höre das Ticken der Uhren hinter den Wänden. Eine Nockenwalze bewegt die Ventile vor den Mündern der Pfeifen. Der Tag hat sich geneiget – – Ein Uhrwerk baut ihm einen kleinen Tempel, damit er nicht ohne Anerkennung ins Grab der Nacht sinkt. – Später, wenn sich der Tag neigt – hatte der Vater gesagt –, sollte ich sein schönstes Werk sehen.
Jetzt knackt es wieder in allen Teilen des künstlichen Raumes. Die Verwandlungen heben an. Die Grüfte der Wände öffnen sich und verschlingen die Erscheinung. Kahl steht der Raum. Ich sitze noch immer auf der Fensterbank. Ich gewahre im Hintergrund die Wendeltreppe. Ich fliehe nach oben. Ich durchquere den Werkstattraum, auf dessen Tischen Teile unvollendeter Uhren liegen, Gerüste aus schön poliertem gelbem Metall, in denen der feingliedrige Organismus hängen wird. Weißglänzende Achsen und die Tausendzahl der Zacken an genau gefrästen Zahnrädern. In einer Nische vor einem Fenster, das zur Straße gewendet ist, sitzt mein Vater mit seinem Gehilfen an einem Tisch, trinkt

Wein, bricht Brot, ein paar schwarze Oliven verzehren sie dazu. –
„Was sagst du zu der Uhr, die den ganzen Laden ausfüllt?" fragt mich mein Vater.
Statt meiner antwortet der Gehilfe: „Sie haben Besseres gemacht, Meister."
„Darüber läßt sich streiten", ereifert sich mein Vater. Er schiebt mir sein Glas zu, reicht mir Brot und Oliven.
Ich frage ihn: „Warum ißt du niemals mit der Mutter und mir zusammen?"
„Die Uhren würden traurig werden, wenn ich sie verließe", antwortet er leise.
„Auch wir sind traurig", sage ich entschlossen.
„Sie würden stillestehen und niemals wieder ihren Gang beginnen. Euer Herz steht nicht stille, es bricht nicht. –"

4 Sassanidischer König

Unweit des Berges Bistun und der Stadt Sarpul, in der Nähe des Flusses Qarasu, den schon Tacitus gesehen, ist ein Denkmal in den Felsen gehauen, das die Araber zu den Weltwundern zählen; von dem in seinem Buch der Länder der Dichter Amru ben Bahr al-Djahiz gesagt hat: „Dort ist das Bildnis eines Rosses, wohl das schönste an Bildern, das es gibt. Man behauptet, es sei das Bildnis von Kisras Roß mit Namen Shabdez. Auf ihm sitzt Kisra, aus Stein gehauen. Und das Bildnis seiner Gemahlin Shirin ist im Obergeschoß dieser Grotte."
Im Jahre 1228 vollendete der Enzyklopädist Yaqut aus Hamah sein großes Namenbuch und begann das Gedächtnis an den letzten mächtigen sassanidischen König mit dem Namen seiner Lieblingsstute. Er beschreibt den Ort des Denkmals, eben das lebendige (wenn auch steinerne) Zeugnis, ohne dessen Vorhandensein man die Geschichte des glücklichsten Mannes nur erkennen würde wie durch einen Schleier. Man würde sie betont finden nach den äußerlichen Bewegungen seiner letzten Regierungsjahre, die erfüllt waren durch die Kriege mit Herakleios, jenem unklugen Kristen, der ausersehen worden war, den letzten Becher Erfüllung dem Glückreichen aus der Hand zu schlagen, zu schleifen den Prunkbau einer beispiellosen Meistbegünstigung durch das Schicksal.
Die Idee des Krieges um das heilige Kreuz Jesu, die finsteren Vorzeichen von Überschwemmungen, Krankheiten, Feuerzeichen der Kometen, die das Wirken des Propheten Mohammed in den Ländern außerhalb Arabiens ankündeten, würden das Leben des einzelnen verwischt haben.
Mit Beharrlichkeit wollen wir toren Menschen daran festhalten, daß es Kampf, Sieg und Niederlage der großen Maxime seien, die unser Herz bewegen und es sich entscheiden lassen. Lüge. Ohne das lebendige Fleisch des einzelnen ist die kühnste und geistigste Abstraktion ein Totengebein. Die Völlerei eines erdhaften Kindes trägt mehr Vernunft als die fromme Karitas einer Ausgebrannten, die nicht mehr

den Mut zum kleinsten persönlichen Wunsch hat.
Der Ort, den die Muslime oft beschrieben haben, wird gekennzeichnet durch einen marmornen Berg, aus dem starke Quellen hervorbrechen. Seit undenklichen Zeiten war er eine heilige Stätte der Iranier, die an den klaren, steingeborenen Wassern glaubten, die Göttin Anahit verehren zu müssen.
In den Felsen aus dichtem Kalkstein sind zwei Grotten gebrochen; eine kleinere, die Shapur III. meißeln ließ, unmittelbar benachbart eine größere, das Denkmal der Shabdez und ihres Herrn.
Enzyklopädie 1228:
Shabdez ist ein Ort zwischen Hulwan und Qarmisin am Fuße des Berges Bisutun, genannt nach einem Pferde, das dem Khosro gehörte.
Es sagt Mis'ar b. al-Muhalhil: Das Bild Shabdez ist eine Parasange von der Stadt Karmisin entfernt. Es ist ein Mann auf einem Pferd aus Stein, angetan mit einem unzerreißbaren Panzer aus Eisen. Dessen Panzerhemd sichtbar ist. Und mit Buckeln auf dem Panzerhemd. Ohne Zweifel meint, wer es sieht, daß es sich bewegt. Dies Bild ist das Bild Parwez auf seinem Rosse Shabdez. Es gibt auf der Erde kein Bild, das ihm gliche. In der Grotte, in der dies Bild steht, ist eine Anzahl von Bildern. Von Männern und Frauen, zu Fuß und zu Roß. Vor der Grotte ist ein Mann, wie einer, der auf dem Kopf eine Mütze trägt. Und er ist in der Mitte gegürtet. In seiner Hand ist eine Hacke, gleichsam als ob er damit die Erde grabe. Das Wasser kommt unter seinen Füßen hervor.
Es sagt Ahmad b. Muhammed al-Hamadhani: Zu den Wundern Karmisins – und es ist eines der Wunder der Welt überhaupt – gehört das Bild Shabdez. Es ist in einem Dorfe genannt Khatan. Und sein Bildner hieß Qattus b. Sinimmar. Sinimmar ist der, der das Khwarnak in Kufa baute. Die Ursache von des Rosses Darstellung in diesem Dorfe war, daß es der Tiere reinstes und größtes an Wuchs war. Dessen Natur am offenkundigsten. Und das am längsten den Galopp aushielt. Der König der Inder hatte es dem König Parwez geschenkt. Es stallte nicht und gab keinen Mist von sich, solange es Sattel und Zaumzeug trug. Und schnaubte und schäumte nicht. Der Umfang seines Hufes betrug sechs

Spannen. Da geschah es, daß Shabdez krank wurde. Und ihre Beschwerden nahmen zu. Parwez erfuhr dies und sprach: „Wahrlich, wenn mir jemand des Rosses Tod meldet, so werde ich ihn töten!“ Als nun Shabdez gestorben war, da fürchtete ihr Stallmeister, daß der König ihn fragen werde, und daß er dann nicht würde umhinkönnen, ihm den Tod zu melden, und daß der König ihn töten werde. Darum ging er zu des Königs Sänger Pahlbadh, mit dem verglichen es weder in früheren noch späteren Zeiten einen gab, der im Lautenspiel und Gesang geschickter war. Man sagt: Parwez besaß drei besondere Dinge, die keiner vor ihm besessen; nämlich sein Roß Shabdez, seine Sklavin Shirin und seinen Sänger Pahlbadh. Der Stallmeister sprach: „Wisse, daß Shabdez bereits zugrunde gegangen und gestorben ist. Es ist dir bekannt, was der König dem angedroht hat, der ihm ihren Tod meldet. Darum ersinne mir eine List, und dir soll soundso viel gehören.“ Jener versprach ihm die List. Und in einer Audienz vor dem König sang er diesem ein Lied, in dem er die Geschichte verbarg, bis der König begriff und ausrief: „Wehe dir, Shabdez ist tot!“ Da sagte jener: „Der König sagt es.“ Darauf sprach der König: „Ah, schön, du bist gerettet und hast einen anderen gerettet.“ Und er hatte großen Kummer um das Pferd. Und befahl dem Qattus b. Sinimmar, es darzustellen. Dieser bildete es in der schönsten und vollkommensten Weise ab, so daß es zwischen den beiden beinahe keinen Unterschied gab. Außer durch das Pulsen des Lebensgeistes in ihren Körpern. Der König kam herzu und besichtigte es und weinte Tränen, als er es betrachtete. Und sprach: „In hohem Maße kündet diese Darstellung unsern eigenen Tod an. Und sie erinnert uns, zu welch traurigem Zustand wir gelangen. Wenn es augenscheinlich ein Ding von den Dingen dieser Welt gibt, das hinweist auf die Dinge jener Welt, siehe, so liegt hierin ein Hinweis auf die Anerkennung des Todes unseres Körpers und die Zerstörung unseres Leibes und das Verschwinden unserer Form und des Verwischens unserer Spur durch die Verwesung, der man sich nicht entziehen kann. Und zugleich auch die Anerkennung des Eindrucks dessen, was unmöglich bestehenbleiben kann von der Schönheit unserer Gestalt. Es hat unser Verweilen bei dieser Darstellung in uns eine Erinnerung an das hervorgerufen, wozu wir werden, und wir stellen uns vor, wie andere nach uns dabei verweilen, so daß wir gleichsam ein Teil von ihnen und bei ihnen anwesend sind."

Ahmad b. Muhammed al-Hamadhani sagt weiter: Zu den Wundern dieser Gestalt gehört es, daß keine Form gegeben wird, wie ihre Form. Und kein Mensch von feiner Überlegung und feinem Sinn verweilt dabei seit der Zeit ihrer Darstellung, ohne an ihrer Form Zweifel zu hegen und über sie in Verwunderung zu geraten. Ja, ich habe viele derart schwören hören oder beinahe einen Eid leisten, daß sie nicht das Werk von Sterblichen sei, und daß Allah der Höchste ein Geheimnis besitze, das er eines Tages offenbaren werde.

Wenn diese Darstellung Menschenwerk ist, so ist dieser Bildner begabt gewesen, wie keiner von den Wissenden begabt ist. Denn was ist wunderbarer oder schöner oder mit mehr Hindernissen verbunden, als daß ihm der Fels gefügig werde, wie er wollte; und daß er schwarz wurde, wo es schwarz sein mußte, und rot, wo es rot sein mußte; und ebenso mit den übrigen Farben. Und es ist mir klar, daß die Farben in einer bestimmten Art behandelt sind. –

Um den heiligen Berg mit seinen heiligen Quellen breiteten sich die Jagdgründe des Königs aus. Die Trauer um den Tod der Stute wünschte er hineinzumischen in die Flutwelle an Lust, mit der er seinen schweren Körper in den riesenhaften Garten treiben ließ.

Er weinte mit einem Auge. Seine wollüstigen Lippen trinken gegorenen Wein, gewürzt. Muskat, Honig, Nelken, chinesischen Ingwer, Zimt. Die Zähne pflücken fleischige Borke von gedörrten Braten. Er sieht das steinerne Pferd, darauf reitend den steinernen König, sich selbst. Er saugt den Blutsaft, das Fett von seinen Fingern. Halbtrunken sinkt er an die Brüste eines Weibes. Er weint, er trinkt, er läßt entblößte Schenkel vor sich ausbreiten.

Der Beginn seiner Regierungszeit war von heftigen Erschütterungen begleitet. Bahram Tchobin, der letzte große Mihran, hatte das sassanidische Reich der Vernichtung nahegebracht. Toll nach Macht. Herrschen, unterdrücken, in Blut waten. Der Vater Khosros, Hormizd, war geblendet und dann gespeert worden, er selbst, der Sohn, der junge Großkönig, hatte nach Byzanz zum Kaiser Maurikios flüch-

ten müssen. Aber Bahrams Glück ging zuende. Er wurde durch einfachen Mord beseitigt. Eisen und Fleisch.
Maurikios, der Kaiser der Byzantiner, setzte Khosro, den jungen, der durch Klein-Asien gereist –
Sein Vater gespeert. Eisen und Fleisch.
Du hast gezittert. Du hast gefürchtet. Du hast geweint. Rittest auf Pferden. Die Schenkel wund. Auf den steinigen Straßen. Waren auch Hände danach ausgeschickt.
Setzte ihn in seine Herrschaftsrechte ein.
Zum Glück berufen. An den fremden Orgien von Byzanz gewachsen wie ein Stier. Die Stunde kam. Der Kaiser, der Wohltäter, der Byzantiner, der Beter unter der riesenhaften Kuppel von Santa Sophia, fiel, wie sinnlos. Der unfähige Phokas – Sohn einer Hündin – ein Weib, von siebenzig Männern begattet – dieser Phokas. Machte eine Rebellion, die gelang. Und feierte den Sieg der Revolte, indem Maurikios mit seiner ganzen Familie geschlachtet wurde. Wie Vieh. Auch ausgeweidet. Für die Hunde. Sohn einer Hündin.
Vielleicht hatte es nach diesem blutigen Ereignis einen Augenblick gegeben, in dem Khosro sich berufen gefühlt, als Rächer seines Wohltäters gegen Phokas zu ziehen. Hatte er die ersten Heere gegen Ostrom in blutendem Schmerz und Zorn über den Verlust eines Freundes gesandt?
Phokas, Sohn einer Hündin, der siebenzigvätrige, beseitigte Narses, den Verwalter der östlichen Provinzen, die Fackel, das Feldherrngenie, das gegen Persien brannte.
Iran kennt keine Besinnlichkeit mehr. Die ersten ausgesandten Generale des Großkönigs konnten ungetrübte Siege berichten. Das war im Jahre des Heils 604.
Im folgenden Jahre des Heils 605 durchzog die sassanidische Reiterei in wilden Streifzügen die östlichen Provinzen des Reiches Byzanz. In den „Pforten" des Königs, in seinen Städten, waren seine Wünsche nach Reichtümern entflammt. Nach Juwelen wie kein anderer gierig, befahl er Raubzüge gegen das Reich seines weiland Wohltäters und des Sohns einer Hündin, des gegenwärtigen Beleidigers.
Vielleicht wurde Maurikios vergessen. Das Erinnern an den Anlaß seines Todes war verstoben vor den neuen Möglichkeiten eines unermeßlichen Glückes, das Khosro auf eine Person, auf sich selbst konzentrieren wollte. Mit fanatischer

Beweglichkeit wußte er seinen Generalen zu übermitteln, daß sie nur eine Verpflichtung, nur ein Ziel, nur einen Wunsch haben dürften: zu siegen. Zu siegen, um Beute zu erwerben. Beute zu erwerben, um den Großkönig unermeßlich an Reichtum und Zufriedenheit zu machen. Zwanzig Jahre lang trieb er seine Heere durch Mesopotamien, Syrien, Palästina, Phönizien, Armenien, Kappadozien, Galazien, Paphlagonien. Zu ihm strömten Gold, Edelsteine, mechanische Wunderwerke, Statuen, Weiber. Was an Schönheit gewachsen und gebildet, nahm er zu sich, nie ermüdend am Genießen. Die erste große Niederlage seiner Truppen nahm er als vorbedachte persönliche Beleidigung seitens des Feldherrn. Er glaubte kein Schicksal zu haben. Aus Gründen. (Heiliges Kreuz, Labartu.)
Bis hierher bin ich gegangen. Siebenmal vom Tode errettet. Auf einem Pferd durch Klein-Asien. After und Schenkel waren wund. Ich blieb am Leben. Damals noch war ich nicht fett. Der Bauch war noch Knabe. Maurikios sagte: „Schöner Knabe."
Dieser Saèns – geschlagener Feldherr. Krankheit hat ihn befallen. Auf dem Rückzug ist er gestorben.
Er soll in Salz gelegt werden, daß sein Leichnam nicht fault!
Der Tote mußte vor dem Großkönig erscheinen, um sich zu rechtfertigen. Der Tote schwieg, salzig, etwas eingetrocknet, schwieg, verstockt, antwortete seinem König nicht. So wurde ihm das Urteil gesprochen, geschunden zu werden. Er war der Verwesung entrissen worden, um vor den Augen Khosros zerfetzt, zerschlitzt zu werden. Der König fühlte sich beleidigt. Das war das Ende des Toten, nachdem der Lebende im Jahre des Heils 626 durch den Bruder des Kaisers Herakleios, Theodorus, geschlagen worden war.
Die Augen des Königs.
Die Sinne des Königs.
Das Glück des Königs.
Lang lebe der König.
Panzerreiterei, Instrument des Krieges, Menschen, Pferde, Leder, Metall. Sie sangen von Weibern. Sie wurden durch die Länder gejagt. Sie sangen von Lustbuben. Sie wurden durch die Provinzen gejagt. Mesopotamien, Syrien, Palästina, Phönizien, Armenien, Kappadozien, Galazien,

Paphlagonien. Sie waren der Augenblick, den niemand behielt, außer den Weibern, die von ihnen schwanger wurden. Der König war der Fels. Er behielt die Weiber, die ihm einmal gefallen.

Sie raubten, mordeten. Geiles Vergewaltigen, Völlerei, Schauspiel nächtlich verbrennender Menschenwohnungen und Wälder. Die Lust des einen, die Lust des anderen.

Im Jahre des Heils 614 war Khosros (des an Glück unersättlichen) großer Feldherr Shahrbaraz Farrukhan in Jerusalem eingezogen. Die Kristen hatten das größte Heiligtum der heiligen Stadt, das heilige Kreuz, vergraben, daß es nicht in die Hände der Ungläubigen falle. Es gibt kein Schweigen, das nicht gebrochen werden kann (ausgenommen das Restschweigen, das Tod bedeutet). Die Eroberer nahmen den Patriarchen Zacharias, nahmen seinen frommen Leib und folterten ihn. Es gab kein Ende und kein Maß der Schmerzen, die sie ihm bereiteten, keine Erfindung, die sie ausschlugen, ehe er zu sprechen begonnen. Die Tradition der zehntausend Morde wurde an seinem lebendigen Leibe versucht (den sie am Leben zu halten wußten; und daß er nicht ohnmächtig würde, Riechwässer. Wen man mit Holzhämmern auf die Rippen oberhalb des Herzens schlägt, wird nicht ohnmächtig), der nun, gelehrig an den Schmerzen (neunzigtausend Menschen in Sklaverei verschleppt), eine sinnvollere Frömmigkeit erfand und den Platz verriet, wo das Symbol vergraben, das Holz eben, dies Henkerwerkzeug, römischer Galgen, Richtblock, Beil, Rad, Schlachtbank (O Lamm – Gottes – unschuldig). Shahrbaraz wollte seinen Herrn lächeln sehen; er entführte das Kreuz (neunzigtausend Menschen in Sklaverei verschleppt).

Der Unbegreifliche zerspellte das Holz, schenkte ein Stück davon seinem kristlichen Finanzminister Yazdin und sperrte unter Entfaltung von Pomp und Ehrenbezeugungen (der Unbegreifliche, Parwez) für den Inhalt eines fremden Glaubens das Martergerät im neuen Schatzhaus und Staatsgefängnis von Ktesiphon, dem „Haus der Finsternis", ein, glaubend, daß die magischen Kräfte des Unbekannten von nun an ihm untertan, Mehrer seines Glückes sein müßten. Wie die Labartu, die Pestgöttin, die benachbart dem heiligen Kreuz gefangengehalten wurde.

Sie war alt, sehr alt und mächtiger als das Kreuz. Aus Baby-

lon oder Ninive war sie gekommen. Löwenköpfig mit spitzen Eselsohren. Weib, Brüste vom Weib, Weib, das geboren hat und ein Schwein und einen Wolf säugt. In den Händen Schlangen; aus ihrem Schoße wachsen Adlerbeine, mit denen sie auf einem Esel hockt; ihr Buhle bei ihr, der sich in ein Schiff gelagert, das dieses Liebespaar durch die Flüsse fährt; das mit seiner Fruchtbarkeit Eiter sät.
Als einer der Feldherrn des Großkönigs diese wilde Kraft der Zerstörungen gefunden und herbeigeschleift, hatte er aufgeatmet. Er fürchtete Krankheit; er war fett geworden. Grinsend hatte er vor dem Steinwerk gestanden, war wieder davongeeilt, hatte sich selbst wie ein Fabeltier geschmückt. Bunt. Seide der sieben Farben. Fünf Grundtöne: rot, grün, blau, gelb, weiß, dazu die Erhöhungen, der Bogen Abraxas, die Sonne und der Nachthimmel, gold und schwarz. Dazu die Attribute, die Edelsteine. Den Hof hat er angepeitscht zu einer unerhörten Feier. Prozessionen, Paraden vor den Blicken des gefürchteten Dämons. Labartu, Pestgöttin, Eselsgeliebte. Diener und Feldherrn müssen Eselinnen begatten. Daß sie lächle. In den Staub vor ihr. Erniedrigendste Lust. Ich befehle! Eure Gesundheit gebeut, mein fetter Bauch. Es darf keine Unordnung kommen. Was ich abends esse, muß am Morgen wieder aus mir, sonst kocht die Sonne daraus Eselssamen der Labartu.
Dann wurde der Stein in die Grotten des Gefängnisses versenkt.
Der König war gefeit gegen Krankheit, gegen die Anfechtungen eines wandelbaren Körpers. Seinen Ländern kündete er Gesundheit. Sie murrten nicht. Die Eselsgeliebten nicht einmal. Gesundheit. Kein Fieber. Kein Geruch in den stillen Buchten der Wässer.
Er trat in die Gewißheit ewiger Jugend und ewiger Kraft ein. Dreitausend Weiber wählte er sich aus, daß sie die unermeßliche Fülle seiner Lenden faßten. Für die Augenblicksregungen seiner sinnlichen Äußerungen gab es achttausend Mädchen. Er glich einer üppigen blühenden goldgelben Wiese, die dampfend mit dem Geruch ihres Paarens den Himmel füllt.
Er wuchs heran zum Besitzer der zwölf unvergleichlichen Kleinodien, der Attribute und Machtrequisite.
1. Der Palast von Ktesiphon.

2. Khosros Thron. Eine Kunstuhr, ein unüberbietbares Werk der Empfindlichkeit und Berechnung.
3. Die Krone mit den drei größten Juwelen der Welt, die einst Alexanders Hengst Bukephalos aus dem Sand Indiens hervorgescharrt; von denen später die Araber erzählten: groß wie Straußeneier, aus feinstem und reinem Edelgestein, dergleichen sonst nie gefunden wird. Geheimnisvolle Inschriften in griechischen Zeichen, die der Schlüssel zu nutzbringenden Kräften waren, steigerten der Steine Wert über den jedes Dinghaften hinaus.
4. Ein Schachspiel mit Figuren aus geschnitzten Smaragden und Rubinen.
5. Wie Wachs knetbares Gold.
6. Der Gandj i badhaward, der den ganzen Reichtum Alexandreias ausmachte, bei der Belagerung der Stadt von Griechen auf Schiffe verladen und dann gekapert; und kanz althaur, eine Schatzsammlung aus sagenhafter Vorzeit, beim Pflügen im Boden gefunden.
7. Die Geliebte Shirin, den Garten der Schönheit.
8. Die Stute Shabdez.
9. Die Sänger Sardjis und Pahlbadh.
10. Ein weißer Elefant.
11. Die heilige Fahne Irans, der Lederschurz des sagenhaften Schmiedes Kawa.
12. Der Page und Kochkünstler Khosharzu.

Seine Geliebte aber war Shirin. Sie wog elftausend auf. Garten der Schönheit. Fließende Quelle.
Und Shabdez, die Stute.
Und er baute das Denkmal, den Taq i Bustan, als Shabdez gestorben. Der Tod des Pferdes war das Ende seiner Zuversicht und der Anlaß zu traurigen Worten. Wie durch Tränen sah er vor dem Leichnam der Stute noch einmal sein Glück. Es schwemmte ihn durch die Worte der verletzten Seele. In den Marmor gehauen eine Höhle. Man sieht darin die vielen Grade des Lebens, die Khosro gehörten und ihn reich machten; und die Gottheiten, die sich ihn auserwählten, um mit ungewöhnlichem Maß die Wirkung des menschlichen Lebens zu zeigen. Im Hintergrund der Grotte, sozusagen in ihrem unteren Geschoß: der Großkönig, reitend auf der Nächtlichen. Er ist eingehüllt, kriegerisch, in den Duft des Tieres. Ihr Schweiß ist ihm nicht lä-

stig; der Empfindliche, der den Geruch der Rechnungspergamente nicht gut ertrug, und ihn durch Safran und Rosenwasser vernichtete, fühlt sich geborgen, weil durch seine Schenkel, wo er aufsitzt, nicht mit einem Kettenhemd bepanzert, warm, aus den Haaren des Tieres die Berührung, das Unsägliche aufsteigt.

„Der Saphirstift der Nacht hat blau dein Weiß geläutert."

Man findet Shirin nicht abgebildet. Die dreitausend Nebenfrauen sind auf dem Denkmal abgebildet. Shirin ist dem Bildhauer verborgen worden. Die Existenz des Königs sikkert durch seine Maske und sammelt sich wie Wasser in einem Becken. Becken aus Silber, aus Granit, aus Bronze, aus Lapis-Lazuli, aus Zinn, aus Basalt, aus Kupfer, aus Diorit, aus Gold, aus Ton. Scherben und Beulen sind das Ende.

Die Leidenschaft des Bildhauers Farhad hatte ihn unsicher gemacht. Man hat die Geschichte später erzählt, belastet mit Umschreibungen. Shirin fand Gefallen an Farhad. Sie überantwortete ihn nicht dem Zorn Khosros, als sein Werben ihr bekannt wurde. Sie schmeichelte ihn beim König ein, erfand Tugenden an ihm, ließ durchblicken, daß er als Mann mit dem Großfürsten wetteifern könne. Sie vergaß nicht, seinen Großmut, seine Bereitschaft zur Freiheit, seine Selbstlosigkeit, seinen Opfermut hervorzuheben. Wollte Khosro nicht klein werden, nicht der Gefahr, Tyrann zu heißen, den nicht einmal Shirin liebte, erliegen, mußte er sich zu den Eigenschaften bekennen, die jenem nachgerühmt wurden. Unter einer Bedingung mußte er ihm das Bett der Geliebten freistellen. Eine Probe verlangt der Zweifler. Der königliche Zweifler verlangt eine harte Probe. Sie reiten ins Gebirge. Zu dritt. Die Frau, die beiden Männer, die selbstlosen, die großmütigen, die opferwilligen, die Freien, nur sich selbst untertan, der König und der Bildhauer. Begriff Khosro an dem laugigen Geschmack seines Speichels, daß er die kleinste Rolle einnahm, daß nicht nur die Probe gegen den Liebhaber erfunden sein würde, vielmehr gegen ihn selbst?

Vor einem Berge schlossen sie einen Vertrag. Der König lächelnd, nicht ganz erniedrigt, nicht ganz in eine Eule verwandelt, noch Großkönig mit Rechten an seiner eigenen Frau; der Gegner strahlend, weil er am Leben blieb, weil von seiner Mühe und Leistung der Preis abhing.

Farhad soll durch den Berg einen Tunnel graben. Gelingt es ihm, hat der König mit ihm das Ehebett zu teilen.
Er beginnt zu meißeln. Khosro, der kein Urteil hat, die Gewalt eines Einsatzes nicht ermißt, befällt Ruhelosigkeit. Ihm wird berichtet: Farhad hat die Hälfte des Weges im Stein zurückgelegt. Der König ist kein Held. Er kann Schätze sammeln, Geld häufen. Er ist dem Stier gleich im Zeugen. Kein Held. Seine Generale sind Helden. Der Bildhauer ist einer. Der Thronende genießt. Er ist fett. Farhad ist sehnig schlank. Khosro fühlt sein Herz. Er schaut aus nach Vertrauten. Er ist verlassen. König, König. Maurikios hatte ihm die Brustwarzen gestreichelt, als er noch machtlos war.
Er glaubte an die Liebe des anderen zu Shirin, an seine eigene nicht. Er sendet einen Boten zu Farhad. Der Bote spricht: „Shirin ist tot." Es ist die Lüge aus dem Munde des Königs. Farhad stürzt sich vom Felsen herab. Die Ruhe des Königs ist dahin. Er beginnt, die eigene Liebe zu Shirin wie ein Dogma zu handhaben. Es dämmern Gefahren. Er weiß ihren Namen nicht. Es verlautet, an die Grenzen seines Reiches dringe die Pest. Er läßt im Schatzhaus die Labartu strenger bewachen. Doch Kometen jagen am Himmel. Er kennt ihren Namen und ihre Bahn nicht.
Shabdez ist tot. Sie hat sterbend gemistet. Die Generale siegen. Khosros Sieg ist klein, unheldenhaft. Er jagt. Hirsche, Schweine, Enten. Die Weiber schauen ihm dabei zu. Auch Tiere haben Blut in sich. Aber sie schreien nicht. Stummer Schmerz. So fühlen sie nicht. Er glaubt es. Weil er schreien kann. Ihre Eingeweide sind nicht Khosros Eingeweide. Er glaubt es. Weil er sich noch nicht von innen gesehen hat. Man wird ihn belehren. Ihr Zeugen ist nicht sein Zeugen. Ihre Nachkommen sind nicht seine Nachkommen. Man wird ihn belehren. Gemartertes Wild. Gemarterter König.
Es blühen Blumen. Es blühen zwei Pfeiler. Zwei Marmorsteine blühen. Sie blühen im Rhythmus des Akantus. Sie duften rosig weiß wie Spiralen. In den Blättern liegt ein Hauch und breitet sich aus wie ein Fächer. Wo man Fächer denkt, da knospet es. Wo es knospet, wird es drei. Wo die Drei geworden, schwimmt die Lotosblume, blau, bleich, siebengefaltet. Wo sie sich siebenfach entblättert, schießt das

Labyrinth der Staubgefäße, Safran, Same, Knospe, Frucht. Zeit und Ewigkeit. Links und rechts der Grotte blühen Marmorpfeiler. Akantusblätter ordnen sich wie ein Fächer. Die Spirale ist eine Kurve dritten oder vierten Grades, sagen die Mathematiker. Der Stamm ist rund und steht gegen den Himmel.
Hinter den Pfeilern, in der Tiefe der Höhle jagt Khosro zu Pferd, im Boot, umringt von Elefanten. Dreitausend Weiber sind um ihn, sein seichtes Heldentum zu bewundern. Shirin ist nicht unter ihnen. Sie liegt im Kindbett. Sie hat einen Knaben geboren. Armer Knabe! „Khosro liebt dich." Der König dichtet seine Erkennungszeichen. Er ordnet die Weiber nach dem Grade des Wohlgefallens, das sie ihm bereiten. Er sagt es ihnen nicht. Er will ohne Zank leben. Er läßt es einweben in Seide.
Kleine feine schaumige Glückswolken, wie Wellen. Genuß bei geschlossenen Augen. Nichts weiter. Kein Wort. Brüste und Schenkel. Kein Wort. Goldene Glückswölkchen auf schwarzem Grund, wie Nacht und samtene Haut. Fügt er drei Kügelchen hinzu, das Symbol des Tchintamani, will er sich tiefer erinnern, nicht nur tasten.
Ein Mensch, ein Prophet, Muhammed hatte gepredigt. In Arabien. Es war davon erzählt worden. Khosros Augen wurden ohnmächtig, jähzornig, ohnmächtig. Maurikios hatte ihm, jung, die Brustwarzen gestreichelt. Tot. Herakleios hieß der jetzige Kaiser. Die Generale siegen; die Steuern erdrücken das Land. Viergeteilte Lotosblumen, vier Blätter wie Herzen. Nächtliche Lotosblumen, die eine schön wie die andere. Sie alle haben in der Mitte des Kelches eine Tiefe. Verstreut über die Gewänder, bedeutet es, König? – Nächtliche Lotosblumen, geschlossen, halb offen, reif fleischig wie Sirupstrank.
Und daß die Nächte tiefer werden und lang, deshalb webt einen Saum aus Lotosblumen, aus Knospen, aus Lotosblumenknospen, dreigespaltenen, fünfgespaltenen, siebengespaltenen. Der Knospen zweie. Es sind die Brüste, schöner als der Schoß.
Über die Berge der Zwiesang, ein Mann und ein Knabe. Hirten bei ihren Hürden. Unendlich traurig. Traurigkeit der Welt.
Tränen, Tränen, Tränen, Tränen.

Und dichter kann die Nacht werden, dichter die Süßigkeit. Webt durcheinander Blüten und Knospen, dicht wie ein Dickicht. Henkelknospen. Kurvendes Aufbrechen. Man spielt wie auf den Feldern des Schachbretts. Khosro gebraucht keine Lagerstatt. Khosro schläft zwischen den Schenkeln der Frauen. Sie harfen ihm seinen Traum.
Die da ruht, die da ruht, die Mutter Ninazus.
Sein Traum heißt Shirin. Shirin hat einen Sohn geboren. Er ist nicht der älteste Sohn. Er ist der Sohn, den der König liebt. Weil er Shirin liebt. Er ist nicht Farhads Sohn. Farhad ist tot. Shabdez ist tot. Maurikios ist tot. Phokas, Sohn einer Hündin, der siebzigvätrige, ermordet, tot.
Die Goldmünzen mehrten sich in seinen Schatzhäusern. Runde Münzen. Totes Glück. Glück. Er wußte nicht, daß es tot war. Er ließ es einweben in Seide. Glücksstunden. Tote Glücksstunden. Er wußte es nicht. Die Gegenspielerinnen wußten es. Sie waren Münzen. Sie gingen durch die Hand; danach ruhten sie wie im Schatzhaus das Gold. Und waren sie begnadet, wurden sie schwanger, selbst rund. Münzen. In das Rund der Scheibe hinein konnte geschrieben werden, was Khosro an ihnen auszeichnen wollte, bei welchem Anlaß er sie zum ersten oder letzten Mal gesehen. Pfauen, Eberköpfe, Blumen, Steine, Reiher, Widder, Sonnen, Sterne, Wolken.
Etliche gab es, für die dichtete er mit Mühe aus dem Erinnern an seine Leidenschaft in ihrer Gegenwart die Sprache wortloser Pracht. Sein Geist suchte Bestätigung, wirbelte Brocken sehnsüchtigen Schaffenseifers über die Stoffe hin. Die Vergleiche mit den Tieren des Feldes, den Tieren der Träume gründete er tiefer mit dem Schweiß seines Suchens. Er ließ das Wirkliche und Unwirkliche aufflammen in Katarakten brennender Farben. Stoffe wie knetbares Gold. Ertüftelte Gesetze für das Wachstum der Pflanzen, von innen, wie ein Gott im Gehäuse. Mußten in Rauten verschlungen zu Ornamenten sich prägen, selbst zum Gerank und Gitterwerk der Rauten sich verdichten, um einzurahmen die Tiere des Feldes, die beflügelten Schafe, die bekrallten Pferde, die krausen und stolzen Vögel. Kunstreiche Weber folgten seinen Plänen. Der Gedanke überwucherte den Stein. Der Stein begann zu knospen, zu blühen.
Es kam die Zeit, wo er Rechenschaft ablegen sollte. Die Ge-

nerale wurden in offener Feldschlacht geschlagen. Die Söhne der Soldaten kämpften, erwachsen, gegen die Soldaten. Waren ja ihrer Mütter Söhne.
Die Provinzen waren es müde, mager zu werden am Glück des Großkönigs.
Der Kriegsunkundige muß von Gandjak vor dem Heere des Herakleios fliehen; zerstört fassungslos sein Land; brennt nieder; verwüstet die Äcker; verschleppt die Menschen. Nur an die unentbehrlichsten Kleinodien denkt er in seinem Entsetzen vor dem Unglück, an die Attribute und Machtrequisite, an das Geld, an das heilige Feuer, an das Kohlenorakel von Gandjak.
Das Böse wurde schlimmer. Aus den albanischen Winterquartieren rückten des Herakleios Truppen, die Kristen, die die Hauptstadt Mediens bewundert und zerstört, in die babylonische Ebene.
Khosro zittert. Er ist kein Held. Nächtlich, heimlich, nur begleitet von wenigen Menschen, die seinem Herzen am nächsten, macht er sich davon aus der Festung, dem durch Kampf uneinnehmbaren Dastagerd. Die starken Mauern Ktesiphons dünken ihm nicht Sicherheit genug. Nach Seleukeia. Bin einst durch Klein-Asien geflohen. Fliehe wieder.
Der Krist rückt ohne Kampf in Dastagerd ein, schreibt einen Brief an den Senat nach Byzanz, der geflissentlich von fleißigen und patriotischen Dienern eines Nationen feindlichen Glaubens (O Lamm – Gottes – unschuldig) von der Kanzel der Hagia Sophia verlesen wird, in dem das Erstaunen, die Unwahrscheinlichkeit, die große Hure Beständigkeit angekündigt wird in dem reifen Satz: „Wer hätte das gedacht!"
Vor Ktesiphon mußte Herakleios umkehren. Entlang den Ufern eines Kanals schob sich die Elefantenreiterei Khosros vor. Graues gespensterhaftes Stampfen. Die Schatten seiner glückhaften Existenz.
Der König selbst schrieb eine Rechtfertigung seines Lebens. Er tat darin kund, daß er eine Art Mensch, die unter gewissen Konstellationen verworfen werden können. Erklärte, daß er nach Seleukeia habe fliehen müssen; denn nur fern der Gefahr vermöge sich der schaffende Geist zu betätigen. Von der äußersten Grenze seines Reiches aus habe er

das Rettende, das Vernünftige beschlossen. Zermalmen der römischen Heere durch die Sohlen der schreitenden Elefanten. (20000 Hufe. Eine bewegliche Mauer von 100 Fuß Tiefe und 3000 Fuß Breite.) Seine Berechnungen seien der Wille der Generale geworden. Er habe das Schicksal des Landes wieder zum Guten gewendet, nachdem er zuvor der Überraschung, nicht der Kunst eines feindlichen Feldherrn gewichen. Er berief sich darauf, was niemand seiner Zeit zu schätzen verstand, daß er ein guter Administrator, ein noch besserer Kaufmann. Er machte die Hauptbilanz in Zahlen.

Am Ende meines 13. Jahres, nach einjährigem Kriege mit dem Kaiser Phokas (Sohn einer Hündin, der siebzigvätrige), ließ ich prägen. Nach Abzug aller Löhne und sonstigen Ausgaben verblieben im Schatz 400000 Beutel gemünzten Geldes.

Am Ende meines 30. Jahres ließ ich abermals prägen. Nach Abzug aller Löhne und sonstigen Ausgaben verblieben im Schatz 800000 Beutel gemünzten Geldes, die gleichzusetzen sind 1600 Millionen Nithqal.

Bis zu meinem 38. Jahr ist dies Vermögen unablässig angewachsen. Nur einmal, in meinem 18. Jahr, war der Schatz nach Abzug aller Unkosten und Spesen bis auf 420 Millionen Nithqal heruntergekommen.

Er fühlte, daß er trotz des Sieges seiner Elefantenherde würde abdanken müssen. Geflohen bis Seleukeia. Es mußte hochgestellte Persönlichkeiten geben, die ihm das nicht verzeihen konnten. Und er entschloß sich, dem Thron zu entsagen. Er entsagte zugunsten seines Sohnes, den er am meisten liebte, der nicht der älteste seiner Söhne war, zugunsten des Sohnes der Shirin, die nur, wie gesagt wurde, seine Geliebte war.

Aber sein Wunsch wurde als eine stärkere Beleidigung hingenommen als seine Flucht. Sein freiwilliger Verzicht wurde nicht erhört. Die früher geborenen Kinder fühlten sich betrogen. Ungeliebt. Schimpf gegen ihre Mütter. Sheroe, ein älterer Sohn (älter als Shirins Knabe), wurde der Zurückgesetzten Wortführer. Er diktierte die Abdankung. Sein Haß zettelte einen Prozeß an gegen den eigenen Vater und den geliebten Nachkommen (von Khosro geliebt, von Sheroe gehaßt) des Glückreichen (Parwez), erließ gegen die

beiden, die einander liebten, Vater und Sohn, einen Haftbefehl, er, der Hassende, der neue König, Sheroe, um dessentwillen Khosro nicht abgedankt war. In dem Prozeß, der im Namen des Volkes geführt wurde, brachte der weiland König die genauen Auszüge aus seinen Geschäftspergamenten bei (einst, wegen der Lästigkeit des Geruches mit Safran bestäubt, mit Rosenwasser übergossen) und ließ eine große Verteidigungsrede darin zuende gehen, daß er behauptete, er habe sein Land gut verwaltet. (Die Hauptbilanz ist mitgeteilt worden.)
Er wurde (im Namen des Volkes) im Hause der Finsternis zu Ktesiphon eingekerkert, gezwungen, den Hauch aus dem Munde der Labartu (Eselsgeliebten) zu atmen. Das Symbol der ewig marternden Gerechtigkeit, Kreuz, Spinnweb, Zeichen des Universums im Räumlichen, im Zeitlichen, in der vierten Dimension (positiv, negativ, rational, irrational, o Lamm – Gottes – unschuldig –), über dessen Auslieferung in Friedenspräliminarien verhandelt wurde (Herakleios – Sheroe) – das Holz bedrängte ihn mit Gesichtern der daran Genagelten, der daran Gestorbenen (100000. 1000000. Aufstand des Spartakus. Alle, die man gefangennahm, wurden gekreuzigt).
Einige Tage lang überlegte Sheroe einen Plan, eine Vergeltung, die Tat eines Hasses, den ungehemmten Lauf einer Gerechtigkeit (im Namen des Volkes). Das Fieber begann schon, in dem weiland König Khosro Parwez (dem Unbegreiflichen, Glückreichen) mächtig zu werden. Dann sagte er (Sheroe, der neue König, Nachfolger Khosros) schuldig, was bekanntlich leichter sich sagt als unschuldig, denn es ist kurz, gegenüber dem dreisilbigen Wort. Und es erschienen Henker, Leute, die ihr Handwerk verstanden, mit einer gewissen Weisung. Sie schafften in die Nähe, vor die Augen des weiland Königs, jetzt in Ketten gefesselt, eine Schlachtbank, und auf diese legten sie, lebend, entkleidet, gefesselt, wie sich versteht, den Sohn der Shirin, ebenfalls weiland König, Usurpator, wie gesagt wurde, Verbrecher; und begannen, vor den Augen des Vaters, ihn aufzuschneiden, beim Bauch beginnend, auszudärmen, den Sterbenden zu entherzen, zu entmannen, zu enthirnen, zu entzungen, zu entlungen, zu entnieren, zu blenden. (O Lamm – Gottes – unschuldig.) Mit einer viehischen Attitüde der Unterwelt

platzte das Fieber der Labartu in den Adern Khosros zu eiternden Schwären. Gemartertes Wild! Siebenblättrige Lotosblume. Paradeisgrotte. Blühende Pfeiler. Spiralen des Akanthus.

Das Los Shirins, Hure in fremden Betten, erfuhr der König nicht mehr, denn sein Ohr verweigerte die Annahme von Lauten. Wenige Stunden nach dem Hinschlachten seines Lieblingssohnes wurde er gespeert. Wie sein Vater. Und begann die Verwesung, wie sein Sohn, wie Farhad, wie Shabdez sie begonnen hatten. Die auch dereinst beginnen würde Shirin.

Sheroe wurde vergiftet oder starb an der Pest.

Feldherr Shahrbaraz, ebenfalls König, vier Wochen Regent, dann ermordet.

Boran, Khosros Tochter, Regentin, starb.

Ardashir III., das Kind, die Flut trieb ihn davon.

Die Katholische Kirche feierte das Fest der Exaltatio Sanctae Crusis (o Lamm – Gottes – unschuldig am Stamm des Kreuzes geschlachtet –).

Die Seele des Menschen hat ewiges Leben. Die Seele des Tieres verwest wie des Tieres Leib. Und kann gefressen werden wie des Tieres Leib.

Wie eines Maultiers Nüstern weich sind deine Schenkel.
Des Safrans Übergelb umschattet deine Brüste.
Der Saphirstift der Nacht hat blau dein Weiß geläutert.
Ich stånd versteint, wenn ich geheimen Wunsch nicht wüßte.

5 Der Gärtner

Ein Obstgärtner wohnte an der Bucht in einem kleinen Holzhaus, hundert Meter über dem Fjord, halbwegs hin zur senkrechten roten Granitwand des Blaaskavlmassivs. Er hieß Lars Solheim. Er war sehr alt. Sein Haupthaar war lang wie das eines Weibes und schneeweiß. Auch sein Bart war weiß und flüssig im Wind wie Quecksilber. Der Mann war klein und mager. Seit Jahrzehnten hatte er kein Fleisch mehr gegessen. Seine Haut war wächsern und gelb wie der Widerschein eines Feuers, in das man Salz geworfen hat. Er glich einem Toten. Als er mich gelegentlich ansprach und mir mit seinem Gesicht nahe war, konnte ich mich eines Furchtgefühls nicht erwehren. Er schien mir nicht den allgemeinen Ausdruck eines Menschen zu haben, nicht einmal den Blick eines Menschen und gar nicht dessen Verhalten oder Vernunft. (Daß er unangenehm stank, verschärfte den Eindruck des Abwegigen.) Er schenkte mir Blumen. Das erscheint fast wie Wahnsinn, wenn man in Vangen wohnt. Er war ein Mann von Wissenschaft. Er hatte Umgang mit Trollen gehabt. – Wohl weiß ich, es ist Torheit, ungewisses Gerede niederzuschreiben (welche Tatsachen und Aufschlüsse wären auch gewiß?). Und doch, ich widerstehe nicht. Der Gärtner hat mir den Platz gezeigt, wo er, höchst selten, einen Troll erwartete. Es ist eine Geröllhalde, die fast senkrecht unter der Südmauer des Blaaskavlriesen liegt. – Ich sehe die Landschaft in mir, ganz unverblaßt. Meine Gedanken, auch wenn sie durch die Sinne gegangen sind, können nur ein paar beschreibende Laute zusammenstellen. Allerweltsworte. –
Das Geröll besteht aus Schiefer. Ganz unerwartet. Er ist wie eine dünne Falte im Gestein, weniger, wie ein Flecken Tuch, ein paar hundert Meter im Geviert, über den Granitgrund gezogen. Ein sehr dünnes Gewässer kommt aus einer Schlucht hervor. Ein Birkenhain, dicht mit Bäumen bestanden, wächst auf dem Schotter, wo er schon erdig zerbrökkelt. Dünnes Gras hat sich um die Füße der Birken gelegt. Es ist ein so milder Ort, wie wenn er gar nicht natürlich,

sondern erdacht wäre. Das Seltsame aber, was dem Ort anhaftet, ist die hörbare Traurigkeit und das aufdringliche Schweigen anderer Eindrücke. Es will mir scheinen, selbst wenn Sturm wirbelnd aus dem Flaamsdal oder über Oyje einfällt, wird der Platz etwas von seiner lauten Stille bewahren. – Hier also, fast unter Birkenblättern eines letzten Herbstes begraben, liegt ein Stein. Es ist ein recht gewöhnlicher großer Stein. Neben diesem Stein streckte sich der Gärtner in ihm bekannten Nächten zum Schlafen aus. Und ruhte, ohne Beklemmung, bis ein Troll ihn weckte. – So hat er es mir erzählt. Von den Gesprächen hat er mir nichts verraten. Er verstand sich auf Kräuter, denen Kräfte innewohnen, die dies und das, was man nur wünschen will, bewirken. Vielleicht lernte er das bei dem Stein. –

Die Trolle sind die Anwälte der Tiere. Sie suchen den heim, der Tiere quält. Bestimmte Geschöpfe, ihre Lieblinge, darf man nicht töten. Manchmal verlieben sie sich in eine Elchkuh oder ein Rentier. Auch Haustiere unterstehen ihrem Schutz. Manchen Kühen sollen sie das Euter leersaugen. Es soll nur scheinbar zum Schaden des Bauern sein. Die Trolle sind Männer, wie die Engel. Es ist kein Geheimnis; aber von ihrer Geburt weiß man fast nichts. Man sagt, sie seien ein wenig kleiner als Menschen (ich habe auch berichten hören, sie seien größer als Menschen) und bartlos, seit Jahrtausenden. Sie gehen wie die Bauern gekleidet, mit schwarzer Hose und bunten Kniebändern. Sie tragen ein rotes Tuch um den Hals. Ohne dies rote Tuch hat noch niemand einen Troll gesehen.

Ich fragte ihn: „Welche Nächte sind die geeigneten?"

Er antwortete mir nicht.

Der Gärtner war krebskrank. Eine erwachsene Tochter, die ihm den Haushalt führte, erzählte es mir. Ich schaute sie unlustig und fragend an.

„Er weiß es", sagte sie, „aber er wird daran nicht sterben. Er ist beschützt, bis zu seinem hundertsten Lebensjahr."

„Hat er das erzählt?" fragte ich.

Sie nickte mit dem Kopf und fügte hinzu: „Ich glaube nicht daran. Mir ist zuweilen, als sei er schon gestorben. Er ißt gar nichts mehr." Ihr stürzten Tränen aus den Augen.

„Lieben Sie ihn?" fragte ich argwöhnisch.

„Er ist ein Besessener – oder auserwählt", sagte sie, „ich

glaube, er hat meine Mutter vergiftet. Ich liebe ihn gar nicht. Er stinkt wie ein Aas.“ –
„Sie sprechen viel aus“, sagte ich.
„Ich kann nicht mehr beten. Ich kann auch nicht schweigen. Es ist wunderlich in diesem Haus.“
Er hauchte eines Abends den Geist aus. Wurde starr und steif und noch gelber. Die Tochter lief nach Vangen und berichtete es. Sie hielt keine Totenwache. Sie schlief, sie war ziemlich zerrüttet, bei fremden hilfsbereiten Leuten.
Am nächsten Morgen aber erhob er sich wieder, wie wenn er nicht gestorben wäre. Sein Herz schlug nicht, und seine Lungen sogen keinen Atem. Und die Haut an ihm war kalt und ledern. Und die Augen waren dunkel und ausgebrannt. Auch er ging nach Vangen hinab, auf den Markt. Zu den Menschen, die alle wußten, er ist gestorben. Als sie ihn sahen, sprachen sie: „Du bist ja nicht mehr.“ Er antwortete: „Man wird noch einiges erfahren.“ Und er stand auf dem Marktplatz und hatte dort nichts zu schaffen. Er sagte: „Blumen“, als ob er welche kaufen wolle. Doch hielt er keine in seiner Hand. Er ging bis vor die Tür der Krambude Olaf Eides, doch öffnete er sie nicht. Er schlürfte über die Fliesen zu den Aborten des Hotels. Er bewegte die angelehnten Türen, schaute hinein. Die Kirche blickte er nicht an, nicht den Totenacker. Er sah mit den blinden Augen durch manches hindurch. Er bemerkte etwas Neues. Er sagte: „Der Ragnvald hat starke Knochen. Die werden in fünfhundert Jahren noch nicht vergangen sein.“ Das Muskelfleisch zog er nicht in Betracht. Er ging heim, legte sich wieder, war tot. Am nächsten Morgen traf man ihn abermals auf dem Marktplatz.
„Was willst du hier?“ schrien die jungen Kerle.
„Ich suche Menschen mit Pferdeknochen“, sagte er, „Glasknochen, schöne weiße feste Knochen. Den Ragnvald und dich Per und dich Kaare und dich Sigurd.“ Und er berührte die drei unter den anderen.
Am dritten Tage sagte er achtzehn Namen vor sich hin. Er kam jeden Tag wieder herbei, schaute nach, wer etwa von den Bergen herabgekommen war, prüfte die jungen Kerle. Nach geraumer Zeit erschien er plötzlich in den Häusern, blickte geil auf die jungen Frauen, röchelte. Das war eine Dreistigkeit, die man nicht hinnehmen wollte. Man fuhr

ihn an: „Du hast eine stinkende Schweinsschnauze."
„Ich weiß es", antwortete er, „es wird vorübergehen."
Svend Onstad, der von seiner Besitzung herabgestiegen war und manches gehört hatte, sagte zu Lars Solheim, dem Obstgärtner: „Kommst du auf meinen Hof und schwätzest mit meinem Weibe, wird einiges geschehen, was dir nicht angenehm ist."
Der Alte antwortete: „Gewiß, gewiß."
Aber es geschah etwas ganz anderes, als was der junge Bauer sich errechnet hatte. In der Dämmerung, auf dem Heimwege im Gebirge stand plötzlich der Obstgärtner vor ihm. Geschmeidig wie eine Katze und dürr wie entlaubte Äste. Und ein fauler Schatten war in der Luft. Svend Onstad fühlte seine Fäuste erlahmen. Und der Alte redete hastig, wie wenn seine Stimme ein Wasserfall oder der nahe Wasserfall seine Stimme. Und der Jüngere kam nicht dazu, eine Gegenrede zu erfinden.
„Du bist jung. Die jungen Starkknochigen sollen etwas ausrichten. Du wirst bald wissen, was ich meine. Dieser Augenblick und das übrige, Erinnerung, weißt du, wird schnell vorüber sein. Du läufst zu einem hübschen Weib. Deine Beine können auch andere Wege gehen. Wird sich erweisen. Wenn erst das Hirn ein bißchen kühler. Ich brauche deine Antwort nicht. In einer Minute werden wir uns einig sein." Sprach's. Kam heran. Schwang ein Etwas durch die Luft. Vielleicht war es ein Nichts. Doch ging es durch Svends Schädel mit unbekannten Schmerzen. Da lag der junge Mann. Und sein Pferd schreckte zur Seite. Trabte zitternd voran. Prustete. Bequemte sich wieder zum Schreiten.
Svend Onstad erhob sich vom Boden, sagte: „Ja. Abgemacht."
Er trat in seine Stube. Er sah sein Weib. Er erdrosselte es. Grundlos. Er empfand nichts dabei. Der Obstgärtner stand da. Sprach nichts. Die drei hatten sich nichts mehr zu erzählen.
Als Svend Onstad unerwartet am nächsten Tage wieder in Vangen erschien, hatte er eine braune Wunde an der Stirn. Er erzählte wirr von dem Begebnis in den Bergen. Plötzlich rannte er mit dem Kopf gegen die Kirchhofsmauer – wie ein Stier im Frühjahr, wenn das Vieh zum erstenmal ausge-

trieben wird, gegen einen Strauch oder jungen Baum –, als wolle er sie einstürzen. Dreimal schlug er zu. Dann war sein Gehirn offen und blutig.
Ein Trupp junger Burschen stürmte die Bucht entlang nach dem Hause des Gärtners. Sie fanden ihn. Er lag in seinem Bett. Er war reglos und stumm auf dieser Seite des Lebens.
Es war Spätherbst geworden. Ende November oder die ersten Tage des Dezember. Da entsann ich mich mit Heftigkeit der Mitteilung, die mir der Gärtner gemacht hatte. Eine Sehnsucht nach dem entlaubten Birkenhain ergriff mich. Ich war töricht und hoffte auf ein ungewöhnliches Abenteuer. Als der frühe Abend das Land mit Dunkelheit überzogen hatte, machte ich mich auf den Weg. Niemand begegnete mir. Ich kletterte in der Finsternis die Halde hinauf, ließ mich auf den vom Gärtner bezeichneten Stein nieder. Ich horchte in die Stille. Allmählich verging meine Erwartung. Der halbe Mond warf sein Licht auf die gegenüberliegenden Berge. Dieser Platz, ich selbst, blieben im Schatten. – Mir würde kein Troll begegnen. Ich liebte Tiere und war manchmal ihr Anwalt gewesen. Aber wie stark hätte diese Liebe sein müssen, um einen Troll zu wecken, der tief im Urgrund schlief! – Ich wußte, daß ich unbedacht gewesen war. Ich würde allein bleiben. Aber jetzt genoß ich die gläserne Luft, den dünnen Zirplaut des Gewässers, das Rascheln des Laubes unter meinen Füßen. Der erste Schnee hing über den hohen Granitbarren jenseits des Fjordes. Es war eine überirdische Sehnsucht in mir, die Melodie des Erdreichs einzufangen, den Gesang des Schotters, auf dem Birken wuchsen – wenn sie entlaubt sind – und der erste Schnee die Quellen in den Bergen nährt – mit jungfräulicher Sternenmilch. –
Ich erhob mich. Als ich wieder auf dem Wege war, löste sich der süße Krampf, der mein Herz gepackt hatte. Inmitten einer undenkbaren Traurigkeit war ich glücklich. Ich hätte weinen können. Aber ich behielt die Tränen. Ich schritt aus. Ich meinte zu spüren, jemand sei mir im Rükken. Ich hörte das Geräusch seiner Schuhe auf dem holperigen Weg. Ich blieb stehen, um ihn vorüberzulassen, denn er schien schneller voranzukommen als ich. Es war ein Mann. Er grüßte nicht. Er sah mich nicht an. Fast muß ich

glauben, er hat mich nicht bemerkt. Als er zwei Dutzend Schritte Vorsprung hatte, glaubte ich zu erkennen, er trug ein rotes Tuch um den Hals. Mein Herz begann unsinnig zu schlagen. Fast ohnmächtig wurde ich vor Überraschung. Ich folgte dem Manne und hatte Mühe, ihn nicht aus den Augen zu verlieren, so hinfällig hatte mich ein schöner Verdacht gemacht. Wir erreichten Vangen. Der Mann bog den Weg zur Schmiede ein und kam so, im Rücken der Ortschaft, auf die Straße, die das Tal aufwärts führt. Noch ehe der Pfarrhof erreicht war, bog der Fremde vom Wege ab, überquerte eine Geröllwiese, als ob er zum Fluß hinab wollte. Aber er nahm – es standen ein paar alte Birken auf der Wiese –, nachdem er die Bäume erreicht, die Richtung auf ein kleines Gehöft, das in der Niederung lag. Ich sah ihn die Tür zum Kuhstall öffnen und darin verschwinden. Ich wartete vor der Tür, ob sich etwas ereignen würde. Der Mond stand mit weißem Licht über dem Tal. Man hörte den grollenden Ton des eiligen Flusses. Aus dem Stall drang kein anderer Laut als das satte Stöhnen der Rinder. Ich öffnete die Tür; die Glieder bebten mir. Es kam Licht durch zwei niedrige breite Fenster, die in die roten Holzbalken eingelassen waren. Ich sah niemand. Ich beugte mich über die liegenden Rinder. Es waren ihrer drei. Eine vierte Kuh stand dunkel vor der Giebelwand. Ich fuhr ihr über den Rücken und Schwanz, ich griff ihr unter den Bauch und ans Euter. Ich stöberte den Mann nicht auf. Und der Stall hatte nur die eine Tür, durch die wir gekommen. Ich setzte mich auf eine Raufe und wartete. Ich fühlte, wie die Rinder mit freundlichem Verwundern ihre Hälse nach mir reckten. Ich dachte einen Augenblick lang, daß ich nun glücklich sei. Einem Manne war ich nachgeeilt und fand mich nun allein in einem Kuhstall. Der Friede, den die Sterne austeilen, erreichte auch mich. Plötzlich argwöhnte ich, man möchte mich hier entdecken. Ich machte mich eilends davon, die alte Unruhe im Herzen. Ich bemerkte, das Gras war bereift. Der Mond hatte sich schon verkrochen. Es war spät geworden.

6 Die Geschichte der beiden Zwillinge

Es wurden zwei Knaben als Zwillinge geboren. Schnell nacheinander verließen sie den Schoß der Mutter. Und es erwies sich, sie waren einander ähnlicher als sonst zwei Dinge gleicher Form. Sie wuchsen heran. Und als man sie nach einem Jahrzehnt wieder betrachtete, waren sie sich noch ähnlicher geworden. Und sie glichen einander wie klares Wasser, das Kelle um Kelle aus dem gleichen Teiche geschöpft wird. Sie hatten unähnliche Namen erhalten. Die Namen hatten nicht vermocht, sie voneinander zu trennen. Ihr Körper hatte nur ein Ziel, dem anderen nachzueifern in der Gestalt. Da die Mühe des einen so schwer wog wie die Mühe des anderen, und das Maß wechselseitig vom einen zum anderen genommen wurde, gewann keiner der beiden einen Vorsprung. Und zwischen Tag und Tag bereitete sich die größere Gleichheit vor. Erkrankte der eine, so konnte der andere nicht mehr weit vom Krankenlager sein. Die Menschen ihrer Nähe wußten bald, daß der Stoff, der zum Gedeihen eines Menschen zusammengekommen war, sich schon im Mutterschoße gespalten hatte und zweien verliehen worden war. Nach abermals wenigen Jahren geschahen wunderbare Dinge mit ihnen. Auf der Schulbank konnte der Lehrer sie nicht unterscheiden. Er verwechselte sie. War er doch auch nur mit Augen und Ohren begabt. Auf der Straße wurden sie mit ihrem unrichtigen Namen angesprochen. Sie fanden sich darein, jeder, auch auf den Namen des anderen zu hören. –
Sie erregten sich über den unklaren Zustand, in dem sie sich befanden, und versuchten, sich voneinander zu halten. Sie umschlichen sich nur, berührten sich kaum, damit sie sich nicht ineinander verfingen. Trotz vieler Vorsicht und noch größerem Widerstreben begannen sie des Nachts voneinander zu träumen. Und es war ihnen, als ob der eine in den anderen überflösse. Aus ihrem Selbst wurde das Du. Ihr Bewußtsein plätscherte mehrmals hin und zurück. Bis sie die Erinnerung an den Namen des Ich verloren hatten. Als sie erwachten, konnten sie vertauscht sein. Es bedurfte

einer Aussprache zwischen ihnen, in der sie aufs neue die beiden Namen auf sich verteilten. Trotz so viel sicherer Ordnung blieb ihre Existenz ungewiß. Sie mißtrauten einander nach diesem Traum und wandten sich im Zorn voneinander ab. Heimlich erwogen sie, der eine mußte den anderen töten. Aber plötzlich kicherte es wie Hohn hinter dem Plan: daß sie sich selbst töten würden; und nur der vertauschte andere zurückbliebe. Dennoch trugen die blutigen Gedanken eine Frucht. Sie wollten sich ein Unterscheidungszeichen gewaltsam aufzwingen. Und der eine unter ihnen ging hin, nahm ein dolchartiges Messer und brachte sich unterhalb der linken Brustwarze eine breite Schnittwunde bei, tief gekerbt bis auf die Rippen. Als das Geschehene mit einer wulstigen Narbe verheilt war, zeigte der Gezeichnete eines Abends beim nächtlichen Entkleiden dem anderen das heimliche Mal. Der schwieg eine Weile betreten, entblößte dann seinen Oberkörper. Auch er hatte den Dolch genommen. Wortlos, zornig, suchte jeder sein Bett. Verzweifeltes Ahnen: niemals würde der eine vor dem anderen ein Geheimnis haben können. Dunkle Triebe glommen in ihnen auf. Sie fühlten sich voreinander nackend, schämten sich voreinander. Ein Gott aber lächelte und wand ihnen alle Dolche aus den Händen.

Auf einer Straße lag ein ungehöriger Stein. Über ihn stolperte der eine der Brüder. Er fiel unglücklich. Stieß sich die obere Zahnreihe ein. Blutüberströmt wurde er ins Haus getragen. Als ein Arzt sich um ihn bemühte, kam der zweite Bruder des gleichen Weges. Umherstehende Kinder erzählten ihm, daß über diesen Stein vor wenigen Augenblicken sein Bruder – – –. Sie hoben den Gegenstand auf, eben diesen Stein, warfen ihn dem Zweiten vor die Füße. Er horchte auf, glaubte ein Signal zu hören, wollte seine Füße zum Lauf beschleunigen. Da lag wieder dieser Stein vor ihm. Er stürzte mit dem gleichen Fall wie der Bruder, erlitt die gleiche Verwundung. Seit jenem kranken Tage trugen sie eine breite Goldklammer über der oberen Reihe der Schneidezähne.

Ihre Zeit wurde reifer. Es gab kaum noch Anlässe und Gedanken, deren sie sich schämten. Man sagte von ihnen, daß das Böse lose in ihnen säße. Was auch immer über sie gesagt wurde, die zwei Bedrohten wollten in ihrer Gesinnung verträglich bleiben. Sie faßten, schon halb erwachsen, einen Entschluß. Sie wollten voneinander gehen. Verschiedene Erdteile sollten an ihnen wirken, verschieden heiße Sonnen ihren Körper bestrahlen. Der eine wird braun, der andere bleicht. So dachten sie. Denn sie hatten zuweilen bemerkt, daß der eine ein wenig blühender aussah als der andere. Immer wieder hatten sich diese Schwankungen verwischt. Mit Anstrengung würde man den Wagebalken aus dem Gleichgewicht herauswuchten. – Eine plötzliche Trennung nur konnte sie voreinander erretten.

Eines Tages stach von einem Küstenplatz ein Dampfer in See. Auf dem Deck des Schiffes wandelte der eine. Er hatte beim Verlassen des Hafens nicht mit heimatlichen Gefühlen über die Reling geschaut. Er hatte in seiner Kabine eingeschlossen nur ein paar Seufzer ausgelassen. Grundlose Schwermut, die dem Ungewissen galt. Tief in ihm war es fröhlich, denn er fuhr außer Landes, südlich. Milde Gedanken kamen über die Wasser zu ihm, umschmeichelten ihn. Er sah langsam eine der Türen der Decksaufbauten sich öffnen. Eine Gestalt trat hervor, die ihm glich. Er wollte an Gespenster glauben. Herz, das vor Erschrecken stillstehen will. Ohr, wie mit Wachs ausgegossen. Schwindel. Seine Augen schlossen sich. Schwarz wie geronnene Galle. Die Zeit zerfaserte die Ohnmacht zu einem Nacheinander. – Der Mensch ist arm. Und einsam. Und ausgeliefert. Daß ihm niemand hilft, darum ist diese Geschichte. Daß er an keine Brust flüchten kann, keiner Nacht entrinnen, deshalb ist diese Geschichte. –

Die Brüder erkannten einander. Als das Schiff den ersten spanischen Hafen anlief, wollten sie von Bord. Eine List sollte sie trennen. Als erster der Passagiere, die an Land gingen, war der eine am Kai, enteilte, floh. Der andere, damit seine List gelänge, verweilte bis zur vorletzten Minute des Abtäuens an Bord, enteilte in dieselbe Stadt. So hatten sie einen kurzen Abstand voneinander gewonnen.

Doch geschah es nach geraumer Zeit, daß sie einander auf der Hauptstraße dieser spanischen Hafenstadt begegneten. Es war gegen Abend, Lichter flammten schon auf. Schnarrende, näselnde, sehr überflüssige Musik drang aus einem kleinen Café heraus. Ein Kind glitt in diesem Augenblick aus und fiel aufs harte Steinpflaster. Es begann zu weinen.

Auf dieser Straße war alles genauso wichtig und vorbestimmt wie die Begegnung. Sie begriffen es. Sie erzählten einander ihre Erlebnisse in dieser Stadt, in der sie Nachbarn gewesen waren, ohne es zu wissen. Die Häuser waren ein Nebel gewesen. Jetzt war die Straße aus Glas. Sie selbst wurden gläsern und erkannten einer des anderen entblößte Existenz. Sie beschlossen, gemeinsame Sache zu machen. Gemeinsame Sachen sind stets Wege zum Gewissenlosen. Sie verloren, wie bei den Tagen ihrer Kindheit, alle Scham voreinander. Man sah sie gemeinsam oft des Abends in Kaffeehäusern sitzen. Sie betrachteten ihr Leben als verfehlt, weniger: als halbiert. Die philosophischen Schlüsse waren auf ihrer Seite. Sie wurden genügsam und ausschweifend gleichzeitig. Zuweilen waren sie betrunken. Dann umarmten sie sich und küßten einander, sprachen gebrochen, der eine, der andere sei seine liebe Hälfte, sein halbes Leben, sein vollkommenes Vorbild. Oder was sonst Moralisches oder Unsinniges über das Wunderbare ihres Daseins vorgebracht werden konnte.

Es kam eine Zeit mit einem Anlaß zu vielen tragischen und wilden Reden. Sie beide liebten ein Mädchen, das keine Zwillingsschwester neben sich hatte. Jeder wünschte es für sich zur Frau. Sie weinten einander nächtelang vor. Sie erschöpften sich unter Tränen, daß sie wieder gute Menschen werden wollten. Der Vorsatz festigte sie. Sie destillierten ihr Gemüt auf alle Grade des Entsagens hinauf. Nach Wochen, eines Nachts, unter heftigen Anfällen von Schluchzen verzichteten beide um des anderen willen auf die Geliebte. Der eine sollte der Knecht des anderen sein. Des einen Los sollte es werden, zu regieren; der andere würde ein Sklave werden. Er sollte genießen, der andere leiden. Das Ende der gegenseitigen Bemühungen war, da sich kein anderer Weg auftun wollte, daß um die Geliebte gelost wurde. Sie erschraken, denn das billige Orakel wurde kein Zwilling. Es entschied mit nein und ja. Da war wieder der Haß in ihnen locker. Betrogen, betrogen! Doch wurde das Mädchen des einen Hausfrau. Aber sie wußte nicht, wessen Genossin sie geworden war. Die Eheschließung gab den ruhelosen Brüdern keine Freiheit. Der Verheiratete mußte sich um den Ledigen mühen: denn er fühlte, er hatte eine Schuld abzutragen.

Ihr Leben war nicht milder geworden. Noch immer verband sie der gleiche Lebensstrang wie einst im Leibe der Mutter. Gedanken der Art, der eine müßte um des anderen willen aus dem Wege geräumt werden, wagten sich wieder hervor. Die Brüder deklamierten diesen Ausweg und feilschten dann wie an einem Diskussionsthema. Eine geängstigte Frau stand daneben und begriff nichts. Sie unterschied nicht einmal die Redenden voneinander. Sie war schwanger. Sie fürchtete plötzlich, Zwillinge gebären zu müssen.
Der Verheiratete beschloß endlich leer, überwunden, überdrüssig der Worte, sich nach einer geeigneten Ehefrau für den Bruder umzutun. Eines Tages stellte er dem Bruder ein Mädchen vor, das er vorgab zu lieben. Er gebärdete sich mit hundert Zeichen der Abneigung gegen die eigene Gattin, küßte und umarmte die Fremde. Den Bruder machte er toll nach der neuen Geliebten. Er erfand freche und spitze Redewendungen, um ihn zu reizen. Als alle Fasern des zweiten von Gift ergriffen schienen, trat er, der Schauspieler, jenem die Geliebte ab. Alle Spannungen lösten sich. Der eine zog sich, unschuldig, in die alte Ehe zurück. Die Frauen waren zu Märtyrerinnen geworden. Die Brüder hatten gelitten wie Heilige in ihren Folterqualen. So wurde die zweite Ehe gestiftet.
Allem Ablauf wohnt die Richtung zum Niederen inne. Dem Gesetz ihres Daseins entrannen die Brüder nicht. Es nahm ein schlimmes Ende mit ihnen. – Die Brüder waren vom Hause fort. Sie würden bald zurückkommen, das wußten die Frauen. Die eine trat vor das Haus. Da kam auch schon der eine der zwei. Sie glaubte, es sei ihr Genosse. Und er, der ihr entgegenkam, tat so, als sei er es. Er allein wußte, daß er es nicht war. Aber eine Stimme in ihm ließ ihn begehren des Bruders Weib. Einen Kuß begehrte er, denn er fühlte die Sehnsucht des Bruders in sich. Er verlor das Gefühl, daß er Unrecht tue. Er verlor sich an seine Gestalt. Und er trat ein, wohin ihn die Frau seines Bruders geleitete.
Ein wenig später ging die andere Frau vor die Tür des Hauses, um Ausschau zu halten nach ihrem Genossen. Da kam er auch schon heran. Sie glaubte, daß er es sei, hatte sie doch den Bruder schon ins Haus gehen sehen. Und jener, der ihr entgegenkam, tat so, als sei er ihr zugehörig. Er al-

lein wußte, daß er es nicht war. Aber eine Stimme in ihm ließ ihn begehren des Bruders Weib. Einen Kuß begehrte er, denn er fühlte die Sehnsucht des Bruders in sich. Er verlor das Gefühl, daß er Unrecht tue. Er verlor sich an seine Gestalt. Und er trat ein, wohin ihn die Frau seines Bruders geleitete.

Da nun keiner der Brüder den anderen hinderte, verbrachten sie die Nacht an der Seite der ihnen nicht angetrauten Frauen. Und diese bemerkten es nicht. Die Brüder wußten voneinander, was geschehen war, aber sie duldeten ihre gegenseitige Schuld. Sie erteilten sich Erkennungszeichen, Verzeihen, Übereinstimmung mittels eines verhaltenen Lippenzuckens.

Bald tauschten sie in schamloser Weise ihre Frauen aus, die es nicht merkten. Sie würfelten sich durcheinander und fanden, erst jetzt, unerkannt, im Mißbrauch ihres Seins erfüllten sie sich.

Die Frauen waren fruchtbar. Es liefen bald viele Kinder im Hause umher. Solche, die sich ähnlich waren; andere, einander unähnlich und fremd. Und niemand mehr wußte, wie nahe im Blute sich die einzelnen waren.

Hier ist die Geschichte aus, und es ist eine traurige. Traurig darum, weil sie beweist, wie wenig wir über uns vermögen, wie vorgeschrieben unser Weg ist.

7 Ein Knabe weint

Zum 17. Mai war auf den freien Plätzen in der Nähe der Holmenkollenbahn-Endstation Majorstuen in Oslo eine lustige Zeltstadt aufgeschlagen worden. Buden, in denen Tand verkauft wurde. Plakate mit aufgedruckten Reichsfahnen und dem Spruch: Ja vi elsker dette landet. Fliegende Kaffeestuben. Recht im Mittelpunkt der vergänglichen Schönheit stand ein Prachtbau, eine Art Wunderwerk der Ingenieurkunst: ein großer schiefer Kreisel oder Schirm. Ein Rad konnte man es auch nennen. Über und über besät mit elektrischen Glühlampen. Am äußeren Rande des drehbaren, halb umgekippten Karusselldaches hingen an Drahtseilen bootförmige Gondeln, mit Plätzen für Fahrgäste, allseitig offen, aber doch notdürftig überdacht, mit kümmerlich ausladenden Lappen an den Flanken. Offenbar eine abgekürzte Formel für die Tragflächen von Flugzeugen. Beim Drehen wurden die Gondeln wegen der Stellung des Kreisels einseitig haushoch geschleudert, kulminierten, sanken mit unnatürlicher Hast zutal, der Gegenseite zu, um wieder emporgeschleudert zu werden. Auf der Vorderseite, dargestellt durch ein wellenförmiges, hügelhohes, auf Kreisgrundfläche errichtetes Podium, das dazu diente, den Fahrgästen beim Stillstehen des Karussells das Besteigen der erhöht hängenden Gondeln zu ermöglichen, stand ein Orchestrion, eine mechanische Orgel von auffallender Größe. Sie füllte die Höhlung des hölzernen Berges eigentlich aus. Sie tönte. War verpackt in einem eigens für ihre Ausmaße zugeschnittenen geschlossenen Wagen, von dem man eine Längswand fortgenommen, auf daß man das Werk sehen und hören könne.
Die Abenddämmerung kam nur langsam und widerwillig. Zu einem gewissen Zeitpunkt war es soweit, daß ohne Beleidigung gegen den noch farbigen Himmel die elektrischen Glühlampen konnten zum Entflammen gebracht werden. Mit zunehmender Dunkelheit entschleierte sich die unnatürliche Pracht einer sinnvollen, aber im Rationalen zwecklosen Helligkeit. Die Art der Besucher des Vergnügungs-

platzes, Bewohner der heiligen Stadt Oslo, wurde gegen die Mitternacht hin allmählich umgeschichtet. Die frommen Familien wurden mehr und mehr durch frivole Burschen und Mädchen verdrängt. Der Lärm und die Lustigkeit wuchsen. Die glaubensstarken Brüder der Heilsarmee und der Pfingstgemeinden, die vom Hause Elim und vom Hause Zoar konnten zorniger ihre Gesänge und Predigten ertönen lassen. Ihre Gerechtigkeit wuchs an auf dem Hintergrund soviel sündiger Freude.

Wie nun die Frömmigkeit und die sündige Freude, der Eifer und die Frivolität, das Licht und der Lärm, der Gesang und das Trompeten, der Duft von Schmalzkuchen und der von Bratwürsten, das Zeitliche und das Ewige in rechter Proportion zueinander standen und auf die rechte Weise dazu beitrugen, daß das Gleichgewicht im Geschehen erhalten blieb, die Menschen also nicht, in einer Anwandlung von Übereifer, etwa gemeinsam, in den Himmel fuhren, und auch nicht, der glaubensstarken Brüder wegen, ein Sündenpfuhl an der Stätte sich auftat, gekennzeichnet durch drastische Attitüden des Teufels oder gar, viehischerer Art, durch solche der Geschlechtlichkeit oder des Alkohols – stand vor dem hölzernen Berg des schiefen Kreiselkarussells, genauer gesagt, vor der automatischen Orgel, ein Knabe im Alter zwischen zwölf und dreizehn Jahren. Obgleich auf den breiten Wegen die Menschen sich drängend hin und her fluteten, verharrte er, wenige Schritte von ihnen entfernt, unberührt, recht allein.

Und er sah:

Daß ein Mechanismus von sinnverwirrender Kompliziertheit kraft unbegreiflicher Mittel sich zu gewissen Betätigungen und Verrichtungen herbeiließ, die dazu angetan waren, höchste Bewunderung, darüber hinaus ergreifende Gedanken zu erwecken.

Er sah nicht:

Welcher Gestalt der (verborgene) Automat war, noch erkannte er, in welcher Weise und durch welche Formen vom Herz des Instrumentes aus eine Verbindung mit den sichtbaren oder den hörbaren Funktionsträgern hergestellt war. Er war versucht, an Maschinen, ausgesuchte Meisterwerke der Feinmechanik, zu glauben, etwa von der Beschaffenheit und dem glänzenden Gelb kleiner Taschenuhrwerke, verse-

hen mit ineinandergreifenden Zahnrädern, mit Federn, deren man 1 Kilogramm mit 2000 Kronen bezahlen mußte, oder der metallenen Taster, wie er sie zufällig auf einem Telephonamt für automatische Bedienung gesehen hatte, auf- und abfahrend, doch ohne die Kraft, die sie trieb, noch die Wirkung und den Erfolg ihres (offenbar willkürlichen) Zieles zu begreifen. Auch nicht konnte und durfte er wagen, auf den verwegenen und doch zugleich einfachen Gedanken zu verfallen, daß die Luft, die er selbst (war er nicht vielleicht gleichfalls so ein Meisterwerk?) einatmete, mit im Spiel sei als ein Körper gewisser Dichte, der zwar unsichtbar, aber darum nicht minder konkret. Er würde also, das stand ihm bevor, eines Tages beschämt werden durch die Überlegenheit eines Fachmannes, eines Orgelbauers, eines Spezialisten auf dem Gebiet der Pneumatik, der aus Erfahrung, vielleicht aus Überlegung, wußte, daß diese Luft, der unbegreifliche Himmel, ein Ding, ein Körper, verdünnt aus sich und mit sich und durch sich selbst, was man Gas nannte, Aggregatzustand (fest, flüssig, gasförmig), und somit wie Wasser, zwar viel behender als dieses, durch Rohre geleitet werden konnte, um an vorbezeichneten Stellen, durch Bälge nämlich, eine Arbeit zu verrichten, darüber hinaus durch einen immerhin unbegreiflichen Vorgang mittels eigentlicher Musikinstrumente (Pfeifen) Töne, um nicht zu sagen Musik zu erzeugen.
Er sah:
Diese Bälge, weiß, offenbar ledern, wie sie sich hin und wieder bewegten. Dann nämlich, wenn die Trommelstöcke (es gab dieser Instrumente eines auf der rechten Seite des Orchestrions) in Bewegung gesetzt wurden zu einem kurzen, rhythmisierenden, stakkatoähnlichen Anschlag oder auch zu einem Wirbel von solcher Dauer, wie er für die Stelle des gerade gespielten Musikstückes erforderlich oder doch dienlich war.
Er sah:
Sehr viele Äußerungen des (wie er meinte) verborgenen und rätselvollen Herzens (Uhrwerk, Telephontaster, Lokomotive, Kolbenmaschine auf Dampfern, Hochspannungsaggregat), das, wenn auch nur sehr ungefähr, trotz der mehr mechanischen, nicht fleischlichen Struktur, eine Ähnlichkeit (durch die Erhabenheit seiner Mission) mit dem sei-

nen, dem fleischlichen (wie er wußte, und weshalb er sich zuweilen fürchtete), haben mußte. Er trennte diese Äußerungen in offenbare und geheime und sichtete sie von einer anderen Warte aus in drei Klassen; von denen die eine mehr ein Attribut als eine Leistung des Herzens, also die beigegebene Form war, ein Ausdruck, wie man meinen konnte, der Seele, die recht ohne Kontrolle neben der Funktion stand; so öffnete sich in der Mitte das weißliche Gehäuse der Orgel zu einer großen, ovalen, tiefen Öffnung, in der man frei, nach zwei Seiten ansteigend, lackierte Pfeifen aus eben gemasertem Tannenholz sah, was sich sehr eindrucksvoll, mehr noch, geheimnisvoll ausnahm, obgleich diese unwahrscheinliche Offenheit nicht eine Funktion des Instrumentes, sondern eine Beigabe, eben die Form war, die in diesem Fall, wegen ihrer Rätselhaftigkeit, so tief anrührte – und die zweite Klasse, die nicht mehr Attribut, sondern direkte Tätigkeit war, mit tieferer Bedeutung erfüllte. Sie griff, das hätte beinahe übersehen werden können, weiter als augenscheinlich, hinein in die erste Kategorie. Über dem Staunen aus der Ursache des Instrumentes als Ganzes hatte er Teile übersehen, jene, um derentwillen er seine schwankende Betrachtung abermals in einen anderen Zusammenhang setzte, der, wenn er auch nichts Wesentliches verrückte, so doch den Reichtum des Eindrucks vermehrte, auch eine neue Art Strömung in ihn hineintrieb, die seine Wangen ein wenig rötete. Es standen nämlich an der Vorderseite des barockweißgoldenen Gehäuses auf Konsolen, die schwer mit geschweiftem Blattwerk ausluden, fünf menschliche Figuren, die nicht allein zur Kategorie der Attribute gezählt werden konnten, einmal, weil sie Instrumente in Händen hielten, die klingend waren (Glokken nämlich), und auch bedienten, daß sie klangen, zum andern, und gerade deshalb hatte er die Puppen selbst so lange Zeit gänzlich übersehen, befanden sich hinter jeder zwei oder drei Bälge, Funktionsträger, die sich bewegten, wenn ihr Augenblick da war, und die offenbar den Figuren ihre Bewegungen mitteilten, den Befehl nämlich, sich zu rühren (den Kopf, die Arme) und ihre Glocken ertönen zu lassen. Die Aufgabe der den Menschen nachgebildeten Statuen, die bekleidet waren, und deren Anzug sehr realistisch, wenn auch reich, bunt und golden, durch Farbe dargestellt war (die Form durch geschnitztes Holz), war im wesentlichen, daß sie sich bewegten und somit, wiewohl hölzern, den Eindruck lebenden Fleisches erweckten. Erschüttert wurde er, als er die Form des dargestellten Fleisches mit seinen Augen näher abtastete. In der Mitte, also als dritte Puppe von rechts und links, stand ein Kapellmeister (ohne Musikinstrument) mit einem Taktstock in der rechten Hand, den er sehr temperamentvoll bewegte, offenbar um anzudeuten, daß er willens zu behaupten, die jeweils erklingende Musik sei seinem Hirn entsprungen. Er war gekleidet etwa wie die großen deutschen Kantoren Buxtehude und Bach, die zur Zeit des verebbenden Barock lebten – oder wie der Dichter Holberg, nämlich mit kurzer dunkler seidener Kniehose und einem farbigen, leicht betreßten Mantel, dazu eine Halskrause aus Spitzen und ebensolche Manschetten. Es war eine anmutige Kleidung.

Er sah:

Mit Erschrecken, mit völliger Verwirrung, daß der Kapellmeister sehr erhabene, runde, zwei Brüste besaß, wie er wußte, daß nur Frauen sie hatten, daß jener ganz schmal, wie geschnürt oberhalb der Hüften, und diese selbst breit und ausladend. Er irrte betäubt mit seinen Blicken zu den vier anderen Figuren, den Glockenschlägern, und erkannte, daß sie Frauen (Glockenschlägerinnen), auch frauenhaft gekleidet waren, doch angetan mit seidenen Kniehosen wie der (die) Kapellmeister(in). Er verglich die Brüste, die Schenkel, die Taille der fünf und fand sie übereinstimmend. Fünf Frauen also. Es bedrängte ihn; er hatte noch niemals von einer Kapellmeisterin reden hören.

Er sah:

Daß als symmetrischer Gegenpol der Trommel, die auf der rechten Seite des ausladenden Gehäuses, auf der linken eine Pauke aufgestellt war, die nur sehr selten, offenbar wegen der Artung der gespielten Musikstücke, ertönte.

Er versuchte zu sehen:

Die geheimen Äußerungen (des Herzens nämlich), die dritte Kategorie, die er sich, von richtigen Schlüssen geleitet, als eine Bewegung vorstellte, wenngleich sie ihm offenbar wurde durch seine Ohren. Aber er entdeckte nur, daß seitlich ein graugrünes, mit Löchern versehenes Papp- oder Lederband angehoben wurde, im Gehäuse der Orgel verschwand und auf der Gegenseite wieder erschien, um, sorgfältig gefaltet, sich in einem Holzkasten selbsttätig abzulagern. Er erahnte, daß eine unmittelbare Beziehung bestand zwischen den gestanzten Löchern in dem laufenden Band und dem Klavier aus Stahlstäben, das ganz vorn, zu Füßen des (der) Kapellmeisters (-meisterin) aufgestellt war und nahezu unablässig gespielt wurde mittels auf Federn montierter eiserner Hämmer, deren zweites Hebelende durch einen starken Draht gefaßt wurde, der wiederum durch ein schwarzes Loch im Gehäuse verschwand – wo nicht das Herz selbst sich befand, aber eine seiner Absichten sich verwirklichen mußte.

Er sah:

Daß ein Kranz von Glühbirnen sich bemühte, alles offen antag zu bringen, was ihnen doch nur unvollkommen gelang.

Er sah:

Ganz am Boden des Instruments eine geheimnisvolle Inschrift auf weißem Grund mit roten Buchstaben: Gebrüder Bruder, Waldkirch, renovierten das Werk.

Er begriff:

Daß er tiefer, als er bisher getan, auf sein Ohr vertrauen müsse, um den Äußerungen näher zu kommen, deren Ehrgeiz es offenbar war, im Verborgenen zu beharren. Er richtete die Augen auf die hölzernen Pfeifen, die rechts und links ansteigend in der Öffnung des tiefen Ovales aufgestellt waren, und gab sich den Vorgängen des Klanges hin.

Und er hörte:

Zuerst, daß er nicht auffassen konnte, welche Beziehung die augenblicklichen Töne zu einem Ganzen (dem Musikstück) hatten, weil er auf die voraufgegangenen (des perforierten Pappbandes wegen) nicht aufmerksam gewesen war, und die in den weiteren Augenblicken folgenden, weil ihr Zustand erst in der Zukunft lag (liegen würde), nicht von ihm gewußt werden konnten. Dieser ungewisse Zustand der Spannung hatte den Vorteil, daß er, nicht ergriffen durch die Begeisterung einer sequenzhaft vermittelten Vorausahnung des Musikstückes, mit gewisserer Deutlichkeit die Klangfarbe der Töne zu erwägen vermochte, also tiefer ihre Sinnlichkeit erfahren konnte, wozu ihm sein Alter an

(und für) sich erhöhte Bereitschaft gab.
So hörte er:
Schneidende, einer Violine nicht unähnliche Flötentöne, die vielleicht jeder Schönheit bar, vergleichbar dem menschlichen Knochengerüst ohne Fleisch darüber, wenn nicht ihnen beigesellt ähnliche Töne anderer Lagen gewesen wären, die noch zudem eine, wenn auch unaussprechbare, Verwandtschaft oder Beziehung mit den streichenden unterhielten, die ihnen, wenn auch nicht das mangelnde Fleisch, so doch einen Überwurf verliehen, der sie recht körperhaft erscheinen ließ. Ihre Tugend konnte darin bestehend angenommen werden, daß sie sich in Bewegungen aufwärts und abwärts ohne Bruch aneinanderreihen ließen; keine Lücke entstand, kein Übergreifen eines Tones in den anderen. Dann waren sie starr. Von gläserner Stärke. Man konnte es sagen, mit dem deutlichen Wissen im Hintergrund, daß Glas spröde und brüchig ist. Ein Glas konnte man zudem durch Anschlagen zum Ertönen bringen wie eine Glocke. Alle diese nicht bildhaften, sondern singenden Eigenschaften lagen in den Tönen und konnten wahrgenommen werden. Einen Zustand hatten sie, der ohne Vergleich ihnen allein eigen sein mußte: daß sie saugend waren. Wie die Fangarme eines Kraken. Sehr unbegreiflich, weil sie doch mehr frech als bescheiden. Es war das Wunderbare. Er fühlte deutlich, daß ein schluchzendes Wirbeln von seinem Herzen verlangt wurde.
Er hörte:
Ein wenig auffälliges, vielmehr leises Knacken, das auf mancherlei Weise gedeutet werden konnte. Es war so kurz und so regelmäßig gewesen, daß der erste Verdacht eines plötzlich entstandenen inneren Schadens aufgegeben wurde. Eine ständig vorhanden gewesene Nachlässigkeit in der Konstruktion schon war wahrscheinlicher. Oder eine Alterserscheinung, was sich möglicherweise in dem für ihn halbverständlichen Wort „renoviert“ andeutete.
Er hörte:
Wenige Augenblicke nach dem Auftreten des Geräusches, daß es der hörbare Begleitumstand einer Bewegung (verborgen) gewesen sein mußte (wozu er Parallelen an seinem eigenen Körper fand), die etwas bewirkt hatte, was hinterher durch die Pfeifen hörbar wurde (werden würde) mittels ver-

änderter Tonlagen, die veränderte Sinnlichkeit bedeuteten, wofür er empfänglich.
Hörbar wurde:
Was ausdrückt, daß er die Gegenwart der voraufgegangenen Funktion in ihrer Übersetzung durch die Töne, hervorgerufen durch das perforierte Pappband, bedingt durch Mittel (den Wind, was er nicht wußte), angestellt durch das Innerste (Herz), gegründet auf etwas noch Höheres (Geist des Menschen, des Erfinders), angetrieben durch ein Weltgesetz (das neidlos in Gott gesucht werden konnte).
Er hörte:
Daß aus dem tiefsten Innern des erleuchteten Ovales, von rechts und links, stark seitlich, lokalisiert etwa da, wo verhältnismäßig dicke, seltsam geformte, prismatische und konische, gekröpfte und gedeckte Pfeifen (Tannenholz lakkiert) standen, sehr tiefe, runde, kräftige und wohllautende Klänge kamen. Unähnlich den voraufgegangenen violinartigen. (Durch Zungen erzeugt, was er nicht wissen konnte.) Sie spielten offenbar die ergreifende und tragische Stelle einer Komposition, die sich nur der Bässe bediente. Es war Überfließen an Klang; aber die Übersattheit wurde zerstreut durch einen abwechselnd gleichtaktigen und synkopierten Rhythmus. Wie er in tiefer Ergriffenheit jetzt hineingetrieben wurde in den Ablauf der Komposition, gebannt durch die vollkommene Kugelform der Bässe, setzten die hohen Flöten, die violinartigen, singend ein, und sie erschienen nicht frech, sondern zagend. In das Zagen gellte das Stahlklavier hinein; aber es war mehr metallisch als schrill. Mit leisem Knacken kündete sich eine neue Veränderung an: ein aufsteigender Gesang, vergleichbar einem Zweigesang zwischen Jüngling und Mann, der die Bässe, das Stahlklavier, die Violinflöten durchdrang.
Er begann zu weinen:
Langsam füllten seine Augen sich mit Wasser. Allmählich lösten die kugelförmigen Glühbirnen sich in Strahlenbündel auf, die vom Himmel bis zur Erde fuhren, nicht unähnlich gewissen kometartigen Sternen. In seinen Nasengängen häufte sich Schleim. Er kämpfte noch gegen die Triebe seines Herzens, sträubte sich, mit seinem Taschentuch das Wasser fortzuwischen. Ihm wurde bewußt, daß über seinem Kopfe menschengefüllte Gondeln durch einen schiefen

Kreisel auf kreisförmigem Grundriß (Ellipse) herumgeschleudert wurden, daß auf den Wegen Tausende sich drängend stießen, daß er nicht allein war und jeder, wenn er nur aufmerksam, ihn hier in seinem Zustand würde sehen können. So drängte er sich näher an den Wagen mit dem tönenden Instrument heran. Seine Tränen konnte er nicht mehr dämmen. Sie liefen die Wangen entlang. Salziger, heller Rotz mischte sich mit ihnen auf seinen Lippen. Allmählich begann es in seiner gespannten Brust (Sitz des Herzens) zu schüttern, seine Schultern wurden aufgeworfen, abwechselnd spannte und entspannte sich seine Bauchhaut. Er schluchzte. Und das Schluchzen war ein Laut. Und die, die vorübergingen, wurden aufmerksam. Ein Kunstgelehrter, der auf dem Markte anwesend war und gerade an den Ort kam, dachte an den Jeremias des Michelangelo und daß jemand geschrieben, er säße, gemalt, in der Sixtinischen Kapelle da„ in Erinnerung an das Wort: „Euch sage ich allen, die ihr vorübergehet: Schauet doch und sehet, ob irgendein Schmerz sei wie mein Schmerz, der mich getroffen hat." Er dachte es nur, er gab es nicht aus seinem Munde, denn seine Braut war bei ihm, und sie waren ausgegangen, um fröhlich zu sein. Deshalb gingen diese Tränen sie nichts an (und es war richtig in jedem Sinne). Ein Herr zwischen 40 und 50 Jahren machte sich frei aus dem Strom der Menschen, tat die wenigen Schritte zu dem Weinenden und fragte die wortgewordene Frage der vielen, die stumm vorübergeglitten waren, nur sich selber fragend: „Worüber weinst du?" Und jener antwortete, aufgelöst durch die verlorenen Tränen und den abgesonderten Schleim, mit durch Seufzer beschwertem Atem, unter einem erneuten Strom aus seinen Augen, vor Scham, Ärgernis erregt zu haben, vor Angst, trotzdem keine Besserung erfahren zu können: „Ich weiß es nicht."
Der sehr geehrte Herr Sörensen, Propst an der Hauptpfarre von Vor Frelsers Kjirke, der mit seinen beiden Zwillingstöchtern, die zum Herbst Studenten werden sollten, vorüberging, wußte es auch nicht.
Hochwürden Rasmussen, Vikar und in naher Freundschaft mit Seiner Eminenz, dem weltklugen, weisen, doch darum nicht minder gütigen Bischof, der, um unterrichtet zu sein über die Dinge des täglichen Lebens, ihn (Hochwürden

Rasmussen) auf den Markt entsandt, und just vorüberging (recht eigentlich vermummt), wußte es auch nicht.
Der jüdische Herr Hjort, erster kristlicher Prediger der Presbyterianischen Gemeinde (Hinterhaus der Jens Bjelkes Gate), der mit seiner jüdischen Frau vorüberging, wußte es auch nicht.
Sein gleichnamiger Vetter (den er nicht zu kennen vorgab), seine Gütigkeit, der Unterrabbiner der jüdischen Synagogengemeinde (mit leicht melankolisch-zionistischem Zug), der mit seiner kristlichen Frau (welche, wie sich versteht, um seinetwillen eigenen Glauben und eigene Rasse verleugnet, weshalb er sie heiratete) vorüberging, wußte es auch nicht.
Herr Pieter Hendrik Cuipers (er war Holländer), Konsul, Kaufmann, Tyrann und Pfarrer der Mennonitengemeinde, die, bescheiden an Zahl, aber geldreich, in der Nähe des Schlosses einen Betsaal unterhielt (Stätte des Zornes), wußte es auch nicht.
Herr Büttner, Doktor zweier Fakultäten, Ehrendoktor einer dritten, der theologischen, der privatim mit Teertauen und rohem Hanf handelte, gewissermaßen ein guter Familienvater, mit Rücksicht auf seinen demnächst erwachsenen Sohn Heinrich, Hauptprediger der unerbittlichen reformierten Protestanten, der an der Seite seines obenerwähnten reichlich halbwüchsigen Sohnes (die Gattin war gestorben) vorüberging, wußte es auch nicht.
Prediger Ole Ellingsen, gemeinhin Johannes genannt, wegen seines mächtigen Vollbartes, von der Baptistengemeinde Kapelle Grünerlökken, der mit seiner Frau und seiner Dienstmagd vorüberging, wußte es auch nicht.
Prediger Emanuel Juul, von der Methodistengemeinde, Betsaal in Gemeinschaft mit Pieter Hendrik Cuipers, umschichtig, wußte es auch nicht.
Laienprediger Erling Haugastöl, der neu-apostolischen Kirche, wußte es auch nicht.
Ellen Dyrskar, einer der Heiligen der letzten Tage, wußte es auch nicht.
Frau Ragna Sokna, durchtriebene Bibelauslegerin und Entdeckerin des Kometen Melchisedekus, 2331 Jahre bevor Christ, 11 h 55 Min. abends am Himmel sichtbar, ihrer Überzeugung nach Anhängerin der Christian Science, wußte es auch nicht.

Die Brüder Nils und Adle, vom Hause Zoar, wußten es auch nicht.
Die Brüder Kaare und Einar, vom Hause Elim, wußten es auch nicht.
Die von der Heilsarmee, Sergeantin Haabjörg Vossevang und die Soldaten Leif Raeder und Daniel Mellemsund, wußten es auch nicht.
Doch der Gehirnspezialist Dr. Martell(us) redete mit lauten Worten zu einer jungen Dame, deren Schwester (verheiratete Frau mit vier Kindern) vor drei Wochen auf seinem Operationstisch gestorben war, über das, was er nicht wußte: „Ich würde sagen, es handelt sich um eine Pubertätserscheinung bei diesem öffentlichen Plärren; aber der Junge ist zu kräftig."
Und weil sie alle es nicht wußten, begannen sie sich daran zu erinnern, daß man mit Hilfe von pädagogisch richtig gestellten Fragen die Ursache würde antag bringen können. Und sie schlossen doch, was verständlich, von einer großen Wirkung auf einen nicht unbeträchtlichen Anlaß (worin sie nicht irrten, denn der Junge war kräftig und groß gewachsen). Wie heißest du? Wo wohnst du? Hast du dich verirrt? Bist du deinen Eltern abhanden gekommen? Weißt du nicht nach Hause zu finden? Hast du etwas verloren? Hat dir jemand etwas fortgenommen? Hast du dir etwas getan? Hast du Schmerzen?
Diese teils klugen, teils hilfsbereiten, teils forschenden Fragen, die sich entluden und noch nicht erschöpft waren, weil der Knabe nicht aufgehört hatte zu weinen, und nur ein unter Schluchzen geborenes „auf St. Hanshaugen" (eine ungefähre Angabe über seinen Wohnort) gezeitigt hatten, wurden auf sehr unliebsame und ungehörige Weise durch eines Rüpels Dazwischenruf unterbrochen, der in seiner ganzen Lästigkeit besagte: „Er hat sich vergessen und in die Hosen geschissen."
Diese gewiß unerwartete Wendung erzeugte gleichzeitig einiges Lachen und die erregte Entgegnung einer Dame mit der Feststellung: „Man würde es riechen." Diese Rechtfertigung, die ziemlich unwidersprochen hingenommen wurde, hinderte indessen nicht, daß viele Augen sich auf die Hose (welche eine kurze blaue Kniehose war, die ziemlich stramm um des Knaben Schenkel saß) richteten. Angetrie-

ben durch einen unkontrollierbaren Instinkt, wandte er den verdächtigen Körperteil von den Umstehenden ab, der Orgel zu, so daß sein rot gewordenes Gesicht den Betrachtungen freistand, weshalb er es, das verweinte, mit beiden Armen, kreuzweis übereinandergelegt, verdeckte. Die einmal gesenkten Augen der Zuschauer blieben dabei, seine Hose zu betrachten, zwar von vorne, jetzt, wo sie weder unappetitlicher noch einladender war als hinten. Die Würde des Augenblicks wurde dadurch wiederhergestellt, daß die Fragen erneut in Fluß gerieten, eindringlicher als vordem, aufgereizt, ins Ethische verdrängt durch des Rüpels ungehörige Rede.

Man wird dir nicht helfen können, wenn du schweigst. Ein halsstarriger Junge hat kein Anrecht auf das Mitleid der Fremden. Wer weint, hat dazu eine Ursache. Hast du dir den Magen übernommen mit Schmalzkuchen oder Würsten? Hat man dir Geld anvertraut, und du hast, etwas leichtsinnig, mehr vertan, als sich gebührt oder dir zugestanden war? Haben deine Kameraden dich verlassen? Wer hat dich hierher geführt? Oder bist du allein gekommen? Hast du dich in der Zeit vergessen und ist es so spät geworden, daß du heimzugehen dich fürchtest? Was gedenkst du zu tun? Willst du heimwärts gehen oder – fahren? Oder hast du es dir noch nicht überlegt? Soll man dir Ratschläge geben für irgend etwas?

Da auf alle Fragen keine Antwort kam, zerbröckelte das Interesse an dem Kind. Man wandte sich enttäuscht ab. Man war sogar bereit zu verletzenden Redewendungen. In dieser allseitig lästigen Situation trat ein Mann vor, zog eine zierliche Geldbörse, entnahm ihr ein Zweikronenstück und drückte es in die eine Hand des Knaben. Dabei fühlte er, daß sie schweißig und fettig und kalt war. Ein Ekel wollte in ihm aufsteigen vor so naher Berührung mit der Absonderung eines ihm unbekannten Menschen; aber er überwand ihn und dachte daran, daß es geschehen könnte, ein dritter empfände vor ihm (dem Geber) bei einem verwandten Umstand auch Abscheu. Das bekehrte ihn. Er brachte sich darauf, daß Knaben oft unsauber und unflätig, aber den Zauber einer Jugendlichkeit besäßen, der das Abstoßende aufhöbe. Er vermied es, was er beabsichtigt hatte, sich die Hand an seinem Taschentuch abzuwischen, und führte sie ohne Wi-

derwillen an den Mund, teils verlegen, teils befriedigt, teils neugierig, den Schweiß des Fremden zu riechen, halb Tier, das sehnsüchtig, halb Intelligenz, die lächelt.
Ganz unbehelligt, ganz unbeachtet schlich der Junge an den Menschen vorüber, krampfhaft ein Zweikronenstück in schweißiger Hand haltend, nach St. Hanshaugen, Ullevaalsveien 14.

8 Kebad Kenya

Kebad Kenya dachte daran, das Fleisch seiner eigenen Schenkel zu verspeisen. Roh, wie es herabhing, noch warm und vom Blut seines Herzens durchpulst; aber doch schon losgelöst von dem Mann, dem es gehört hatte, bereit, anderswo hineinzuwachsen. Oder eitrig zu vergehen. Kebad Kenya hatte sich eine Stunde vor Mitternacht auf den Rükken seiner Stute geschwungen. Der Himmel war ohne Sterne. Kein Mond stand hinter den Wolken. Es war kein Weg und kein Feld vor ihnen gewesen. Keine Schlucht, in die sie hätten stürzen können, kein Teich, in dem sie hätten ertrinken können, kein Wald, in dem sie sich hätten verirren können. Sie konnten sich nicht verirren, und das Unglück konnte ihnen nicht begegnen; denn Kebad Kenya wollte das Ende; aber es war noch nicht da. Und da es das Ende noch nicht war, sondern nur die Finsternis, außen und innen, mußte er etwas tun. Er mußte die Sünde tun oder sich erschöpfen. Doch die Sünde, so verlockend sie ihm auch oft erschienen war und wieder erschien, er widersetzte sich. Ehemals war er in sie gestürzt, er war in ihr zerschrotet worden wie zwischen zwei Mühlsteinen; aber jetzt war sein Haß, mit dem er sich ihr ergab, schwach geworden; da wurde die opferdurstige Gegnerin auch von Kraftlosigkeit beschlichen. So blieb ihm nur das andere, sich zu erschöpfen. Und er ritt dahin zwischen den zwei Finsternissen und zerschund sich die Schenkel bis an den Bauch heran. Und der Rücken des Pferdes wurde wund und blutig wie seine eigene Haut. Wäre die Nacht nicht zuende gewesen, hätte die Sonne einen Tag gezögert heraufzusteigen, er wäre eingewachsen in den Rücken des Pferdes. Das Tierherz und das Menschenherz hätten ihren Saft ineinander gegossen zur gräßlichen Bruderschaft eines Zwitters, eines Hippokentauren.

Kebad Kenya hatte es gewünscht, um schuldlos zu werden. Aber die Sonne erhellte den östlichen Raum des Himmels. Der Reiter hielt bei seinem Hause und dachte daran, das Fleisch seiner Schenkel zu verspeisen. Er stieg ab, mühsam, und betrachtete die zerrittene Stute. Tränen traten ihm in die Augen. Er begann zu klagen und zu bereuen: „Ach", schrie er ins Ohr des Tieres, „ich bin ein verdammter Mensch. Aber es muß ein Ende mit mir nehmen." Er ging ins Haus und sandte Knechte aus, daß sie die Nachbarn zu ihm brächten. Er legte sich ins Bett, wie wenn er schwach wäre. Es war eine List. Er wollte den Tod herbeilocken. Die Nachbarn kamen und stellten sich um das Lager. Keiner fragte, wie es ihm gehe. Und ob sie ihm helfen könnten. Sie fürchteten ihn und verabscheuten ihn. Denn er war mächtig, mächtiger als sie alle. Er hatte ein großes Haus und viele Knechte. Aber er hielt sie weit von sich wie Schweine in einem Koben. Nur selten rief er einen zu sich. Und dann war es schlimm für den Gerufenen.

„Ich habe euch zu mir bitten lassen", begann Kebad Kenya, „denn es steht schlecht mit mir. Ich habe kein Weib und keine Kinder, keine Freunde. Ihr aber seid meine Nachbarn. Mag sein, man kann euch nicht vertrauen; aber ihr seid doch besser als meine Knechte, die ich erschlagen möchte. Doch ich habe niemals einen Knecht erschlagen, mag man es mir auch nachsagen. Wenn so diese Sünde nicht auf mich fällt, und auch andere Sünden nicht, die ihr, meine Nachbarn, täglich tut, so habe ich doch anders gesündigt. Wenn es mir hülfe, darüber zu jammern und mich zu zerknirschen, ich würde es tun. Und hätte Gott daran ein Wohlgefallen, ich würde es auch seinetwegen tun. Aber wie kann er Entzücken an meiner kläglichen Stimme haben? Wie kann er Muße haben, die Wiederholung meiner Verfehlungen anzuhören, die er kennt? So will ich lieber verstockt bleiben, weil sich mit Worten an meiner Schuld nichts ändern läßt."

Die Nachbarn entsetzten sich und schrien: „Diese Lästerung gegen Gott ist schlimmere Schuld als jede andere!" Er aber fuhr ruhig fort: „Mein Haus und mein Land, meine Wälder und die Ufer an meinen Bächen sollen euch gehören, denn ihr seid meine Nachbarn. Ich könnte milde gegen meine Knechte sein, die ich lange genug verachtet und gepeinigt habe. Aber sie sind unzuverlässiger als ihr. Darum erwäge ich es nicht, sie mit meinem Besitz zu beschenken."

Die Nachbarn begannen zu sprechen: „Wenn es so in deinem Herzen aussieht, wollen wir versuchen, dir beizustehen. Soweit wir dich kennen, verschenkst du deinen Reichtum nicht, ohne eine Gegengabe zu verlangen. Sage uns also, was wir für dich tun sollen."

„Es ist, wie ihr vermutet", begann Kebad Kenya aufs neue, „ihr kennt mich ein wenig und wißt, daß ich mein Haus abbrennen könnte, meine Wälder verwüsten, meine Felder mit Salz bestreuen, mein Geld dahin vergraben, wo niemand es findet. Aber nun ist alles wohlbehalten. Ich habe darüber eine Liste angefertigt, und in der Liste steht, was jedem meiner Nachbarn zufallen soll, wenn ich einmal tot und begraben bin. Damit kein Streit aufkomme. Und soweit es in der Kraft des Menschen steht, habe ich versucht, alles gerecht zu verteilen."

„Sage uns deine Bedingung", schrien sie.

„Zwischen den Wäldern, wo sie aus den vier Himmelsrichtungen zusammenstoßen, ist eine öde Lichtung. Unfruchtbar und steinig ist der Boden. Machangel, Stechpalme und Heidekraut wachsen dort. Die größeren Bäume wagen sich nicht heran. Diese Lichtung soll niemand gehören. Die soll mir bleiben. Dahin will ich getragen werden mit meiner Sünde. Ich komme nämlich aus einer großen Einsamkeit, in der ich mit Tieren lebte, und will in eine größere, in der ich mit niemand lebe. Die große Einsamkeit ist meine Sünde gewesen, die größere soll meine Erlösung sein. Bis jetzt habe ich meine Tage auf dem Rücken eines Pferdes verbracht. Dort oben werde ich nicht mehr reiten, sofern die Gnade nicht ganz von mir gewichen ist. Darum schlagt im Stall meine Stute tot. Jetzt, nach dieser Stunde; und übergebt sie dem Schinder."

Die Nachbarn entsetzten sich tiefer als zuvor. Aber sie entgegneten nichts. Kebad Kenya waren nach den letzten Worten Tränen über die Wangen gelaufen. Er fuhr mühsam fort: „Es muß sein. Ich brauche die größere Einsamkeit. Doch mein Blut ist gefährlich. Es neigt dazu, auszubrechen. Darum müßt ihr mich einmauern. Und nicht mit schwachen Wänden. Dies ist meine Bedingung: ihr, meine Nachbarn, müßt einen eichenen Sarg zimmern, sehr eng, sehr schmal, aber fest. Die Bohlen müssen mit großen geschmiedeten Nägeln zusammengehalten werden. Dann tragt ihr mich auf die steinige Heide. Brecht ein Loch in die Erde, setzt es aus mit Steinen und Kalk. Den Boden, die Wände, und wenn

ich hinabgelassen bin, das Dach."
Er schwieg, und sie beeilten sich, ihm die Erfüllung seines Wunsches zu versprechen. Ihre Furcht vor ihm war groß, ihre Begierde, seinen Besitz unter sich zu teilen, war größer. Sie begriffen, er hatte selbst den besten Weg gewiesen, ganz frei von ihm zu werden. Mochten sie auch geizig sein, an Kalk und Steinen würden sie nicht sparen.
Kebad Kenya sagte noch, ehe er sie entließ: „Das Böse in mir ist stark." Sie nickten mit dem Kopfe, nahmen hin, daß nichts mehr zu bereden war, zogen hinaus in den Stall und erschlugen das Pferd. Dann gingen sie auf ihre Besitzungen zurück und warteten darauf, daß man ihnen den Tod Kebad Kenyas berichtete. Der eine oder andere umschlich zudem das Haus, fragte die Knechte aus, damit ihnen die wichtige Stunde nicht entgehe. Sie ließen den Sarg zimmern, um wohl vorbereitet zu sein. Sie brachen ein Loch in den steinigen Boden der Heide. Mit zwanzig Pferden fuhren sie kantigen Quader und mit Milch gelöschten Kalk herbei. Endlich stellten sie den fertigen Sarg in Kebad Kenyas Wohnung, damit er erkenne, sie hielten ihren Vertrag, und es wäre an ihm, den nächsten Schritt zu tun. Und zu sterben. Aber der Tod wollte nicht in das Haus Kebad Kenyas. Die List, sich ins Bett zu legen mit faulen Schenkeln, war viel zu schwach. Kebad Kenya begriff es allmählich. Und wiewohl er aufgehört hatte zu essen und zu trinken, kam ihm die Furcht, die Lockungen der Sünde möchten ihn wieder abziehen von seiner Erlösung. Sein Trotz stand auf und wollte es leugnen, daß man seine Stute erschlagen hatte. Er gab den Befehl, sie vom Stalle zu sich herein ins Zimmer zu führen. Er hatte Stroh für sie aufschichten lassen neben seinem Bett. In einer Krippe lag gelber Hafer. Die Knechte, denen er den Befehl gegeben hatte, begannen an allen Gliedern zu zittern. Aber sie blieben, wiewohl vom Schrecken heimgesucht, untätig. So verschärfte Kebad Kenya die Listen. Er schloß den Mund, die Augen. Er machte sich reglos. Er gestattete seiner Brust nicht, sich zu heben und zu senken. Er erstarrte. Da ging ein Gemurmel durch das Haus. Ein Bild wurde von der Wand genommen, hinausgetragen. Es war das Bild eines Mannes, von dem gesagt worden war, er habe Kebad Kenya gezeugt. Jemand zog ihm unter dem Kopf die Börse fort, und ein paar Taler rollten

über den Boden. Kebad Kenya wollte aufspringen und die unehrlichen Knechte bestrafen. Aber er überwand sich, nicht mehr zu richten, da er sich selbst schon gerichtet hatte. Schließlich hatte er sich vorgenommen, ohne Hilfe des Todes zu sterben. Und die Bemühung, reglos zu werden und zu erkalten, forderte seine ganze inwendige Aufmerksamkeit und Kraft. Am Ende mußte er es dahin bringen, nicht mehr zu hören und zu sehen, nicht einmal das Licht zwischen den Wimpern. Es war noch ein langer Weg. Und es war noch nicht entschieden, ob er bis an das Ziel kommen würde, da der Tod ihm so offenbar den Beistand verweigerte. Zu seinem Trost kamen die Nachbarn früher, als er erwartet hatte. Den Sarg, den sie zuvor ins Haus gestellt hatten, schoben sie ins Zimmer. Das Stroh, das Kebad Kenya hatte hereintragen lassen, raschelte unter ihren Füßen. Er wurde an die Stute erinnert, die er zuschanden geritten und dann hatte erschlagen lassen. Seine Gedanken verweilten aber halb bei den Nachbarn. Wozu sie sich anschicken würden. Die Augen öffnete er nicht mehr, wie er vor Stunden noch zeitweilig getan, wenn er sich allein im Zimmer gefühlt hatte. Er spürte, wie er aufgehoben wurde. Hände faßten seinen Kopf und seine Füße. Nicht sanft, eher widerwillig und voll Ekel. Er hatte Mühe, sich starr zu halten, und wäre am liebsten eingeknickt. Er mußte sich gewiß nur noch wenige Augenblicke zusammennehmen. Danach konnte er den Gang der Ereignisse nicht mehr verderben. Man warf ihn mehr, als man ihn legte, in den Sarg. Von den brandigen Schenkeln löste sich Haut und Borke, so daß Blut und Wasser heraustropften. Er fühlte einen stechenden Schmerz und mußte sich hart bezähmen, um nicht zu schreien. Er beklagte sich heimlich, daß er nackt auf hartes Holz gelegt worden war. Ohne ein Laken. Und es gab doch deren viele in den Truhen. Er hörte, jemand sagte, daß die Wunde stinke. Das war vielleicht üble Nachrede. Eilends wurde eine Planke als Deckel auf den Sarg gelegt. Es erwies sich, der Mann lag schief in dem engen Raum, und die eine seiner Schultern stand über den Rand des Kastens hinaus. Man legte die Bohle darauf, jemand benutzte die Bohle als Bank. So stauchte man Kebad Kenyas Körper hinab. Mochte er sich einrichten. Dann begann man, Nägel in das Holz zu treiben. Es mußten starke und lange Nägel sein, zu erkennen am Ton, den sie ansteigend sangen, an der Härte der Hammerschläge. Die Nachbarn hatten daran nicht gespart. Kebad Kenya zählte zweimal zwanzig Nägel. Das Holz ächzte und knisterte. Gerade über seinem Kopf zersprang es, und ein Splitter trieb sich ihm ins Haar. Es wurde eine Stille und eine Dunkelheit, wie Kebad Kenya sie noch niemals erfahren hatte. Er begann sich zu fürchten, er wollte rufen. Aber seine Stimme versagte. Es wäre auch gegen seinen innersten Wunsch gewesen, einen Laut von sich zu geben. Vielleicht überfiel ihn ein kurzer Schlaf. Oder war es eine Ohnmacht? Jedenfalls war die Bewußtlosigkeit tief. Er erwachte daraus, indem er eine schwankende Bewegung feststellte, die der Kasten und damit er selbst vollführte. Sie trug nicht dazu bei, seine unbequeme Lage wohltuender zu machen. Sollte das bootsähnliche Schaukeln lange währen, so würde er sich erbrechen müssen. Einstweilen versuchte er, die Übelkeit zu bekämpfen. Die Tage des Hungerns erwiesen sich jetzt als nützliche Vorbereitung. Er hatte die Einzelheiten seiner Erlebnisse nicht vorbedacht; aber der Ablauf schien auch ohne den Aufwand berechnender Weisheit fügsam den schlimmeren Zwischenfällen auszuweichen. Geräusche, die zu dem Eingesargten drangen, erlaubten die Folgerung, er war getragen worden und wurde nun, höchst unfeierlich und rücksichtslos, auf einen Wagen geschoben. Die Pferde zogen sogleich an. Die Nachbarn schienen große Eile zu haben. Sie schämten sich nicht einmal, Galopp anzuschlagen. Der Weg war holperig. Schlaglöcher und Knüppel reihten sich aneinander. Die Knechte hatten ihre Pflicht versäumt. Aber es war jetzt zu spät, an ihre Bestrafung zu denken. Hätte der liegende Mann seine Stimme erhoben, niemand hätte ihn gehört, zu laut ratterten die Räder über den unebenen Weg. Gräßlich nur, daß der Sarg unregiert hin und her geschleudert wurde, plumpe Sprünge ausführte und wie ein Baumstamm krachend gegen die Schotten des Wagens schlug. Kebad Kenya streckte die Hände aus, als ob es ihm möglich gewesen wäre, die Zügel zu fassen. Doch er griff ins Leere. Sein Gesicht stieß gegen die nahe Begrenzung. Er glich schon einem Ding. Er war festgeschraubt in dem engen Raum. Die Schmerzen, die er empfand, schienen keinen Platz neben ihm zu haben; sie lagen wie feuchter Tau außen über dem

Sarg. Die Wegstrecke wollte kein Ende nehmen. Sobald die Pferde in langsame Gangart fielen, sauste die Peitsche auf ihre Kruppe. Es gab einen Ruck, ein Poltern, ein Tanzen der Kiste. Die Nachbarn hatten große Eile.

Da alle Vorgänge in der Zeit geschahen und nicht in der Ewigkeit, kam der Wagen ans Ziel. Vorübergehend hatte es Kebad Kenya geschienen, als sei er auf der niemals endenden Straße der Unendlichkeit. Und er versuchte, eine Rede vorzubereiten, um seine Sünde zu erklären oder zu entschuldigen. Wiewohl sein Vortrag erst hinter den Sternen angehört werden würde. Sehr spät. Und möglich, daß man dort gar nicht begriff, wovon er redete. Daß er einsam gewesen war. Als ob die unendlichen Weiten nicht noch einsamer daständen. Als ob der unendliche Ablauf nicht auch tausendmal der Menschen Schicksal durchgekostet. Welchen Gefährten hatte der Wind? Immerhin, Kebad Kenya konnte seinen Betrug, gestorben zu sein, nicht mehr widerrufen. Und wenn der Tod einen Mann haßte, mußte die Geduld aufgebracht werden oder die Überwindung, abzuwarten, was ihm geschehen würde. Nachdem der Wagen zum Halten gebracht war – die Pferde, es mußten ihrer vier sein, prusteten sich ab –, spürte Kebad Kenya nur noch wenige und kurz dauernde Bewegungen. Er stellte sich vor, er war irgendwo hinabgelassen worden. An Tauen, wie er vermutete. Vielleicht auch hatte man eine größere Veranstaltung getroffen, eine Baugrube, die an einer Seite schräg abfiel. Davonfahrende Wagen, das Knirschen von Pferdehufen im Kies. Tritte von Männerfüßen waren über ihm. Schwere Steine, in quellenden Kalkbrei gebettet, legten sich über ihn. Es wurde stiller und stiller. Die Schritte der Männer, noch immer geschäftig, klangen gedämpft, wie aus fernen Gelassen, herab. Allmählich wurde ihr Klang so mager wie ein Lispeln im Gras. Und wie Kebad Kenya nach einer Weile hinhorchte, war es stumm über ihm. Möglich, ein Wind fuhr durch das Geäst des Buschwerks. Es war unwichtig. Eine Täuschung. Ein Nichts. Er wollte bei sich ausmachen, ob er den Tod nun überlistet hätte. Aber es fiel ihm schwer, seine Gedanken bei dieser Frage verweilen zu lassen. Nicht, daß sie ihm überflüssig geworden. Es war nur unfaßbar schwer inzwischen, die Begriffe bei den Worten zu erhalten. Es war Kebad Kenya, als ob er einen Tag und

noch länger benötigte, um eine Silbe in die ihr gemäße Vorstellung einzuordnen. Begreiflich, er war müde. Die Nachbarn – um sich ihrer und ihres Krams zu entsinnen, er mußte darauf ein Jahr verwenden, so schläfrig war er.
Inmitten der ausgedehnten Langsamkeit erlebte er doch das eine oder andere. Er hörte nicht auf, zu fühlen. Dieser Sinn schien sich im Gegenteil zu verfeinern und ihn wie ein Netz, aus dünnerem Stoff als Haar, einzuspinnen. Das Gehör schien sich mit Taubheit zu beschlagen. Ob nun Taubheit in ihm oder Stille um ihn her, die Entscheidung darüber war unwichtig. Und wäre es auch bedeutsam gewesen, dies genau zu ermitteln, welche Maßnahmen hätte er ergreifen sollen, da er sich nicht bewegen konnte, sondern nur langsam, gewissermaßen auffallend langsam denken? Auch die Augen schienen in Blindheit unterzutauchen. Die Dunkelheit war ja nicht an das Öffnen und Schließen der Lider gebunden. Der Einfachheit halber, es war ziemlich unverständlich, warum er gerade diese Lösung wählte, ließ er sie dauernd geöffnet. Ob nun die Blindheit in ihm oder die Dunkelheit außer ihm der Grund für die Schwärze war, eine Streitfrage, die ganz der anderen in bezug auf das Ohr glich. Kebad Kenya hätte sich gewiß für gestorben gehalten und als Sieger über seinen Gegner, den männlichen Engel des Todes, gefühlt; wenn dies Spinnwebnetz feinster Wahrnehmungen nicht über ihn geworfen worden wäre. Er fühlte sich aufquellen. Es war ohne jede Beunruhigung für ihn. Er nahm zu. Es war gegen die Vernunft. Er füllte den Sarg allmählich bis in die letzten Ecken aus und bekam so die Gestalt eines großen vierseitigen Prismas. Er fürchtete, das Grab, den Sarg, das Gemäuer zu sprengen. Es war nicht eigentlich Furcht, nicht einmal Unbehagen; derlei Worte waren zu handfest, verankert in einer unausweichbaren Bedeutung; man mußte sie widerrufen. Erwartung einer lockeren, nicht endgültigen Überraschung. Ehe die groben Worte hinab und widerrufen waren, erlosch das eintönige halbdumpfe Erwägen einer Möglichkeit. Aber der Exzeß blieb aus. So wie Kebad Kenya zugenommen hatte, verfiel er auch wieder. Das Spinnweb, in dem er lag, teilte ihm mit, daß er jetzt einfalle, sich entblättere. Entblättere, sagte das Spinnweb. Und dürr werde. Und wie ein Baum im Winter anzuschauen sei. Daß das Knochen wären, seine, die er im-

mer besessen, er verstand das nicht ganz richtig. Mit Kümmernis erfüllte es ihn, daß er sein Antlitz einbüßte. Langsam wurde es ihm zur Gewißheit, sein Angesicht war fort. Es gab keine Kontrolle mehr für sein Aussehen. Er war wie jedermann. Hätte man ihm einen Spiegel vorgehalten – diese Spur eines Gedankens war jenseits seines Zieles; im Laufe der Jahrzehnte erdämmerte dennoch ihr Abdruck – er hätte sich nicht mehr erkannt. Langsam schlich es sich in sein Bewußtsein ein, daß nicht nur der Kopf, daß die ganze Gestalt ihm fremd geworden war. Das Schmerzgefühl war ganz von ihm gewichen. Er empfand sich ziemlich allgemein. Seine Sünde – er gedachte ihrer nur selten – schien auch ein Bestandteil einer allgemeinen Ordnung geworden. Und er hatte die Rede, die er hinter den Sternen hatte halten wollen, vergessen. Schwer zu ermitteln, auf was sie sich bezog. Zwischen der Sünde und ihrem Erkennen schien so viel Zeit verlorenzugehen, solche Einöden von Einsamkeit taten sich auf, daß die Identität zwischen dem Sünder und dem Zerknirschten nicht aufrechtzuerhalten war. Wieso bei dieser Sachlage in den Ewigkeiten jemals ein Urteil, gar ein gerechtes Urteil entstehen sollte, lag ganz außerhalb aller Vorstellungen. Wahrscheinlich würde sich der Ablauf der Ewigkeit in Instanzen erschöpfen. Und so war das Schweigen das klügste. Die Mißverständnisse, falls solche aufkommen sollten, erzeugten sich dann aus sich selbst.
Je langsamer Kebad Kenyas Wahrnehmungen waren, oder er seine Feststellungen machte, desto schneller lief die Zeit. Er verwunderte sich sehr, daß er sich nach zweihundert Jahren sehr ausgeruht fühlte. Er verwunderte sich, daß er ein Ächzen und Knirschen über sich hörte. Es kam eine Schnelligkeit in seine Vorstellungen, die das Gegenteil seines bisherigen Verhaltens war. Er fühlte, sofern bei der rasenden Flucht, zu der er sich anschickte, die Wichtigkeit allen Fühlens nicht verblaßte, daß seine Brust eingestoßen wurde. Daß er, nach ein paar Jahrhunderten, starb. Aber er sah das Antlitz des männlichen Engels nicht. Der Tod war zugleich der Anfang einer ständig wachsenden Beschleunigung. Oder die Fortsetzung der Flucht. Er begriff nicht, da der schweigsame Gesandte nicht zur Stelle war, woher die Kraft kam; aber sie war da, unfaßbar gespeichert, um das Grab zu sprengen. Die Mauern wurden auseinandergeris-

sen. Wahrscheinlich war das die Macht seines Gegners, der sich nicht zeigte. Kebad Kenya flüsterte den Namen: Malach Hamoves.
Kebad Kenya wurde gehoben, veraschte sich, zerstob, sammelte sich wieder. Wie aus großer Höhe sah er unter sich. Irgendwo hatte man ein Grab geschändet. Steine waren zu Trümmern aufgeschottert. Gebeine lagen umher. Zersplitterte Eichenbohlen. Menschen standen und schauten neugierig in ein kraterartiges Loch. Das war ein verzehrender Blick von hoch herab. Gleichzeitig war aber Kebad Kenya auch unten. Lag da. Seine Glieder waren auseinandergezerrt. Nicht nur gevierteilt. Das Herz kam unter die Sohle eines Stiefels. Aber der darauf Tretende achtete dessen nicht, oder stellte sich entmenscht. Die Schenkel, schon vielfach zerteilt, wurden mit Spaten zerhackt. Mit einer wilden Besessenheit fuhr Kebad Kenya in die Schar der Leute. Er wußte nicht, ob es Zorn oder Tollheit war, die ihn trieb. Aber die Menschen wurden nicht angefaßt. Einzelne schüttelte es, als ob sie frören. Es war auch unbegreiflich, wieso Kebad Kenya gleichzeitig zerstückelt daliegen und fliegend sich bewegen konnte. Es war nur ein mächtiger Trieb, sich auszubreiten, dazusein, sich wieder zu verdichten zu einer engen Gestalt. Aber das Antlitz, er erinnerte sich, war zerlöst. Jedes Bild von ihm selbst war zerlöst. Wiewohl er es unter sich, neben sich, allüberall zu sehen glaubte, entschwand es ihm, sobald er sich einen gewissen Zug einprägen wollte. Wie über große Entfernungen sah er das Männerbildnis, das jemand von einer Wand seines Hauses genommen hatte, und das den darstellen sollte, der ihn gezeugt hatte. Sogleich eilte er nahe herzu, betrachtete die gemalten Züge. Das Bildnis hing an einem Ort, den er niemals vorher gesehen hatte. Es war gedunkelt. Es hing in der Nachbarschaft vieler Bilder, die noch dunkler waren. Er erkannte sich in dem Bild, wiewohl es älter sein mußte als er. Aber auch aus einem anderen trat er sich entgegen, nochmals um ein Jahrhundert gealtert. Hätte er inmitten der Hast erstaunen können, sein Verwundern wäre grenzenlos gewesen. Das ältere braune Antlitz hob ihn auf, versetzte ihn auf einen Turm. Um den Turm flogen Dohlen. Aber sie waren langsam, verglichen mit seiner Flucht. Steinerne Köpfe starrten ihm entgegen. Einer darunter glich ihm, war

er selbst, steinern, und doch schon zerstäubt vor Alter. Kaum hatte er es aufgefaßt, dies Selbst, da war er schon wieder fortgetrieben. Er floh, der Sonne abgewandt, gegen die Nacht. Er erkannte sich, schwer trabend, vierfüßig, mit Hufen begabt, in einer sandigen Steppe. Gleich aber wuchsen ihm Flügel, wiehernd erhob er sich. Greise Nüstern streckte er in die Nachtluft. Irgendeine Kraft jagte ihn zurück über tausend Meilen, als ob es eine Heimat für ihn gäbe. Ein Knecht hatte einem Sterbenden Taler unter dem Kopfkissen hervorgezogen. Ein Knecht schlief in einem Hause, das am Ort des alten, schon vor hundert Jahren verwüsteten stand. Kebad Kenya warf sich auf den Knecht, wie er dalag. Im gleichen Augenblick erkannte er sich selbst in ihm. Welche Gestalt wäre deutlicher gewesen als diese? Was waren die Bilder und Steine verglichen mit diesem lebendigen süßen Fleisch? War es vergeblich gewesen, daß er sich gerichtet hatte? Waren seine Anträge in eigener Sache zurückgewiesen? Hatte man nur, um die Vergeblichkeit seiner Mühen deutlich zu machen, ihm etwas von der immer gegenwärtigen Jugend der Schöpfung eingeträufelt, damit er nicht erlahme und vor Schwäche von der Sünde ließe? Man hatte ihn nicht erhört. Er sollte im Laster verharren, wie seit Jahrtausenden. Er erhob sich. Die eigene Stute war tot. Die Nachbarn hatten sie erschlagen. Aber standen nicht andere in den Ställen der Nachbarn? Er rieb sich die Augen. Was war leichter, als bei ihnen einzudringen? Kannte er auch die Lage ihrer Wohnungen nicht, er konnte sie auskundschaften. Und er machte sich auf. Die Nacht begünstigte ihn. Eine Tür zu erbrechen war leichtes Tun. Ein Pferd hervorgezogen. Kein geschlechtsloses Wesen, eine Stute. Sich auf ihren Rücken schwingen, davonstieben. Sie zerreiten. Am Wege stehenlassen, daß sie sich mühsam nach Hause schleppt. Eine neue stehlen. Seine Schenkel waren nicht mehr anfällig, die Wunden von einst waren verheilt. Allmählich erkannte er die Landschaft wieder. Die Wälder waren ausgerodet. Neue Straßen waren an den Hängen der Hügel gegraben worden. Der Geruch vom Boden herauf war scharf und ungesund. Aber der Wind, der darüberging, war der alte. Die Bäche hatten noch ihren Lauf. Die Kiesel in ihnen frisch und hart. Das Schilf an den Teichen lispelte. Die Sterne, er erkannte sie wieder. Es war sein Boden, verwüstet von der Gewinnsucht der Nachbarn. Die Feststellung war ihm kaum wichtig. Schweiß und Atem des Pferdes drangen an seine Haut. Das war der unveränderbare Tierruch, der ihn taumeln machte. Die Dunkelheit der Erde, die Dunkelheit inwendigen Fleisches. Wieder die wollüstige Pein, dazusein in den Finsternissen. Das Wirkliche lief von ihm ab wie Wasser von öliger Fläche; aber er blieb da. Es kam ein Morgen. Es kamen Tage. Es kamen Nächte. Er sah die Vermehrung seiner Nachbarn. Sie waren vertausendfacht. Sie bedrängten einander, stießen gegeneinander. Kebad Kenya, mit süßem Fleisch, verlachte sie. Des Nachts stahl er ihre Pferde, um sein Land wieder in Besitz zu nehmen, um seine Sünde zu tun. Die Nachbarn liefen nach der Polizei. Es kamen Männer in Uniform. Kebad Kenya verwunderte sich sehr, daß sie glaubten, sie würden ihn fangen. Sie fingen ihn nicht. Die Nachbarn schrien zum Himmel, daß ihre Stuten verdürben.

9 Die Marmeladenesser

(geschrieben 1928)

Frau Inge Tidemand hantierte in ihrer Küche.
Die Herstellung des weißen, weißen Sternzackenschnees.
Ein empfindlicher Vorgang.
Im Herde brannte ein heißes Feuer. Feuer aus schwarzer Kohle. Schwarze Kohle. Weißer Schnee. Schwarz heiß. Weiß kalt.
Der Mann war Kapitän auf grüner See.
Kalt weiß schwarz heiß.
Doch des Feuers Glut ist rot.
Die Herdplatte nämlich erstrahlte lieblich in roter Glut. Läge dieser Faulenzer Harald nicht noch im Bette, er würde seinen Speichel auf die lieblich rot erstrahlende Herdplatte speien. Aus seinem Munde durch die Zähne, über die Lippen. Ach, so schmale, junge Lippen.
Und es würde: zisch. Kugelperle weiß, klebrig rollt über lieblich rot erstrahlende Herdplatte. Bis die Dämpfe, zartweiß, unsichtbar, aufsteigen. Zur weiteren Verarbeitung in den Himmel. Aus der Speichelportion würden ein zwei drei Schneesternzacken geformt werden. Aus dem roten Mund der Schnee. Sie stellte die Töpfe über die lieblich rote schwarzkohlenheiße Herdplatte. Der Rückstand des Speichels, der allmählich verdorrt.
Alle zwei Jahre nur kam dieser Hausmann, der Kapitän, über die Ozeane zu ihr. Zu Frau Inge Tidemand. Es war erklärlich, daß sie nur diesen einen ungezogenen Jungen. Faulenzer. Herdbespeier.
Empfangen.
Geboren.
Diesen Harald.
Weil der Kapitän nur alle zwei Jahre.
Die Speichelportion, die nicht geflossen war, die nicht eine Perle geworden, nicht verdampft, nicht verdorrt, die überhaupt nicht war, außer unter dem Gaumen des schlafenden Faulenzers, stimmte sie traurig, weil sie an etwas erinnert wurde.
Das Aufsteigen in den Himmel geschah in verschiedenen

Zonen. Wie sich versteht. Die ersten tausend Meter in der Höhe Nebel. Oder, bei gutem Wetter, Sonnengespinst. Glasdampf, Dampfglas. Spinnenweb, das wir nicht sehen. Geisterhand. Könnte man denken. Kirchhofsgeruch. Auch Leichen können, wie sich versteht, zu Schneesternen –. Wie der Speichel.

Es war ein empfindlicher Vorgang. Von Staub und Geruch geklärt, mußte das Unsichtbare steigen. Geschoben. Gehoben. Gesogen.

Bis plötzlich eisige Kälte. Des Weltenraums Schöpfungsgedanke. Das Unsichtbare gerinnen ließ zur Form. Zum Stern. Der plötzlich schwer, wiewohl nicht schwerer als zuvor. Zur Erde fiel. Der Speichel.

Wie nun das Ungeklärte, Widerwärtige aus dem Munde des Faulenzers, der zumeist vergaß, seine Zähne zu putzen, also doppelt unsauber, zum reinsten Weiß des Schnees geläutert wurde, geläutert werden konnte; so auch mußte Frau Inge in ihren Töpfen den starken Sirup des gelösten Zuckers läutern. Bis er schaumfrei, klar, in dünnen Fäden, Spinnwebsfäden, sich zog.

Sie bereitete Marmelade. Sie besaß Fähigkeiten darin. Es waren die ersten Tage des Juli. In den ersten Tagen des Monats Juli bereitete sie Erdbeermarmelade. Im Januar hatte sie Orangenmarmelade bereitet. Und würde im August und September diese Früchte: Himbeeren, Johannisbeeren, Blaubeeren, Multebeeren, Kirschen, Pfirsiche, Pflaumen, Kronsbeeren mittels geklärten Zuckers zu entsprechenden Marmeladen verarbeiten.

Für ihn. Für Harald. Für den Faulenzer.

Nicht für den Hausmann. Nicht für den Kapitän, der – Sie rechnete.

Erst in ein und einviertel Jahren zurück sein würde.

Weil er Geschmack daran fand. Und sich das weiße Brot dick mit den glasigen Gallertfrüchten belegte. Und beim Essen seine schmalen Lippen gespannt und feucht wurden.

Mit Ängsten dachte sie an den Augenblick, da er den bitteren Geschmack des Rauches aus glimmenden Zigaretten dem der Marmeladen vorziehen würde. Sie war ihres Lebens überdrüssig. Selbstmordmüde. Alle Handlungen, die sie tat, waren nur mit der Existenz dieses Harald zu begründen. Nicht anders, nicht tiefer. Da war keine Freude für sie.

Ein Faulenzer, der im Bette lag. Gymnasiast mit Plänen und Gedanken, die ihr fremd. Die sie ängsteten, abstießen. Er war bebrillt. Er war ein wenig weitsichtig. Von frühester Jugend an. Er nahm die Brille von der Nase, wenn er im Freien war. Andere körperliche Gebrechen gab es an ihm nicht. Er war niemals krank gewesen. Vielleicht ging er zu Huren. Er war siebzehn und ein halb Jahr alt.

Sie wollte verzagen.

Ein niederer Mensch. – Huren sind nur für den literarischen Umgang, hatte er gesagt.

Das hatte er gesagt.

Dieser Harald.

Den sie empfangen
und geboren.

Für den sie die Marmeladen kochte. Und den Zucker klärte. Der ihr nichts gab als lästerliche Reden. Der sich rühmte, puh, pah, lachend, als ob er löge, doch ohne zu behaupten, daß er lüge, schon ein Dutzend Mädchen entjungfert zu haben. Liebe sei ein Kollektivbegriff. Ein unausdenkbares Wort. Am sechzehnten Geburtstag müßten alle hübschen, bebusten Mädchen in die Gewalt gleichaltriger Männer kommen. Und nur die häßlichen und unbebusten dürften die Trauer der Jungfrauenschaft anlegen.

Sie mochte nicht länger leben. Sie hatte keine Schuld am Mißraten seiner Seele.

Der Zucker zog dünne lange Fäden. Es schellte.

Es hatte geschellt. Sehr behutsam. Der Bursche, der die Milch austrug, mußte seinen Finger gegen den Knopf –. Sie hatte es erkannt. Er brachte täglich einen Liter Milch und einen halben Liter Rahm. Dicken Rahm. Harald trank ihn frisch und kühl, in einem Zuge. Er war mager. Junge Menschen sind oft mager. Er war von guter Proportion. Ganz ohne Bauch. Wiewohl er viel aß. Und fetten Rahm trank. Es war fast schön zu nennen, daß junge Menschen viel aßen, und ihr gefülltes Innere sich doch nicht abhob.

Frau Inge Tidemand war ein wenig fett. Wiewohl sie nur wenig aß. Und keinen dicken gekühlten Rahm trank. Hätte sie mehrere Kinder gebären dürfen, nicht nur diesen Faulenzer Harald, den Gymnasiasten, sie würde weniger beleibt sein. Immerhin besaß sie noch erträgliche Proportionen. Starke Brüste waren für ein weibliches Wesen keine

Schande. Und fleischige Schenkel, die straff, waren den Männern eine Freude. Das hatte der Kapitän Tidemand gesagt. Er hatte es mit anderen Worten gesagt. Sie durfte nicht daran denken. Sie begann den Kapitän zu hassen. Weil er nur alle zwei Jahre im Genuß seines Eigentums schwelgte.
Da stand nun der Milchbursche in der Küche. Und seine liebliche Stimme sagte: „Guten Morgen." Seine Stimme war wie Musik. Er war ein guter Mensch. Er war ein hilfsbereiter Mensch. Er reichte die zwei gefüllten weißen Flaschen. Und suchte aus einer Ecke zwei leere Flaschen hervor. Und konnte nicht wieder gehen, ehe er nicht ein paar teilnehmende Worte gesagt. Er sah die rosigen Erdbeeren auf den Küchentisch gehäuft. Und große weiße Brocken zerschlagenen Hutzuckers. Und spürte den unwägbaren Duft siedenden Zuckers. „Sie kochen Erdbeermarmelade", sagte fragte sang er. Aber er wollte keine Auskunft, keine Bemühung der Angeredeten. Er wollte Mühe auf sich nehmen, um den anderen eine Erleichterung zu schaffen. Und fügte hinzu: „Ich bin sicher, Sie sind eine Meisterin darin." Nun konnte er gehen. Unauffällig die Treppe hinabgleiten. Wie jeden Morgen vorher auch. Wie es an den übrigen fünfundsiebenzig Türen seiner bereits bedienten Kundschaft gewesen war. Wie es bei den übrigen fünfzig noch an diesem Morgen sein würde. Hundert und fünfundzwanzig Mühen täglich aufbringen, um jedesmal mit ein paar singenden Worten einen angenehmen Abgang zu haben.
Doch Frau Inge griff in den rosigen Berg der Früchte und hielt ihm die gefüllten Hände hin. Schöne, saubere Früchte. „Ich möchte Sie nicht berauben", sagte der Bursche. Er war offen betrübt, daß seine Worte die Kundin zur Freigebigkeit angeregt hatten. Doch nahm er. Und begann zu essen. Frau Inge sagte: „Ich bereite alljährlich große Mengen Marmelade." Sie wollte sich nicht anpreisen. Das war nur ein Satz. Er sollte keine Meinung mit Nachdruck vertreten. „Leider", fuhr sie fort, „ist noch nichts von der Marmelade fertiggestellt. Sonst würden Sie einmal kosten können. Und meine Kunstfertigkeit beurteilen."
Ihr fiel ein, vom Vorjahre stehen noch einige Gläser in der Speisekammer, im Januar hat sie frische Orangenmarmelade bereitet. Und will sie als ehrlicher und anständiger Mensch

vor diesem Engel bestehen, muß sie die verschlossenen Büchsen aufbrechen, daß er koste. Hingegen fiel ihr ein, das Eingemachte ist Eigentum Haralds. Ohne sein Einvernehmen wird sie nicht von den Süßigkeiten verschenken dürfen. Auch dies: das Kosten müßte festlich, feierlich vor sich gehen. Die unterschiedlichen Arten der Marmeladen in kleinen Kristallschalen aufgetragen. Genossen auf dünnen Scheiben gerösteten Brotes. Auf holländischem Zwieback. Ungesalzene Butter, um den Geschmack der Früchte klar abzuheben. Heißen starken Tee in flachen Tassen dazu.

Der Bursche hatte braundunkle Haarlocken. Ganz unbeschattete Augen.

Sie goß den frischen Rahm aus der Flasche in ein langes Glas, das sie bis an den Rand füllte. Gefüllt war, als die Flasche vom letzten Inhalt tropfte.

Er wird nicht allmorgendlich so schöne Marmelade essen wie Harald. Dachte sie. Aber Rahm trinken. Vielleicht gestohlenen. Unrechtmäßig abgeschöpften. Oder vom Vortage übriggebliebenen. Angesäuerten. Muß ein gesunder Diebstahl sein. Sie sagte: „Warten Sie noch einen Augenblick, bitte." Sie ging in das Zimmer Haralds. In das Gymnasiastenzimmer. Da war das Bett, in dem er lag und schlief. Und ein Tischchen, an dem er zuweilen saß und schrieb. Rechnete. Las. Und ein paar rohgezimmerte Regale, die mit zerfetzten Büchern vollgepfropft waren.

Ich müßte ihm einen Diplomatenschreibtisch schenken. Und einen verschließbaren Bücherschrank.

Harald schlief noch. Er lag sehr unordentlich. Die Kopfhaare aschblond und wirr. Die Arme von sich geschleudert. Ähnlich dem Bild des Gekreuzigten. Die Knöpfe des Nachthemdes waren an den Handgelenken nicht geschlossen. Die mageren Arme bis an den Ellbogen entblößt. Die Sehnen und Blutgefäße gingen aus den leichtgefurchten Handflächen fast hart wie Tauwerk. Die Gestalt des Körpers verschwand in den Busungen der Bettdecke. Doch war zu erkennen, der Schlafende lag nicht erquickt, lang ausgestreckt, vielmehr gekrümmt. Es gab einen Wulst, wo die Knie vorstießen. Wie Frau Inge hinschaute, sah sie, diese Knie waren unbedeckt. Nur betupft mit dem weißen Linnen. Und augenfällig war, eine große Zahl feiner gebogener goldener Härchen glänzte. Ein Garten, ein Kornfeld, metallene Häkchen. Sie blickte erschreckt in des Schlafenden Angesicht. Das war flach, beinahe ausdruckslos und schien nichts von den entblößten Knien zu wissen. Da war nun die ganze Schönheit eines Menschen in die Kniegelenke zusammengeflossen. Ein weicher Glanz hatte sich über ein hartes und rundes Gelenk gelegt. Und die Natur hatte nicht gegeizt mit Ausbuchtungen und Grübchen der Muskeln. Eine vollkommene Form. Ein Gerät des Zweckes, wenn man an das Ausschreiten dachte. Nur in der Ruhe zwecklos. Weshalb es im Grabe vermoderte. Das war in ihrem Schoße gewachsen. War aus ihr gekommen. Jetzt baumgroß. Und sie hatte keine Rechte daran. Nicht berühren dürfen.

Harald war erwacht. Er hatte sich aufgerichtet. Sie gab ihm das Glas in die Hände. Er trank den fetten Rahm mit großen Schlucken. Sie sah die Bewegung seines Schlundes. Es war an der Grenze des Schicklichen, was hier geschah. Auch am Halse hatte der Junge das Nachthemd nicht zugeknöpft. Und es zerrissen, so daß sie in einem weißen Spalt das Fleisch, die Haut von der Halsgrube bis zum Nabel sah. Der Nabel ein rauher Fetzen. Sie hatte sich nicht mehr erinnert. Sie glaubte plötzlich einen Blutstrom von ihrem Herzen, hinein in diese Narbe zu fühlen. Sie hätte ohnmächtig werden mögen.

„Wenn's beliebt", sagte er, und reichte ihr das geleerte Glas. Dabei wurde seine Brust sehr frei. Ein mageres Rippenwerk. Wie der Gekreuzigte. Und blank wie aus Wachs. Aber sie dachte an Eichen. An Bäume, an Wurzelwerk, an Steine. An Hartes und Unerbittliches. Das hätte ihren Schoß zerreißen können. Dies flache Gesicht. Sie wußte in der Tat an diesem Morgen nicht, wie sich benehmen. Sie haßte den Kapitän Tidemand, das war feststehend. Für den Faulenzer, für Harald, für den Gymnasiasten kochte sie Erdbeermarmelade. In der Küche wartete der Milchbursche.

„Du tust mir aufrichtig leid", sagte Harald mit tiefer Stimme, „man kann sich durch die Augen nicht befriedigen."

„Harald", schrie sie auf.

Er hörte ihre Stimme gar nicht. „Fette und alte Weiber",

sagte er, „das ist nichts für mich."
„Harald", schrie sie.
Er hörte die laute Stimme gar nicht. „Man muß mit seinen Empfindungen in der eigenen Generation bleiben. Anders Geartete verlieren sich in Perversitäten. In dieser Beziehung geben die Gesetze uns Aufschluß."
„Harald", schrie sie.
Er hörte die laute Stimme gar nicht. „Liebe zwischen einer alten Frau und einem jungen Mann ist immer gleichbedeutend mit Geschlechtsverkehr zwischen Mutter und Sohn. Manche Frau weiß sich zu konservieren."
„Harald", schrie sie.
„Wenn ich dir mit meiner Rhetorik heute etwas nicht Hierhergehöriges vortrage, magst du mich meinetwegen ohrfeigen. Oder mir einen Tritt in den Hinteren versetzen." Er warf sich herum, zeigte seine Oberschenkel.
„Harald", hauchte sie, halb bewußtlos.
„Du solltest dir einen Liebhaber anschaffen", sagte er, „deine monatlichen Kopfschmerzen sind ziemlich unerträglich. Ich kann dir mit nichts dienen. Wie du weißt. Lange genug habe ich kurze kniefreie Hosen getragen. Ich werde künftig lange Hosen tragen. Ich möchte zwischen uns klarstellen: Du mußt mich lieben. Und ich kann dich nicht lieben. Du wirst aufhören mich zu lieben, wenn du einen Bettgenossen gefunden hast. Du liebst mich schon wenig, wenn der Kapitän im Hause ist. Wiewohl du vorgibst, ihn zu hassen. Ich verzeihe dir alles. Im übrigen bist du meine Mutter. Was das bedeutet, kannst nur du fühlen. Der Geborene kann es nicht fühlen. Ich strauchele bei dem Gedanken. Du warst früher da als ich. Du hast mich wachsen sehen. Ich habe dich nicht wachsen sehen. Nur altern. Als ich geschlechtslos war, warst du strotzend von Geschlecht."
Sie sagte sehr ruhig: „Ich liebe dich, weil ich dich geboren habe."
„Ganz im Gegensatz zur Auffassung des Gesetzes die einzige Rechtfertigung einer Liebe aus der Generation heraus. Ich habe dir auch gesagt, ich verzeihe dir. Übrigens bin ich ziemlich häßlich. Und deine Augen sind betrogen worden."
Sie weinte. Das ging an seine Seele. Er wurde mitleidig. „Ich gönne dir auch einen jungen Liebhaber", sagte er,

„wenn er sich überwindet oder dumm ist. Ich mißgönne dir nichts."
Sie nahm sich zusammen. „Ich bin lebensmüde", sagte sie.
„Mir verständlich", antwortete er.
„In der Küche wartet der Milchausträger", sagte sie.
„Warum wartet er?"
„Deshalb kam ich. Weil er wartet. Er ist ein guter Mensch. Ein hilfsbereiter Mensch. Wiewohl arm. Ich bin dabei, Erdbeermarmelade zu kochen. Er hat mir zugesehen. Ich wollte ihn meine Marmeladen kosten lassen", sagte sie.
„Bitte, wer hindert dich", fragte er.
„Die Marmeladen habe ich sozusagen dir geschenkt. Ich wollte dich fragen –"
„Lachhaft", sagte er.
„Ich wollte dich fragen, ob du mir gestatten würdest, daß ich die letzten vorjährigen Gläser öffne", sagte sie.
„Da ist doch ein Defekt in deinem Hirn", sagte er.
„Eigentlich wollte ich ihn am Nachmittag zum Tee einladen. Weil er ein guter Mensch ist", sagte sie.
„Durchaus einverstanden. Ich habe alles Interesse daran, einen guten Menschen kennenzulernen. Du darfst mich dazu laden."
„Es freut mich."
„Ich werde ihn für die Partei werben."
„Für welche Partei?"
„Für die einzige, die noch Ideale besitzt. Für die kommunistische."
„Das solltest du nicht sagen."
„Weshalb nicht?"
„Das solltest du nicht wollen."
„Jeder Mensch von anständigem Zuschnitt gehört in die Organisation der kommunistischen Partei."
„Wann wirst du aufhören, lästerliche Reden zu führen?"
„Wenn ich tot bin."
„Du solltest einen edlen Menschen nicht mit deinen Gedanken vergiften wollen."
„Eine Hure ist auch ein Mensch. Und ein Saukerl wie ich ist auch ein Mensch. Und ein Prediger auf der Kanzel ist ein Lügner. Das unterscheidet ihn von den Verworfenen. Und wenn dein frommer Milchbursche ein Predikant ist, werde

ich ihn ärgern. Jedenfalls ist er dann nichts für dein Bett. Die frommen Freundschaften verderben deinen Karakter und machen deine körperliche Existenz unappetitlich und muffig."
„Harald", schrie sie.
„Das hast du geboren. Und das ist aus dir. Ich bin etwas häßlich. Das ist nicht meine Schuld. Ich bin gesund. Das ist mein Verdienst. Ich lüge nicht. Das ist gottgefällig."
„Aber du lästerst deine Mutter."
„Weil sie mich nicht anerkennt. Mein Mund soll sein wie eines Kastraten Mund. Ich bin kein Kastrat. Ergo: mein Mund lügt nicht."
„Harald", sagte sie.
„Ich freue mich auf den Tee mit dem Milchburschen. Du hast jedes Jahr einmal einen vortrefflichen Einfall. Nachmittagstee mit geringen und armen Leuten. Frau Kapitän Tidemand empfängt bei sich die Straße. Kommunisten eingeschlossen", sagte er.
„Ich muß in die Küche. Er wartet auf mein Zurückkommen", sagte sie.
„Ich kann vielleicht doch noch ein Jahr lang mit kurzen Hosen und kniefreien Strümpfen gehen. Die Kniegelenke sind wirklich das einzig Schöne an mir." Sein Gesicht wurde noch flacher und bekümmert anzuschauen. Er sprang aus dem Bett. Riß sich das Nachthemd vom Leibe. Er zerspaltete es vollends. Hängte sich an ihren Hals. Weinte. „Mich mag im Augenblick kein Mädchen", sagte er. Dann ging er vor den Waschtisch und goß sich eine Kanne kalten Wassers über den nackten Körper.
Frau Inge öffnete lautlos die Tür und verschwand. In der Küche sagte sie zum Milchausträger: „Sie sollen alle Marmeladen kosten, die ich im Vorjahre bereitet habe. An einem Nachmittag. Tee dazu trinken."
Er war fast stumm vor Glück. Es war nur ein Geringes, was ihm da angeboten wurde. Doch verschlug es ihm die Stimme. Er fragte nur, ob der Herr Gymnasiast dabeisein würde. Sie bejahte die Frage. Er fand, es sei eine gute Vorbedeutung. Am Nachmittag des nächsten Tages schon um viereinhalb Uhr. Es war die freie Tageshälfte in der arbeitsreichen Woche des Milchausträgers.
Wie er zur Küche hinausging, glaubte sie wahrzunehmen,

seine Schultern sind hochgezogen, der Rücken ist gekrümmt von schwerer körperlicher Arbeit.
Milchkannen vom Wagen abhaken. Stufen hinauf, Stufen hinab. Schleppen. Mehlsäcke in den Mühlen und Bäckereien, auf den Schultern der Menschen. Damit wir leben. Und er glitt nicht die Treppenstufen hinab. Es war ein halbes Gepolter. Und es war nichts von dem Gesang in den Schritten grobbesohlter Stiefel. Es waren zweierlei Wesen; er, der in der Küche gesprochen, und er, der hinuntergegangen war. Es war zum Fürchten. Sie haßte den Kapitän Tidemand.
Als es abermals an der Haustür schellte, war es der Bäckerbursche, der die Semmeln brachte. Er hieß Eilif Borg. Er pflegte von sich zu sagen, daß man ihn den schönen Borg nenne. Eilif war ein umständlicher Name. Niemand mochte ihn aussprechen. Liv Borg. Leben Borg. Du bist mein Leben Borg. Frau Inge hatte ihm die Tür geöffnet. Er lachte. Es war ein anderes Lachen als das des Milchburschen. Es war fleischlicher. Der Mund war wie eine Orchidee. Fleischgierig. Wiewohl man von dieses Menschen Magen nichts aussagen konnte. Die Lippen gingen auf, breit, wulstig. Aber sie zogen sich von den leichtgelblichen Zähnen nicht ab. Da blieb eine Muskelschicht, fast wellige Linie, die die Zähne bedeckt hielt. Es war ein erregender Mund. Eine Spur unsauber. Ungeputzte Zähne, dachte Frau Tidemand. Aber das Gesicht war in gleicher Weise unsauber. Obgleich es gewaschen war. Kleine Pigmentpunkte, nicht deutlich abgehobene Sommersprossen. Das Gesicht bildete mit dem Munde gemeinsam eine unkeusche verführerische Einheit. Es beschattete die Augen. Die Augen waren dunkel beschattet. Mit einem großen Schatten, der das Gesicht war. Und ein unordentlicher Garten gelbroter dicker Haare, gesträhnt, verweht, verwittert wuchs über diesem Gesicht. Es war ein junges und gesundes Gesicht trotz der Dunkelheit in ihm. Es würde niemand geben, der das Gesicht anzuspeien oder zu steinigen vermöchte. Es war ein gefeites Gesicht. Und der Körper dieses Menschen war stark. Er lehnte zwei Stufen abwärts auf der Treppe gegen die Wand. Ein großer viertelkreisförmiger Bogen die Linie, die über die graugrüne Windjacke vom Hals bis zu den Knien verlief. Der Bauch war vorgeschoben. Aber der Mensch war nicht

verdächtig, einen fetten Bauch zu haben. Es war der Verlauf der Linie, die unter ihm ihren Zenit hatte. Der Mensch war noch jung. Es war ein unendlich wichtiger Körperteil nur lässig vorgeschoben, weil die Kurve einen Zenit haben mußte. Darum: verführerische Linie. Eine freche Anpreisung mittels der Linie. Der schöne Borg. Du bist mein Leben Borg. Frau Inge Tidemand hatte, bei schlechtem Gewissen, eine Eingebung. Sie dachte, dieser Borg würde dem Gymnasiasten, ihrem Herrn Sohn Harald, besser gefallen als der Milchbursche. Weil er so fleischlich roch. Der starke Mehlduft haftete nicht an ihm. Die Tiergerüche der Straße kamen an ihm zusammen. Als ob er auf seinem Kundenweg die an den Ecken haltenden Pferde streichelte. Was keine Schande war. Und nicht die Ursache, wenn man es recht bedachte, für so viel Tierdunst sein konnte.

Sie hatte eine schlimme Vorahnung, als sie ihn zum Nachmittagstee des kommenden Tages einlud. Er nahm selbstgefällig lachend an. Er zog den Bauch nicht ein. Er zeigte seine Hände, die stark waren. „Au revoir", sagte er. Und glitt wie eine Katze am Treppengeländer hinab. Geräuschlos. Mit vorgeschobenem Bauch. Frau Tidemand war zaghaft geworden. Ob sie das Rechte getan. Sie ging zaudernd in Haralds Zimmer. Er saß an seinem Tisch und las. Er blickte sich nach der Mutter um. Er hatte die Brille aufgesetzt. Die Knie waren unbedeckt. Sie erzählte ihm, was sie soeben getan. Er nörgelte nicht. Er war es zufrieden. Er blickte todtraurig durch die Brillengläser. Er sagte: „Ich glaube, unserer Generation ist es vorbehalten, einen Stoff zu erfinden von grenzenloser Gemeinheit. Mit dem wir Gott und seine sämtlichen lebendigen Geschöpfe ausräuchern werden."

„Harald", sagte sie, „mit was für entsetzlichen Gedanken beschäftigst du dich."

„Ich weiß", sagte er, „die Predikanten auf den Kanzeln möchten uns die Diskussionen über unsere Geschlechtsgefühle und den kommenden Krieg verbieten. Aber wir sind, gottlos, immer noch bessere Kristen als sie. Wir verzeihen ihrem Gott die Erfindung der Schmerzen nicht, das ist wahr. Weil wir sie erleiden. Aber den Schwarzröcken verzeihen wir nicht, daß sie nicht leiden."

„Harald“, sagte sie still, „ich fürchte für dich.“
„Gewiß“, sagte er, „der nächste gewissenlose Physiker wird uns in Dung verwandeln, der unbegraben bleibt. Dann wird meine Generation genausoalt sein wie die deine. Wenn man den Menschen ein Herz geben könnte“, schrie er, „würde ich mich daranmachen, Gott lieben zu lernen.“
„Harald“, sagte sie, „ich glaube, du beschäftigst dich mit Dingen, die über deine Kraft gehen.“
„Ich lese soeben eine seltsame Nachricht aus Deutschland in der Zeitung. Ein junger Gelehrter hat es abgelehnt, sich einen gewissen chemischen Prozeß, den er allein beherrschte, für eine halbe Million Mark abkaufen zu lassen. Das Angebot ist innerhalb einer kurzen Frist auf zwei Millionen Goldmark erhöht worden. Er hat es abgelehnt. Er hat sich aus seinem Beruf zurückgezogen, arm, wie hier geschrieben steht. – Ein merkwürdiger Erfinder. – Der Name dieses Mannes aber stimmt überein mit dem des Verfassers einer Dissertation, die ich in Händen habe. Und man kann darin den Satz lesen: – So ist die Möglichkeit gegeben, einen Zustand zu erzeugen, der als Katalysator (also ohne sich zu verbrauchen oder sich zu zersetzen) unter gewissen Spannungsverhältnissen, die mit Leichtigkeit mittels elektrischer Energien oder einer Atomzertrümmerung erzwungen werden können, unsere atmosphärische Luft in ein tödliches Gas zu verwandeln. – Es ist zum Verzweifeln, es ist zum Verzweifeln.“ Er weinte. Er schlug mit der Faust auf den Tisch. „Für zwei Millionen Mark ist dieser Mensch nicht käuflich. Für zwei Milliarden Mark ist er käuflich.“
„Es wird sich um eine andere Angelegenheit handeln“, sagte sie.
„Ich halte es für möglich“, sagte er, „man wird einstweilen nur einzelne Erdteile ausrotten können.“
Sie ging hinaus, weil er eisig sprach. Und sehr gefaßt geworden war.

Die Pfirsichmarmelade war goldgelbgrün. Die Pflaumenmarmelade schwarzrot. Die Erdbeermarmelade rostigtaub. Die Blaubeermarmelade rotviolett. Die Schwarzjohannisbeermarmelade tiefere Tinte der gleichen Farbe. Die Kronsbeermarmelade tupfigeisrot. Die Orangenmarmelade streifigklargelb. Das waren die Farben in den kristallenen

Schalen. Der Geschmack war des Gaumens Teil. Die Pfirsichmarmelade war mehlzartsüßschaumduftspratzig. Die Pflaumenmarmelade scharfgroßwollsauerkrautig. Die Erdbeermarmelade honigblütenlehmtangbleimilde. Die Blaubeermarmelade kugelschleimfettsonnenblumenrindsmaulig. Die Schwarzjohannisbeermarmelade quellblutkupferessigkatzenzahntraumlos. Die Kronsbeermarmelade sandignußerzkalkigtiefwildsauer. Die Orangenmarmelade bitterfrohmagerregenbogenrund. Holländischer Zwieback. Geröstetes Brot. Salzlose Butter. Tee.

Harald sagte: „Der Franziskanermönch Wilhelm von Rubruk hat in den Jahren 1253 bis 55 eine Reise von Konstantinopel aus durch Asien gemacht. Er hat dabei einen Vorgeschmack von den herrlichen kristlichen Früchten bekommen, die aus den Mordtaten Karls des Sachsentöters gereift sind. Den die unentwegt begabten und gleichzeitig dummen Deutschen gemeinsam mit den militärischen Franzosen den Großen nennen. Die Hinrichtung der Pferdefleischesser hat für die Zukunft den Osten gegen das Kristentum zugeriegelt. In den Steppen Asiens hatte sich die Gewißheit eingenistet, daß, wer Pferdemilch tränke und Fleisch der Rosse äße, kein Krist werden könnte, weil der Genuß von Speisen, bereitet aus der Schöpfung edelstem Tier, nicht mit dem Glauben an den Gekreuzigten vereinbar. Und Rubruk erzählt, wie die Russen herrliche Würste aus den Eingeweiden der Pferde bereiteten, schmackhafter als die aus Schweinefleisch."

„Das ist verständlich", sagte du bist mein Leben Borg.

„Für uns", sagte Harald, „die wir Heiden sind. Die wir unsere Weihnachtswürste aus des großgewachsenen Tieres Fleisch bereiten. Und nur wegen unserer späten Zeit dem Gemetzel des Sachsentöters entgehen."

„Olav Haraldsön, den sie später den Heiligen genannt haben, war nicht weniger grausam als der Deutsche", sagte der Milchausträger Egil Berg.

„Das Kristentum ist ein scheinheiliger Aberglaube geworden", sagte Harald, „die kristlichen Nationen sind die verlogensten dieser Welt. Sie kennen den organisierten Mord des Krieges und den der Todesurteilsvollstreckung, wiewohl sich im Kanon ihrer Glaubenslehre ausdrückliche Verbote finden. So wollte ich auch gegen den Kristus nichts sa-

gen, den ich nicht kenne, weil sein Nacheiferer Paulus gelebt hat. Jener grausame Olav aber, der Heilige, der bei Nidaros niedergemacht wurde, eingescharrt, aus dessen Blut Natur eine Quelle gebar (angeblich), die im Korumgang des Oktogons von Trondjhems Domkirke in Stein gefaßt, der eingescharrt, ausgescharrt, eingesargt, ausgesargt, blieb, o Wunder, unverweslich. Obgleich er viele Wochen im Wasser der heiligen Quelle gelegen."
„Du lästerst Gott", sagte Frau Inge.
„Blieb unverweslich", sagte Harald, „bis eine Priesterschaft kam, der der unverwesliche Heilige unbequem war. Die neuen Prediger der Reformation. Ein paar Jahrzehnte noch duldeten sie ihn in einer Rumpelkammer. Dann war er ganz und gar unerträglich mit seiner nicht-verrotteten Existenz. Er wurde eingescharrt, endgültig, an einem unbekannten Platz, um des Volkes Aberglauben zu erdrosseln. Übrigens hat der deutsche Kaiser Otto den Kaiser Karl Sachsentöter in seiner Gruft zu Aachen aufgesucht und ihn sitzend, wie diesen Olav, unverwest gefunden. Nur die Nase war etwas angefressen. Sie wurde aus Gold ergänzt. Wie bei reichen Leuten die hohlen Zähne."
„Du gehst zu weit, Harald", sagte Frau Inge.
„Mir sind die ehrlichen braunen Schädel der heiligen drei Könige in Köln angenehmer", sagte Harald, „ist ein Neger dabei. Oder das armselige Bündel morscher Knochen des heiligen Bernward in Hildesheim, der in einer heiligen Quelle vermoderte. Im Gegensatz zu Olav."
„Du bist noch zu jung, um theologische Gespräche führen zu dürfen", sagte Frau Inge.
„Mit siebenzig Jahren werde ich nicht mehr am Leben sein", antwortete Harald.
„Es sind doch Scheußlichkeiten, die du vorbringst", sagte Frau Inge Tidemand.
„Ich habe es nicht so aufgefaßt, wir wären zusammengekommen, um einander mit Freundlichkeiten anzulügen", sagte Harald.
„Wer denn verlangt Unwahrheit von dir", sagte Frau Inge.
„Es ist mir ein Maulkorb angeboten worden", sagte Harald.
„Du kannst keinen Apfel sehen, ohne ihn zu schälen", sagte Frau Inge.

„Ich werde euch nicht enthäuten“, sagte Harald.
„Der Tee wird kalt werden“, sagte Frau Inge.
„Es könnte mir der Vorwurf gemacht werden, daß ich einen Frommen, der unter uns weilt, gekränkt habe“, sagte Harald. Und zeigte mit dem Finger auf ein sternförmiges Abzeichen am Rockaufschlag Egil Bergs.
„Du erkennst meistens zu spät, was du angerichtet hast“, sagte Frau Inge.
„Verzeih mir, Egil Berg“, sagte zerknirscht Harald über den Tisch und reichte dem Angeredeten die Hand.
„Ich bin nicht fromm“, antwortete dieser mit plötzlichem Verstehen, „es ist hier ein Mißverständnis. Vielleicht kann ich es aufklären.“
„Das Zeichen am Kragen meiner Jacke hat nicht Bezug auf eine Vereinigung mit unangebrachten Zielen. Ich kann es ablegen und bleibe dennoch gezeichnet. Nicht an meiner Seele oder durch einen Schwur. Viel deutlicher: an meiner Haut.“ Er nestelte an seiner Jacke, öffnete sie, knöpfte das Hemd über dem Herzen frei. Er zeigte das Nackte seiner linken Brusthälfte. Die Warze war klein, verglichen mit einem rundlichen Siegel, das braun, schorfig, teils erhaben in den Muskel eingelassen war. Ein siebengezackter Stern. Harald stürzte vor, betastete mit den Händen das Fleisch. Keine aufgetragene Farbe. Wulstige Narbe.
„Gebrandmarkt“, sagte du bist mein Leben Borg.
„Ja“, sagte Egil Berg.
„Entsetzlich“, sagte Frau Inge.
„Es muß schmerzhaft gewesen sein“, sagte Harald.
„Ja“, sagte Egil Berg.
„Du könntest uns die Bewandtnis anvertrauen“, sagte Harald.
Egil Berg ordnete seine Kleider. „Alle, die das Zeichen an ihrem Leibe tragen, sind verpflichtet, wenn sie dazu aufgerufen werden, für das bessere Europa zu kämpfen.“
„Ein elender Gedanke, die Vereinigten Staaten von Europa“, sagte Harald, „Krieg zwischen den Erdteilen.“
„Man wird mich anhören müssen“, sagte Egil Berg, „unsere Führer sind nicht von dieser Art Politiker, die den Chinesen und Negern die Luft zum Atmen nehmen möchten. Wir haben nichts gemein mit den Fanatikern einer völkischen Idee. Die den Mord der Blutsfremden wünschen, um

ein eigenes unbegabtes Geschlecht frivol zu vermehren. Die Liga der gesinnungstreuen Europäer ist das Lager unserer Feinde."

„Eine saubere Gesellschaft", sagte Harald, „Militärs aller Grade. Geistliche aller Konfessionen. Industrielle der Kriegsindustrie. Stahlkönige. Ölmagnaten. Giftgaserfinder. Reeder und Werftbesitzer. Das gewissenloseste Pack des Großkapitals und der Bourgeoisie."

„Sie will immer noch Diplomatie mit den anderen Mitteln des Krieges", sagte Egil Berg, „sie scheut sich nicht, die halbe Erde in Blut zu ersäufen, um eine Vorherrschaft zu behaupten, die im Geistigen und Vitalen dahingeschwunden ist. Wir vom Goldenen Siebenstern möchten bescheidener sein. Schlimmstenfalls gegen die Nationen Europas kämpfen, um eine angenehmere Welt zu schaffen als die, die am Willen der Weißhäutigen erwachsen ist; in der wir, fremd, ein schmaler Rest mit gesundem Samen, uns vermischen. Welche Vernunftbegabten wollen denn noch glauben, mit Gewalt kann Europa die Erde regieren?"

„Rotte das Großkapital aus, und es wird Friede auf Erden sein", sagte Harald, „welcher Arbeiter, der von der Tüchtigkeit seiner Hände lebt, wird einen armen Neger bedrängen wollen; der, ungereizt, niemand ein Leid tut? Aber die zerstörende Organisation der Profitjäger und der augenblicklichen Industrie will es. Gummi, Elfenbein, Baumwolle, Öl, Kaffee, Kakao, Diamanten, Kohlen, Eisen, Kupfer, Zinn. Es ist ein Jammer, daß die stolzen Schiffe unedlen Zwecken dienen müssen. Und die Maschinen, die stärkere Arme haben als wir, uns das Brot verteuern und das Leben sauer machen, anstatt es zu erleichtern. Niemals noch vor unserer Zeit hat der Mensch angestrengter arbeiten müssen. Die Maschinen sind errichtet worden, um zu vergeuden. Die Muskeln der Kreatur und die Schätze der Erde. Es wird nicht gearbeitet, um Bedürfnisse zu befriedigen und Arbeitspotentiale zu schaffen; die in Wahrheit der einzige Reichtum der Menschheit sein könnten. Es wird ein künstlicher Verbrauch organisiert, um die Opfer der Ausbeutung um so gewisser zu versklaven. Wir haben auf die Maschine gehofft. Aber sie ist den Gewissenlosen überantwortet worden. Die Luft ist uns verpestet mit dem Schlagwort vom

Umsatz. Und wir essen doch noch Brot wie unsere Vorfahren."

„Europa wird die falsche Regie büßen", sagte Egil Berg, „der Europäer guten Willens muß sich gegen die Methode Europas stellen. Er muß hassen lernen, was ihn zermartert. Der blinde Glaube an die Segnungen der Ingenieurkunst und Wissenschaft muß fallen. Wir sind verwüstet, weil wir losgerissen von den Kräften der Erde sind, die uns trägt. Wir werden zermasert vom Lärm, von jagenden Strömen. Wir sind gefangen in einem Netz: unsere unnatürlichen Wohnungen und Speisen. Die Mehrzahl der Menschen unseres Erdteils kann vor dem kommenden Gericht nicht gerettet werden. Eine kleine Gruppe, vielleicht, kann dieser Welt noch Segnungen bringen. Wir möchten es sein."

„Wer möchte es nicht sein?" sagte sehr still Frau Inge.

„Der Wunsch dazu ist eine müde Gebärde", sagte Egil Berg, „wenn er nicht der Anlaß zu täglichen Bemühungen wird."

„Er ist doch ein Frömmler", sagte du bist mein Leben Borg.

„Ich werde nicht danach trachten, das Vorurteil gegen mich fortzuräumen", sagte Egil Berg, „ich kann mich sehr kurz fassen. Ich bin gebrandmarkt. Wie ich gezeigt habe. Ich kann einen Schwur nicht abwaschen. Ich kann mich nicht morgen auf eine andere Bahn besinnen. Ich darf nicht krank werden. Nicht mit meinen Lenden."

„Nichts weiter", lachte Borg, „gebrandmarkt, um nicht lendenkrank zu werden."

„Und bereit zu sein, guten Willens zu sein", sagte Egil Berg.

„Und Europa zu hassen", sagte Borg.

„Europas wahre Tugenden zu lieben", sagte Egil Berg.

„Und seinen Samen unter Neger und Malaien auszusäen", sagte Borg.

„Wenn es sein muß. Wenn es gefordert wird", sagte Egil Berg.

„Ich möchte erfahren, was für Strafen dich treffen, wenn eine hübsche Krankheit in deinem Schoß zu blühen beginnt. Oder mit dem guten Willen es hapert", sagte Borg.

„Man spielt mit dem Brandmarken nicht", sagte Egil Berg, „es ist schmerzhaft. Schmerzhafter, als man vermutet."

„Die Tragik ist euch nicht unbekannt", examinierte Harald.
„Wir sind freie Menschen. Wir helfen einander", Egil Berg sprach gequält, „es ist uns nichts verboten. Wir verfemen das Verbrechen nicht."
„Aber die Krankheit", sagte Harald, „ein guter Grundsatz."
„Das Gesetz ist der Feind der Kraft", sagte Egil Berg, „die ältere Generation sagt von uns Jungen, wir wären schlimm. Wir gingen vor die Hunde, weil moralische Vorurteile unsere Entschlüsse nicht hemmen. Das Gegenteil kann bewiesen werden. Die Statistik ist für uns. Wir sind um 45% gesünder als unsere unmittelbaren Vorfahren. Wir gehen weniger zu Huren, das ist wahr, wir begnügen uns. Wir sind nicht immer appetitlich. Wir können nicht nach der Regel leben wie die Tiere. Wir sind widernatürlich, aber nicht angefault."
Harald sagte: „Ich hatte in bezug auf deinen Bund herausstellen wollen, jene Führerschaft, die euch verbot, krank zu werden, ohne doch Enthaltsamkeit zu predigen, wird den Unerfahrenen manche Aufklärung geben müssen."
„Ich habe alles gesagt", antwortete Egil Berg.
„Die Organisation ist gut", sagte Harald, „da wird jeder einzelne als Glied in eine Kette geschmiedet. Ein verläßlicher Unterbau. Doch vermisse ich das große Ziel. Die natürliche Freiheit, ein schöner Brauch. Die Abkehr von chauvinistischen Tendenzen ein Fortschritt. Die Feindschaft mit der Liga für gesinnungstreue Europäer schafft eine reinliche Atmosphäre. Die Stellung der Frau bleibt unklar. Man hält bei euch mehr von der Freundschaft."
„Die Unterstellung ist falsch", sagte Egil Berg, „wir beschimpfen die Freundschaft nicht, das ist wahr. Wir beschimpfen den Dieb nicht. Wir beschimpfen den Mörder nicht. Wir machen unseren Mund nicht auf, um ein Urteil über andere Lebewesen abzugeben, die wir doch nur unvollkommen verstehen."
Harald sagte: „Ich spüre nichts von der Auseinandersetzung zwischen Arbeitnehmern und Arbeitgebern in eurer Gemeinschaft. Von der Vorbereitung des großen Krieges zwischen Proletariat und besitzender Bourgeoisie. Jedenfalls hast du uns davon nichts erzählt. Die Anerkennung frem-

der Rassen als gleichberechtigt mit der dünkelhaften ist ein kleiner Sproß nur der kommunistischen Ideale."
„Du meinst die Revolution", sagte Egil Berg.
„Ich meine die unausbleibliche Kraftprobe zwischen Unterdrückern und Unterdrückten", sagte Harald, „den Kampf der Sklaven, den ausbrechenden Vulkan der Massen im Fleisch, die Befreiung der Geknebelten. Unschuldig geknechtet sind sie. Verdorren, verglühen, verhutzeln in Fron. – Wissen will ich, wem ihr angehört, dem Proletariat oder dem Kapital."
Egil Berg sagte: „Unsere Liebe gilt den Vergewaltigten, unser Haß den Sklavenhaltern. Doch vermögen wir nicht, den Klassenkampf zu predigen. Wir sehen den Untergang Europas nahe und sehr plötzlich, nicht mehr die allmähliche Gesundung in Revolutionen."
„Kindereien", pöbelte Harald.
„Man wird Revolutionen in Giftgasen ersticken", schrie Egil Berg, „die Begabten unter uns müssen die Freundschaft fremder Erdteile erwerben."
„Diktatur des Proletariats", schrie Harald, „man wird das Giftgas beschlagnahmen können. Und die Brisanzstoffe. Die Arbeiter werden die Fabriken beherrschen können. Hier werden faule Früchte gereicht. Die kommunistische Partei muß glashart und gewaltig wie Stahl werden. Sie muß über die Meere reichen. Die Vereinigten Staaten von Nordamerika müssen in den Schraubstock unserer Organisation mit hinein. Nur so ein Weltfriede. Achtung vor den Rassen anderer Erdteile." Er hatte sich überschrien.
„Keinen Streit, bitte", sagte Frau Inge.
Er hatte sich überschrien, aber doch nichts von den Bildern verraten, die ihn grauenvoll angefallen hatten. Was er innerlich erlebte, war nicht schnell zu ordnen. Es würden Millionen niedergemäht werden. In den Straßen. Vor den Fabriktoren. Er sah es mit seinem flachen Gesicht und zitterte. Er war leicht zu erschöpfen. Es würde revolutionslose Zentren geben. Es würden von dort Flugmaschinen aufsteigen können, jede mit dem Tod für eine Million Menschen beladen. Die Revolution würde kein anderes Gesicht haben als der moderne Krieg. Kein Marschieren mehr gegen die Spinnwebsgrenzen der Landkarten. Vielleicht strickte diese Zivilisation nur noch an dem Leichentuch, das schnell überge-

zogen werden würde. Es konnte vielleicht keine Organisation geschaffen werden, die das Grauenvollste verhinderte (Giftgas, Atomzertrümmerung). Er dachte an Stürme über schwarzgrünem Meerwasser. An dieses Meer. An den einsamen Sternenhimmel. Er sagte nichts mehr. Seine Hand lag mager auf dem Tisch.
„Ich bin der einzige unter uns, der seine Meinung vom Dasein nicht zum Gesetz für andere benutzen möchte", sagte du bist mein Leben Borg. „Kampf der Parteien. Es streiten sich zwei Menschen, die beide guten Willens sind." Er lachte. „Es gibt sicherlich unter euren völkischen Gegnern manche, die guten Willens sind; und dabei nicht einmal lendenlahm." Er lachte. „Die verwirklichten Pläne der Liga für gesinnungstreue Europäer würden eine bessere Basis für eine gelungene Revolution geben als die Kleinstaaterei." Er lachte. „Ich glaube, es wird nacheinander die Reihe an alle Parteien kommen. Und hinterher werden sie unbrauchbar gewesen sein. Es bleibt nur noch das Ei des Kolumbus: Regiment aller Parteien gleichzeitig." Er lachte.
„Sie haben es getroffen", sagte mit geringer Erlösung Frau Inge.
„Ich glaube an den Sieg des Kommunismus", schrie Harald, „an die Umgestaltung des Weltbildes durch ihn."
„Die Herrschaft aller Parteien gleichzeitig würde Kaos bedeuten, den Zerfall Europas in Individuen", sagte Egil Berg.
Harald röchelte sich aus. Er konnte plötzlich sehr krank erscheinen. Seine Augen waren weit fort hinter der Brille. Und sehr alt schon. Frau Inge Tidemand wäre, hätte sie ihn angeschaut, in Sorgen zerflattert. Doch sie schaute auf Borg. Der sehr ungebrochen im Schatten seines Gesichtes, tierhaft unverlegen, dasaß. Mit ziemlich gewalttätigen Oberschenkeln. Dieser Egil Berg ist nur ein Milchausträger, dachte Harald. Es sind nicht Millionen Phantasten gebrandmarkt. Hunderte vielleicht nur. Er beneidete ihn um die Wunde. Er dachte an die Wollust von Schmerzen. An die eigene kümmerliche Brust, die durch einen Zierat, eine Tatauierung, an gutem Aussehen nur gewinnen konnte. Er hatte das Bedürfnis wie alle Gleichaltrigen, ein wenig stolz auf die Gestalt des Fleisches, in dem er wohnte, zu werden. Er wurde arm, wenn er Vergleiche anstellte. Er betrog,

wenn er es genau nahm, mit seinen leiblichen Anträgen den Mitspieler. Nur die Knie waren schön an ihm. Wäre er mutig (er wog sich verbittert), er müßte sich eingestehen, die Natur hat ihn verworfen. Er sträubte sich. Er war nicht mutig (wiewohl er sich gewogen). Er sehnte sich nach den Lippen junger Mädchen. Es war sehr natürlich, daß die beiden Streiter schwiegen. Frau Tidemand begann mit Borg zu sprechen. Egil Berg saß, vergröbert, mit hochgezogenen Schultern und führte seine Tasse, mit kaltem Tee gefüllt, an den Mund. Er begann zu essen. Harald tat es ihm nach.
„Wer zu streiten liebt, muß binnen kurzer Zeit ein Lügner werden und ein unehrlicher Kerl dazu“, sagte du bist mein Leben Borg.
„Es war nur ein Austrag weltanschaulicher Meinungen“, sagte frommbegütigend Frau Inge.
„Es zu gestehen, ich war nicht vorbereitet, Fanatiker an dieser Tafel zu finden“, sagte mit einem Lächeln, wie wenn er soeben eine fast lebende Auster geschlürft, du bist mein Leben Borg. Er sagte es mit weltmännischer Gewandtheit. Er vernichtete alle voraufgegangenen Eindrücke von sich. Der Mund wurde eine Orchideenblüte in ihrer größten Entfaltung. Eine fleischliche Pracht. Tiefe und doch schleimige Farben, die aus dem Körper hervorgingen wie der nach außen gestülpte Magen eines Seesternes. Gewiß schon hatte er Austern von den Schalen gekratzt, sie zu schlucken. Dieses Nichts an Geschmack, mit wenigen Tropfen Zitronensaft, daß ein Gewürz würde an dem durchwässerten Getier. Er war damit gemästet worden. Mit schwerem Hummerfleisch auch. Mit Hammelhoden, gehackt, vermengt mit dem Gelb gekochter Hühnereier. Blut trinken, warm und schaumig – als wäre es Wein. Er vermochte es. Keines Tieres Euter war ihm widerlich. Getrüffelte Niere. Frische Oliven, säuerlichfett.
„Was denn, wenn ich fragen darf, haben Sie erwartet? Sich erhofft“, sagte Frau Inge.
„Mit Ihnen allein zu sein“, sagte Borg.
Wer gab, dem mußte wiedergegeben werden. Wer sich verströmte, dem durfte es nicht ergehen wie jenem, dem man zu essen anbot, wenn ihn dürstete, und Trank reichte, wenn Hunger ihn plagte. Er mußte gemästet werden. Er war gemästet worden. Die graugrüne Windjacke an ihm war nicht

ein Zeugnis der Armut. Sie war ein Requisit seiner Mission.
Frau Inge Tidemand war tief erschrocken. Sie kam mit ihren Augen nicht los von dem Gesicht, das ein großer Schatten war. Sie verstand durchaus nichts von dem Lächeln anderer Menschen. Harald lachte nur selten. Sie erinnerte sich nicht, daß er jemals gelacht. Und dieser Bursche redete eine Sprache mit seinem Lachen. Die sie nicht begriff. Nicht zu deuten wagte. Es mußte ja ein Mißverständnis sein, dies Denken an Kaviar und Austernschalen. Es war doch nichts laut geworden von Seetieren. Sie sagte: „Es schmeckt Ihnen in meinem Hause nicht. Sie essen wenig."
Borg sagte: „Ich mag keine Süßigkeiten. Wenn Sie ein Beefsteak für mich hätten, würde ich es verzehren."
Sie verwirrte sich. Sie errötete. Sie sagte: „Ich habe kaltes Steak im Hause. Wenn Sie es verschmähen, werde ich frisches Fleisch besorgen."
„Es genügt mir kaltes Fleisch", sagte Borg.
„Ich werde gehen, es zu holen", sagte Frau Inge. Und es war ihr Wunsch, mit Eile anzurichten. Doch löste sie sich nur langsam von der Gesellschaft. Ihre Augen waren störrisch. Sie streichelten diese unbekannte Gestalt mit den gewalttätigen Schenkeln.
Als sie in der Küche entschwunden war, sagte Harald zu Borg: „Was für ein Mensch bist du? Wir sind uns sehr fremd. Nicht feindlich gesinnt."
Borg sagte: „Ich bin der, der ihr sein möchtet. Ich bin einer der wenigen, die ein Lustdasein führen, während die meisten Menschen, wie ihr auch, nur Lustträume haben. Es will keiner nur Magen sein, wenn er Edleres sein dürfte. Aber die meisten Menschen können vor Feigheit nicht edel sein."
Harald erbleichte. Es waren klare Sätze von den fleischigen Lippen des anderen gekommen. Wer möchte nur Speisen verschlingen, wenn er bei einer Frau im Bette liegen könnte? Aber auch der Vorwurf der Feigheit war erhoben worden. Die Anklage war halb ungerecht. Sie vergaß, daß zwar viele berufen, aber nur wenige auserwählt sind. Daß die meisten, er selbst auch, Harald, an ihrer kümmerlichen Gestalt scheiterten. Die Pferdemännchen wurden in ihrer Jugend schon, wenn ihre Knochen mittelmäßig, zu Walla-

chen verschnitten; wenige nur wuchsen zu Hengsten heran. Die, die verschnitten waren, entsprachen den Träumern, wie hier gesagt wurde. Es war sehr bitter, daß die Gestraften sich weiter demütigen und zu Verehrern der Kraftvollen werden mußten. Wie er jetzt, Harald, der diesen Fremden mit seinen Augen streichelte. Wie Frau Inge Tidemand, seine Mutter, vor ihm.
„Der augenfälligen Triebe des Menschen sind drei", sagte Egil Berg, „die Selbsterhaltung, der Hunger, die Fortzeugung. Aber es gibt eine stärkere Gewalt, als sie es sind, die diese drei läutern und zu Motoren übertierischer Kräfte machen kann. Ohne sie zu überwinden."
„Ein Mensch mit Bindungen", schrie Harald. Er war überwältigt. Er wollte nahe an diesen Eilif Borg heran. Nicht die milde Musik aus Egils Mund hören. „Ich bin ganz und gar unwissend. Ich bin aus dem Futteral der Ethik mütterlicher Belehrungen noch nicht heraus. Ich bin ohne eigenes Leben." Er vergaß ganz die Ideologie der kommunistischen Partei. Die obszöne Art, mit seiner Mutter zu sprechen. Es war das zufällig zuckende Leben, das sich nach dem Schein der Sonne aufreckt. Sehnsucht nach den Lippen junger Mädchen.
„Du willst hören, wie ich lebe", sagte Borg, „Brot austragen. Ich habe täglich zweihundertundfünfzig Kunden zu bedienen."
„Das ist nicht der ganze Inhalt deines Lebens", sagte Harald.
„Ich trage das Brot an die Türen. Ich muß an den Türen stehen. Ich muß sehr unauffällig, ohne ein Wort zu gebrauchen, deutlich machen, wer ich bin", sagte Borg.
„Das verstehe ich nicht", sagte Harald.
„Die Kunden sind zumeist verheiratet. Ich komme nur mit den Ehefrauen in Berührung. Wer die Ehemänner sind, erfahre ich kaum", sagte Borg.
Es entstand eine Pause. Harald schämte sich, aufs neue zu sagen: das verstehe ich nicht. Das Gesprochene war leicht verständlich. Und konnte nur eine Nebensache sein. Eine Einleitung.
„Und mit den Bedienerinnen", sagte Borg, „sie sind zuweilen unterhaltend wie die Ehefrauen. Es sind hübsche und frische Mädchen darunter. Solche, die mit dem Becken wak-

keln. Und andere, die sich mit den Brüsten anpreisen. Wenn die Rundbebusten feste und schlanke Beine haben, versprechen sie das höchste Vergnügen. Sie sind so appetitlich, daß man ihnen in den Hals beißen möchte. Aber es ist Gefahr dabei, sich an sie zu verlieren."
„Gefahr?" lispelte Harald. „Wir haben von Krankheiten gesprochen, ich verstehe schon."
Eilif Borg überhörte die Betrachtung. Er schloß die Augen. Er mußte eine schöne Vision haben. Aber er sprach weiter, um sie zu zerstören. „Irgendwo erweist es sich zumeist, sie sind geringe Geschöpfe, ohne Lebensart. Man wird mißnommen. Sie wollen die einzige Betthäsin sein. Sie sind eifersüchtig. Oder besitzen einen Verlobten, einen dummen Kerl, der sie mit Grundsätzen verseucht. Oder sie werden schwanger. So bin ich zu einer Ehefrau gekommen."
„Du bist verheiratet?" fragte ungläubig Harald.
Eilif Borg überhörte auch diesen überflüssigen Satz. „Ich hatte mir vorgenommen, mein Herz durch kein noch so frisches und wohlgestaltes Mädchen betören zu lassen, als ich diese Sigrid an einer Etagentür kennenlernte. Sie war ein Kind, und doch vollkommen reif. Sie nahm von meinen Lippen den ersten Kuß. Es war mühelos, sie zu verführen. Sie tat alles, was ich ihr sagte. Und war ein weiches Kind." Er zögerte ein wenig. „Sie hat Füße, wie nach einer geometrischen Zeichnung angefertigt, und bewegliche Zehen. Wie die Finger an unserer Hand. Und ihr Rücken ist behende wie der Schwanz eines Schweinchens. Er kann rund wie eine Kugel werden und hohl wie eine Schale."
Harald atmete schwer.
„Erst nach sieben Monaten erfuhr ich, sie war schwanger", sagte Borg, „ich wurde zornig. Und beschloß, sie zu heiraten; wiewohl sie mich darum nicht gebeten. Ich wollte sie unter die Erde bringen, ins Grab. Sie totärgern. Sie prügeln."
Harald schaute mit entsetzten Augen auf den Burschen. Es fiel ihm nichts ein, was vorzubringen wäre. Es war nur ein Schmerz in ihm. Und der stumme Wunsch, das Kind kennenzulernen, das gewiß schon halb tot –. Zertreten.
„Die Natur erfand einen glücklichen Ausweg", sagte Borg, „das Neugeborene starb am dritten Tage seines Lebens. Ich hatte nur den Nachteil, die Begräbniskosten bezahlen zu

müssen. Fünfundsiebenzig Kronen. Alles in allem ein teurer Preis für die Vergnügungen eines halben Jahres."
Harald sank ganz in sich zusammen. Sein Schlund war von Schleim verstopft.
„Ich hätte es billiger haben können. Die Leiche auf die Anatomie geben. Man hätte sie kostenlos abgeholt. Ich mochte es der Wöchnerin nicht antun."
„Die Mutter blieb am Leben?" fragte fast furchtsam Harald.
„Sie ist noch jeden Sonntag meine unermüdliche Ente. Wenn ich nicht die Kundschaft bediene", sagte Borg.
Frau Inge Tidemand kam ins Zimmer. Sie stellte ein herrlich gebräuntes (zwar kaltes) handgroßes Ochsensteak vor Borg auf den Tisch. Mit einem Häufchen Kräuterbutter daneben. Und dem Viertel einer sauren Gurke. Und zwei Salzfischchen. Und einem Schälchen mit Perlzwiebeln. Und einem anderen mit den süßscharfen eingemachten Ingwerwurzeln. Sie sagte: „Ich habe auch etwas gekochtes Rinderherz in der Speisekammer."
„Rinderherz besitzt einen hervorragenden Geschmack", sagte Borg, „säuerlich und feinfaserig, dabei fest. Ich werde davon noch essen, wenn ich diese Kleinigkeit verzehrt habe."
Sie eilte wieder hinaus in die Küche.
„Beefsteak", sagte Borg, „ist eine der vorzüglichsten Medizinen. Wenn es noch frisch, ein wenig zäh und saftig vom Blutwasser. Es hilft gegen jede Ermüdung. Beseitigt den hartnäckigsten Alkoholrausch. Ist ein Feind der Kopfschmerzen. Beschwert den Magen nicht. Und ernährt unauffällig."
„Es war noch nicht das Ende deiner Erzählung erreicht, als meine Mutter hereinkam", sagte Harald.
„Gewiß nicht", sagte Borg, „ich habe gelernt, mich von Bedienerinnen und Köchinnen fernzuhalten. Ich habe die Gründe genannt, weshalb ich mich dazu erziehen mußte. Ich habe zweihundertundfünfzig Kunden täglich zu bedienen. Es ist schon besprochen worden. Und in vielen Ehen der Kunden muß ich mit meinem Vermögen aushelfen. Aus Mitleid. Der Blick einer unbefriedigten Frau ist mir nicht ertragbar. In fünfzig Familien bin ich zuweilen Gast, wenn die Hausfrau allein im Hause ist. Wenn ich das Brot bringe,

wird an der Tür die Verabredung getroffen. Auf den Nachmittag oder auf den Abend. Es vergeht kaum ein Tag, wo ich nicht irgendwo geladen bin." Er schwieg wieder. Er dachte an Bilder. Er aß plötzlich sehr hastig. „Ich schlage keine Einladung aus", sagte er, „ein ganzer Mann darf nicht wählerisch sein. Und keine schwache Stunde kennen. Ich nehme kein Geld für meine Bemühungen. Aber gute Speisen begehre ich. Man weiß das. Oder ich verlange sie mit einem Lächeln oder mit einem Wort.
An den Nachmittagen schon müssen die Vorhänge herunter. Kerzen auf den Tisch. Die Hausfrau kaum bekleidet. Nur verschleiert. Lange weite seidene Hosen. Matrosenschnitt. Sie bedient mich. Sie mästet mich. Stopft in meinen Mund. Gießt mir Wein ins Glas. Burgunder. Nippt selbst. Bis ich voll und wild bin. Dann findet sie keine Gnade mehr." Er aß.
Harald hatte Mühe, seine Gedanken zu ordnen. Prahlhans. Aber es war ein Tonfall in des anderen Stimme von unermeßlicher Gleichgültigkeit. Müdigkeit, die sich selbst nicht kennt. Ameisenweibchen, das frißt, um zu gebären, und gebiert, weil es frißt. Sinnliche Maschine der Natur.
„Erträgt deine Gesundheit soviel – Verschwendung", fragte Egil Berg.
„Es gibt Narren", sagte Borg, „die von einer eigentümlichen Veranlagung bei mir sprechen wollen. Es ist nur eine Frage der Gewohnheit. Und der Erziehung. Ich bin erzogen worden. Von frühester Jugend an. Wie die Araberknaben."
„Dein Leben bestätigt", sagte wie aus ungemessenen Fernen Harald, „die Theorie der kommunistischen Gemeinschaft von der Liebe."
„Dieser fromme Bursche", sagte Borg, auf Egil Berg zeigend, „wird sicherlich auch schon Anträge für die Nacht an den Haustüren bekommen haben. Die er ausschlug, aus Furcht vor Krankheiten."
Egil Berg bewegte den Kopf.
„Man wird verstehen, ich muß bei den anstrengenden Pflichten, die ich um der Menschheit willen freiwillig auf mich nehme, von der Lästigkeit, Kinder in meiner Nähe zu haben, verschont bleiben."
Da floß wieder ein wenig Galle zwischen dem Speichel in Haralds Mund. Seine Gedanken glitten zur Ehefrau dieses

Menschen; die er nicht kannte. Er würgte an Tränen. Er hatte Sehnsucht nach jungen Mädchenküssen. Er war daran, auf den Boden niederzuknien und in Egils Schoß hineinzuweinen. Dumme Wünsche, an Haustüren Brot austragen zu dürfen. Zuhälter an einer Straßenecke. Verkäufer seidener Damenunterwäsche. Er begann Borg zu verachten. Diesen nichts als Mann. Der das Prinzip des Gebärens haßte. Er, Harald, wollte eine Gegenthese aufstellen wider das Leben der Unverantwortlichkeit. „Du bist gekommen", preßte Harald vor den Tränen aus sich heraus, „weil meine Mutter dich verlangend angeblickt hat?"
„Ja", sagte Borg, „ich war auf soviel Weltanschauung nicht vorbereitet."
„Ich gönne ihr Vergnügungen", sagte mit schmaler Frechheit Harald, „der Kapitän Tidemand hätte sich nicht verheiraten sollen."
Frau Inge kam wieder herein. Gekochtes Ochsenherz, garniert, stellte sie auf den Tisch. Sie schien nicht vollauf zufrieden mit dem, was die Speisekammer zu bieten vermochte. Ihr Blick war ruhelos.
„Du hast vergessen, Mutter, für angenehme Getränke zu sorgen", sagte Harald, „ein paar Flaschen schweren Burgunderweins würden mehr Feuer aus uns herausschlagen als dünner Tee."
„Eine schöne Rede", sagte Eilif Borg. Er war schon dabei, das Ochsenherz zu verzehren.
„Ich bin aus der Übung gekommen, Gäste zu bewirten", sagte Frau Inge, „ich habe keinen Wein im Hause. Es wird sich welcher beschaffen lassen."
„Wenn Geld vorhanden, wird sich in dieser Stadt Wein beschaffen lassen", sagte Eilif Borg.
„Du hast jemand einzuladen vergessen, Mutter", sagte Harald.
„Du kommst zu spät mit deinen Vorwürfen", sagte Frau Inge, „ich wüßte nicht, wer ein Anrecht darauf hätte, heute mit uns zu sein."
„Dieser Borg ist verheiratet", sagte Harald, „seine Hausfrau ist übergangen worden."
„Das konnte ich nicht wissen", sagte stockend Frau Inge.
„Sie konnte es nicht wissen", sagte Eilif Borg, „ich habe es ihr verschwiegen. Ich trage keinen Ehering. Es wäre auch

nicht antag gekommen, hätte nicht die Neugierde dieser jungen Männer es aus mir herausgefragt."
„Man wird noch in diesem Augenblick die Folgen der Unwissenheit wiedergutmachen können", sagte Harald.
„Ich verstehe dich nicht", sagte mit fast unerschrockener Verlogenheit Frau Inge.
„Es gibt bekanntlich Automobile", sagte Harald, „ich werde mir eines mieten können, zu Frau Borg fahren, sie hierher geleiten." Sein Gesicht wurde dunkelrot vor Erregung und Festigkeit.
„Mich wird die Anwesenheit Sigrids nicht behindern", sagte Borg, „sie wird Glas für mich sein, durch das ich hindurchschaue."
„Ich werde Egil Berg mit mir nehmen können, daß er Wein einkauft", sagte Harald.
„Ein vortrefflicher Plan", sagte Eilif Borg.
„Ich fürchte", sagte eingeschüchtert Frau Inge, „es wird spät werden, ehe ihr zurückkehren könnt. Vielleicht wird sich Frau Borg umkleiden wollen, ehe sie dir folgen mag."
Harald schnitt eine Fratze. Seine Zunge fuhr zum Munde heraus. Mit den Fingern riß er die Schlitze der Augenlider in die Breite, als müßte er einen Asiaten mimen. „Fünfzig Kronen brauche ich. Gib mir fünfzig Kronen."
Frau Tidemand brachte das Geld.
„In Larsens Weinhandlung kauft man einen guten Beaujolais", sagte Eilif Borg.
Egil Berg notierte auf einem Zettel: Larsens Weinhandlung, Beaujolais. Er notierte die Wohnung Borgs, in der sich, aller Wahrscheinlichkeit nach, Frau Borg aufhalten würde. Wenn sie nicht, des schönen Wetters wegen, auf Vor Frelsers Gravlund sich erginge.
Er faßte Egil Berg unter den linken Arm, zog ihn mit sich, stürmte hinaus. Als sie im Automobil saßen, leicht geschüttelt durch das Fahren über das Pflaster, keimte es in Haralds Schoß. Er war fast ohnmächtig vor Erwartung und Verlangen. Er dachte nur: Sigrid. Er beugte sich nieder, nahm Egils Hände und küßte sie, weil er sich nicht anders zu helfen wußte. Der Wagen hielt vor Larsens Weinhandlung. Egil Berg stieg aus. Harald versprach, ihn auf dem Rückweg wieder abzuholen. Er möge warten. Vier Flaschen Beaujolais, zwei Flaschen Sekt.

Und Egil wartete mit vier Flaschen Beaujolais und zwei Flaschen Mumm. Auf der Straße. Die Zeit wurde ihm lang. Er bekam Lust, auf seinen Füßen nach dem Hause der Frau Tidemand zu gehen. Sechs Flaschen Wein waren unbequem zu tragen. Er glaubte schon, der Gymnasiast Harald suchte auf Vor Frelsers Gravlund nach Frau Sigrid Borg; die er nicht kannte. Und sprach alle Frauen zwischen siebenzehn und fünfundzwanzig Jahren an. Die zwischen den Gräberreihen umhergingen. Und Egil Berg dachte mit einer geringen Trauer an die Unbekannte, die dieser Borg beschrieben, als wäre sie das Instrument aller Freuden des Himmels. Und die doch ausgespien war durch den Grobian; weil sie nur ein Weib.
Da hielt, fast hätte er es nicht bemerkt, ein Automobil am Bordstein. Und das bebrillte Gesicht Haralds war hinter den Scheiben. Und die bebrillten Augen sahen einen Menschen in einem hellgrauen Oxfordanzug, mit weißwollenen Socken an den Füßen und sehr neuen braunen Schuhen mit breitem Sohlenrand. Und diese gut gekleidete Getalt war er selbst, Egil Berg. Und er wurde aufgefordert, einzusteigen. Er setzte zuerst die Flaschen, dann sich selbst neben den Fahrer. Er sah hinter sich durch die Wagenscheiben. Es waren zwei Menschen im Rücksitz. Harald Tidemand und Sigrid Borg. Und es war wohl zu bemerken, der Gymnasiast war sehr verliebt. Er küßte und biß in eine schmale Frauenhand. Er schämte sich und wurde rot, weil er an seiner Hose richten mußte, die unbequem. Egil Berg dachte daran, vor kaum einer halben Stunde waren es nicht die Frauenhände gewesen, die durch die Lippen Haralds benetzt wurden, sondern diese seine männlichen halbgroben. Bei geschlossenen Augen und in der Erregung konnte viel geschehen, das süß schien und in der Entfernung der Zeit bitter wurde. In der Unendlichkeit wurden vielleicht alle Erlebnisse bitter. Auch die Liebe. Als Gleichnis nur, die Ewigkeit herabdestilliert zur Zeit, konnte einer Lendenfreude Krankheit folgen. Der Kreislauf, Zeugen und Sterben, ein nutzloser Ausbruch der geschaffenen Materie, um Gott ähnlich zu werden; der gestraft wurde (wir schon zertreten sich paarende Insekten) im weißen Brand der Planeten. Der Schmerz läutete keine Ewigkeit ein, sondern nur die Ohnmacht, schutzlos in der Gefahr zu stehen.

Der Wagen hielt kreischend mit einem Ruck.
Die Flaschen herausheben. Harald entlohnte den Fahrer. Sigrid Borg stand abseits. Sie war in der Tat sehr jung. Kaum aufgebrochene Blüte. Unvorstellbar, sie hatte schon geboren. Der verliebte Harald zog sie mit sich. In den Hauseingang hinein. Egil Berg schleppte den Wein ihnen nach. Auf der Treppe nahm Harald zwei Finger der eigenen Hand und legte sie über Sigrids Lippen. Und spreizte sie. Und ließ sie fahren, daß der eine Finger unter ihrer Nase und der andere auf ihrem Kinn saß. Nahm sie dann zusammen wie eine Zange. Daß die roten frischen Lippen hervorquollen zu einem Wulst. Fleischliche Vorstellungen daran knüpfen. Kuß auf Entfernung. Sie läuteten Sturm. Frau Inge öffnete die Haustür. Sie umarmte Sigrid. Sie sagte: „Liebes Kind." Egil Berg gab sich wie angetrunken. Er schrie: „Gläser!" Er schwenkte die Flaschen. „Eis für den Sekt", schrie er weiter. Harald ahmte seine Mutter nach. „Liebes Kind", sagte er. Und umarmte Sigrid. Und nahm ihre Lippen. Eilif Borg kam aus dem Zimmer. „Ich sehe dich nicht, ich höre dich nicht", sagte er, „du bist Glas. Habt ihr einen schönen Beaujolais? Habt ihr an Käse und Pumpernickel gedacht?" – „Befindet sich in meiner Speisekammer", sagte Frau Inge. Egil Berg hatte den Eisschrank gefunden und den Sekt hineingestellt. Er hatte einen Korkenzieher entdeckt und zwei Flaschen Beaujolais entkorkt. Überraschend schnell schaffte Frau Inge Weingläser herbei. Egil Berg trug Käse, Butter und Brot ins Zimmer. Harald goß vom tiefroten Wein in die Gläser. Er hob das in zwei Abschnitten gefüllte, sein Glas in die Höhe, führte es bis vor die Lippen und sagte: „Skaal." Und leerte es. Die übrigen hatten Mühe, bei diesem Ritual so schnell zu sein wie er. Die Gläser wurden aufs neue gefüllt. Aus der Wirklichkeit, die bis an diesen Augenblick gekommen war, mußte man mit Eile entrinnen. Es war der Irrsinn der Schöpfung bewiesen worden. Und Gott war nicht bewiesen worden. Man hatte Lust, über Descartes zu lachen wegen seines Gottesbeweises und ihn mitschuldig zu machen für die mathematische Weltanschauung des Euklid, mit deren Hilfe die Quadratur des Zirkels nicht gelöst werden konnte. Dies menschliche Aufgehen aus dem Boden. Der Augenaufschlag, der die Welt umfassen wollte. Und diese Maschine

Hirn (analytische Geometrie), die immer nur mit einer Größe rechnete, dem Ich. Die Unbrauchbarkeit aller Vorstellungen und Kombinationen. Die Kraftspenderin Lüge, die eine Pflegerin der Hoffnung war. Der rote Saft war, was man sagte, Farbe. Und Gehalt, was man spürte. An der Lust, ihn zu trinken. An der Wirkung des Verdämmerns in eine andere Sucht hinein als die, die Wahrheit zu erkennen. Oder die Kette der kausalen Zusammenhänge. Trinken. Flaschen entkorken. Egil Berg war ein wohlwollender Gastgeber. Er war ein Engel mit mildem Gesang in der Stimme. Der mit geheimen Kräften einen guten Plan vorschrieb. Einträufelte die Ordnung des Planes einem jeden der Trinkenden. Frau Inge Tidemand saß sehr nahe bei Borg. Es war eine unauffällige Einigkeit zwischen ihnen. Sie schien an seine Brust zu sinken, wiewohl sie aufrecht sitzen blieb. Er hatte seine Hand auf ihre Oberschenkel gelegt. Harald sagte: „Ich gönne dir alle Vergnügungen", und trank mit verklärtem Augenaufschlag, der fast zornig wirkte, weil seine Augen hinter der Brille standen. Was nicht ihre Schuld, wohl aber ihr Schicksal. Als Frau Inge die Worte aus seinem Munde gehört, die sie wahrgenommen, wiewohl sie nur an Eilif Borg dachte, erhob sie sich. Sie stand sehr gerade in der Stube. Und ihr Gesicht war klar und entschlossen. Fast schön. „Ich hasse den Kapitän Tidemand", sagte sie. „Meinen Vater", sagte Harald. Borg stürzte ein Glas Wein in sich. Er stand auf vom Stuhl, wie Frau Inge es getan. Er war prächtig anzuschauen. Mit gewaltigen Händen. Sein Gesicht war fern und beschattet. Aber es brach allmählich hervor wie Sonne hinter Wolken, die vom Winde zerfetzt werden. Und es schien wie aus Stein. Fast grünblau wie Jade. Durchsichtig bis auf die Knochen, auf Augenblicke. Dann wieder rund und massiv wie ein Klumpen Ton. Und es war arglos wie der Kopf eines Eselhengstes. Mit den gewaltigen Händen umfaßte er Frau Inge Tidemand. Sie gingen zum Zimmer hinaus. Und wie die Tür hinter ihnen geschlossen, war eine Stille, die die Zurückgebliebenen heilighielten. Bis die neue Zeit da war. Die keinen Namen hatte. Und durch keine Glocke eingeläutet wurde. Die mit dem Herzschlag und dem Pendel kam wie alle Vorgängerinnen aus dem gleichen dünnen Stoff. Und die sich sehr breit machte. Wie ihre Vorgängerinnen. Der sich die Gefängnistüren nicht verschlossen. Und die Betten der Huren auch nicht. Die am Galgen neben dem Todgeweihten stand und bei den Hebammen, wenn sie Neugeborene badeten. Die auf einem blassen Kometen ritt und mit fernem Wellenschlag in die Ewigkeit brandete. Wie die Vorgängerinnen, die nicht zurückgeflutet waren. Da nahm Harald Sigrid Borgs Hände in die seinen, und hinter der schmalen Brust begann sein Herz zu hüpfen, als wäre es nur eine Fahne, die im Winde flattert. Nachdem er die Hände genommen, begann er an ihr zu ziehen, zu rütteln. Er schob ihre geschmeidige Gestalt vorwärts und zurück, bis er mit ihr gemeinsam auf dem Diwan saß. Er zitterte und wußte nicht, was er wagen dürfte. Er begann an ihr zu lecken wie ein junges Kalb. Ihre Hände benetzte er. Das atmende Zeug über ihren Brüsten. Er erschnappte etwas von ihrem Duft. Es verschüttete die letzten Regungen der Ordnung in ihm. Er kam mit seiner Zunge und seinen Lippen an ihr Gesicht. Er überschwemmte es mit seinem röchelnden Atem. Er tat, als ob er die fremden Augen fressen müsse. Den fremden Mund zermarterte er mit den Zähnen. Er bog die Gestalt nieder. Er sah diesen Leib plötzlich liegen, nicht mehr stehend oder sitzend. Und es war ihm, als ob er nun eine andere Form angenommen hätte. Er begriff, er war erhört. Dies überirdische Wesen fühlte sich durch ihn nicht beleidigt. Er, Harald, der Gymnasiast, der Besitzer des speichelnden Mundes war an die glücklichste Stunde seines Lebens gekommen. Er hob Sigrid auf, nahm sie auf seine Arme, trug sie hinaus. Über den Flur. In sein Zimmer.

Egil Berg ging ans Fenster und schaute hinab auf die Straße. Sein Herz schmerzte. Er hatte Sigrids Knie gesehen. Er hatte noch niemals Sekt getrunken. Es gab davon zwei Flaschen in der Küche, im Eisschrank gekühlt. Er holte eine der Flaschen ins Zimmer. Er öffnete sie behutsam. Er zog den Korken ab. Es gab einen Knall. Er goß von der perlenden schäumenden Flüssigkeit in ein Glas. Die rote Neige des Burgunderweines wurde dünner und schaler, je höher die Flüssigkeit stieg. Kühl und prickelndsalz knappsüß ging der Wein durch seinen Schlund. Er nahm von dem gerösteten Brot einige Scheiben, bestrich sie dick mit Butter. Tat goldgelbgrüne Pfirsichmarmelade darauf. Und schwarzrote

Pflaumenmarmelade. Und rosigtaube Erdbeermarmelade. Und rotviolette Blaubeermarmelade. Und tiefe Tinte der Schwarzjohannisbeermarmelade. Und tupfigeisrote Kronsbeermarmelade. Und streifigklargelbe Orangenmarmelade. Er schob sich jeweils eine ungeteilte Scheibe in den Mund. Kostete mit Fülle den quellenden Geschmack. Es war sein freier Nachmittag. Bis zwei Uhr nachts durfte er fortbleiben. Es konnte nicht im voraus gewußt werden, wann wieder er zu einer Mahlzeit kommen würde. Es war angebracht, daß er jetzt aß. Er bestrich einige Scheiben des Pumpernickels mit Butter, legte frischen holländischen Käse darauf. Schob in den Mund. Zermalmte zu Brei. Schluckte. Sein Magen stöhnte vor Wohlbehagen. Die neuen gelben Schuhe knarrten ein wenig. Er nahm noch ein Glas Sekt. Goß es in sich hinein über die Speisen. Spülte den Geschmack von Käse und Brot fort.
Dann ging er, ohne Geräusch, zur Wohnung hinaus, die Treppe hinab. Er hatte das Pflaster der Straße unter den Füßen. Es war Spätnachmittag geworden. Mit halber Müdigkeit kreuzte er zur Karl-Johansgate. Da war er in einem Menschenstrom. Er nahm sich zusammen, spreizte die Augenlider starr. Er wollte sehen. Gewiß noch lag die Wirkung des Weines schwül an seiner Stirn. Aber die flimmernde Kraft der Zeichen und Bilder; die Grimassen und goldenen Lachen in der warmen Luft verscheuchten die Trägheit. Sein Wille erfüllte sich, daß er sah. Es ritzte sich ein kleines Zeichen in den Sehpurpur seiner Augen. Ein paar feine Goldlinien. Ein Sterngekritzel, das er kannte. Er sah ein bescheidenes rundes Knabengesicht. Er schob einem Menschen den rechten Arm unter den linken. Er hielt diesen Menschen eingehakt. Den er nicht kannte. Er wurde angehalten. Zwei graue Augen tasteten ihn ab. Ein Lächeln glitt über das fremde Gesicht. Ein ganz junges sechzehnjähriges Lächeln. Bereitsein. Blind sein. Opfer sein. Nicht fragen. Sie bogen beim Grand Hotel um die Ecke. In die Rosenkrantzgate hinein. In der Allianzkonditorei setzten sie sich an einen Marmortisch. Egil Berg bestellte: zweimal Eisschokolade. Sie warteten nicht ab, bis die Bedienerin die kalte Speise brachte. Sie verschwanden im Herrenabort, gingen hinter eine der verriegelbaren Türen. Egil Berg riß sich sofort die Hemdbrust auf, zeigte die Brandmarke auf seinem

Fleisch. Der jüngere tat es ihm nach. Die Marke erschien, frischrosig, kaum vernarbt. Sie nannten einander ihre Namen. Sven Onstadt hieß der Jüngere. Gymnasiast wie Harald Tidemand, eine Klassenstufe niedriger. Sie kamen, so schnell es sich schicken wollte, hinter der verriegelten Tür wieder hervor. Sie kamen wieder an ihren Tisch. Die Eisschokolade stand für ihren Mund bereit. Sie schlürften, sogen an den Strohhalmen, lächelten einander zu. Zwei Gebrandmarkte. Egil Berg wollte der Bedienerin das Verzehr bezahlen. Sven Onstadt ließ es nicht zu. Er legte einen blanken Taler auf den Tisch. Als die Bedienerin gegangen war, sagte er wie zur Entschuldigung: „Mein Vater ist ein reicher Mann. Und ich bin sein einziger Sohn. Die Aluminiumwerke der Höyangerfälle gehören uns. Und die Majorität der Aktien von Mustads Margarinewerken sind in Vaters Besitz. Zum Aufsichtsrat der Nordenfjeldske Dampskibsselskab gehört er auch.“ Seine Bescheidenheit ließ nicht zu, daß er mit einer so hochtrabenden Erklärung schloß. Er fügte hinzu: „Vielleicht war ich dennoch voreilig, den Taler auf den Tisch zu legen, du kannst ähnlich wohlhabend sein.“ – „Nein“, sagte Egil Berg, „ich bin Milchausträger.“ Über des Jüngeren Gesicht huschte ein weltenfernes Lächeln. Glück. Bereitsein. Opfer sein. Blind sein. Sie bestiegen die Trambahn. In Majorstuen nahmen sie einen Zug der Tryvandsbahn. Durchgehende Wagen bis Voksenkollen. Sie fuhren bis Voksenkollen. Im Moos, im Kraut des Waldbodens lag die Wärme des Tages. Die Stämme der Kiefern glommen rot, angehaucht aus dem westlichen Hause des Himmels. Die zwei wurden nicht mehr durch die Wege gehalten. Sie schwärmten wie Trunkene inmitten der fettigen Luft zwischen den Bäumen. Sie kletterten über Felsbrocken. Fanden am Boden Beeren, fütterten einander damit. Sie gaben sich die Früchte spielend von Mund zu Mund. Als sie talwärts schritten, umschmeichelte immer noch den einen der Duft des anderen. Den er nicht vergessen konnte. Und diese von Salz und Stein und Laub und Sonne gemästete Luft. Sie kamen nach Holmenkollen. Die Bahn trug sie wieder hinab in die Stadt. Als sie auf der Karl-Johansgate schlenderten, beschlossen sie, auf Menschenfang auszugehen. Sie betrachteten die jungen Burschen, die vorüberschritten. Sie sagten einander, was sie von den Ge-

sichtern, die sie angeschaut, dachten. Es wurde gewogen. Plötzlich schoben sie sich an einen Burschen heran, der eine links, der andere rechts. Umklammerten seine Arme. Er erschrak und wurde unwillig.
„Was bedeutet das?“ sagte er.
„Wir wissen nicht, ob du ein Fischchen bist, das in unserem Netz bleiben kann“, sagte Sven.
„Ihr seid wohl Strichjungen?“ sagte der Bursche.
„Leider nicht“, sagte Egil Berg, „wir würden es sonst leichter haben, dein Herz einzufangen.“
Sie trieben die Karl-Johansgate hinab. Und Egil und Sven redeten auf den Fisch im Netze ein.

10 Mov

Der älteste Sohn Faltins, Mov, war dem Großvater nachgeschlagen. Er ging auf die See, er besuchte die Schulen und lernte sich an alle Examen heran. Er war fleißig und sehr still. Er wurde, bald nachdem er sein Patent erworben hatte, Kapitän und führte ein kleines Frachtschiff für eine unbedeutende Reederei in Höganaes. Seine Uniform war nicht prächtig: ein abgetragener blauer Jackettanzug mit ankergeschmückten vergoldeten Knöpfen und ein paar zerschlissenen Tressen am Ärmel. Er schlug sich an den kleinen Plätzen, die das Schiff anlief, mit Maklern, Verladern, Schiffshändlern herum. Er hatte harte Tage und Nächte, wenn die See schwer war und mit der Schute spielte, ihr Schläge versetzte, daß sie in allen Spanten erzitterte. Er hörte die Stimmen der Mannschaft: „Kapitän, Kapitän, heute geht es nicht gut, heute nimmt sie uns." Er saß in seinem kleinen niedrigen Kartenzimmer, zirkelte den Kurs aus, hörte die Worte, das Geheul, das tiefe Stöhnen der Dampfkessel. Die Lampe schaukelte, der alte, drehbare Mahagonisessel knarrte unter dem schwankenden Gewicht des Mannes. Im Raume roch es nach Medizin, weil eine Flasche in der Arzneikiste ausgelaufen war. – Das war seine Welt. Bis hierher war er gekommen. Davon hatte er geträumt, als er ein Kind war. Und es war ein schwerer Dienst. Der Reeder war nicht mit ihm unzufrieden; aber er tat so, als ob er mit ihm unzufrieden wäre. Immer sollte die Kost für die Mannschaft billiger angeschafft werden, immer die Frachtraten hinaufgesetzt. Aber Mov klagte niemals; wahrscheinlich war er selbst mit diesem Teil seines Loses zufrieden.

Die Matrosen, die Heizer waren weniger als er, hausten in schmierigen Löchern. Ihre Kleidung roch nach Tran oder Heringen. Sie waren geringere Leute als er; aber er liebte sie wie sich selbst. Er hatte keinen Dünkel. Doch er saß an dem Teakholztisch mit den merkwürdig gedrechselten Beinen, mit den Barrieren rings um die Platte, damit Karten, Winkelmesser und Zirkel nicht herabgeschleudert würden. Ein Mann der Wache meldete etwas. Der Kapitän antwor-

tete. Er hatte sein Schiff. Es war nichts Großartiges. Aber er liebte es. Er wollte nicht einmal ein anderes. Er war nicht herrschaftlich genug, um ein großes oder prächtiges zu führen. Er richtete sich mit seinem Leben ein.
Frau Larssons Auskünfte über ihn waren nicht viel ergiebiger. Sie wußte indessen auch, daß er nicht verheiratet war, kaum ein Dutzend Freitage im Jahre hatte und sie nicht dazu verwandte, um auf Brautschau zu gehen. Zwar lehnte Frau Larsson es ab, zu wissen, wie er es mit den Mädchen hielt; aber sie war überzeugt, daß sie ihm nichts Erhebliches bedeuteten.
Er war in der Tat sehr anspruchslos, wenig getrieben. Er beneidete seine Leute wegen der Ausschreitungen, die sie begingen. Er beneidete sie und bewunderte sie. Er kam selbst in den Häfen kaum aus seiner Kajüte heraus, außer, daß er Makler, Verlader, Händler in Geschäften aufsuchte. Zuweilen sagte er ein paar dunkle pessimistische Worte. Man behielt sie, weil sie ganz unvermutet von seinen Lippen kamen: „Wir mühen uns ein paar Jahrzehnte ab, jeder auf seine Weise. Eines Tages legen sie uns in einen Kasten und graben uns ein." Man antwortete ihm: „So ist es." Oder auch: „Es hat keinen Zweck, daran zu denken."
Er dachte auch nicht oft daran. Nur zuweilen, wenn er sich in seiner Koje ausstreckte, das Wetter auf dem Meere still war, oder draußen der abendliche Kai mit seinen elektrischen Lampen durch die Bullaugen hereinschwieg, der Lärm nur noch die Stimme eines betrunkenen Matrosen hatte, der Geruch von Tran, Heringen, faulem Obst und scharfem Käse mit einem lauen Abendwind eindrang – dann dachte er, daß er bald oder ein wenig später verschwinden würde, verschwinden, wie er gekommen. Dann wiederholte er sich: „Bis hierher bin ich gekommen. Das habe ich erreicht. Das war mein Ziel. Dafür bin ich auf die Schulen gegangen. Dafür habe ich alle Ängste der Examen auf mich genommen. Damit ich nicht vergesse, was ich erreicht habe, sind noch alle Knabenängste bei mir. Darum werde ich niemals ein ganzer Mann werden. Damit ich nicht vergesse, daß ich dies erreicht habe, daß ich diese Hütte bewohne, in dieser Koje ausgestreckt liege, dies Schiff führe, diese Mannschaft unter mir habe, die Heizer und die Gasten. – Ob sie mir ansehen, daß ich ein halb-

wüchsiges Kind geblieben bin? Daß ich niemals auf ähnliche Weise wild bin, wie sie es sind? Daß ich meinen Grog nur trinke, weil andere Kapitäne es tun?"
Er fühlte dann, eine Stunde lang, ehe er einschlief, daß er glücklich war, daß er keinen Wunsch hatte, außer: immer hierzubleiben, der zu bleiben, der er war, ein unfertiger Mann, doch ein Kapitän auf einem kleinen Frachtdampfer, beladen mit den Sorgen seines Reeders; – allen Tücken des Meeres und der Menschen an den Hafenplätzen ausgesetzt; aber immer in der Gewißheit, daß sein Schiff seine Zuflucht war. An diesen Platz war er gestellt worden. Er konnte ihn ausfüllen. Er verstand es, das Schiff zu führen, die Geschäfte an den Hafenplätzen befriedigend zu erledigen. Er war auf die rechte Weise schroff und weich gegen die Mannschaft. Er verriet niemals, wer er war, daß die abendlichen Stunden in seiner Koje diese seltsame Mischung aus Glück und Verzagtheit hatten. „Gott hat mir bestimmt, daß ich kein Mädchen heiraten soll. Ich werde keine Kinder haben. Das ist mir bestimmt. Das weiß ich. Meine Schwester Olga wird viele Kinder haben; aber ich werde nie ganz erwachsen sein. Ich werde immer schüchtern bleiben. Vielleicht bereiten mir die Mädchen keine große Freude. Ich schäme mich vor ihnen. Ich schäme mich sogar vor einer Hure. Ich schäme mich nicht vor mir selbst. Gott hat mich so gemacht, wie ich bin, mit dieser Angst im Herzen, daß ich womöglich niemals so erwachsen sein werde wie der Küchenjunge Sophus, der doch erst siebzehn Jahre alt ist – und mit dieser Freude, dieser unablässigen Freude, daß ich alle Examen bestanden habe und Kapitän geworden bin. Ich habe wahrhaftig schon vergessen, daß ich ein Schiffsjunge war, ein Matrose, ein geringer Mann auf unbekannten Schiffen. Ich bin jetzt der andere, der am Ziel ist, der zufrieden ist, der hier bleiben will, der immer hier bleiben will, der sein Leben weder durch Trunk noch Huren verschlechtern will, durch keine Verantwortung für Frau und Kinder – der immer ein Halbwüchsiger bleiben will und ein Kapitän dazu – – –"
Er grübelte nicht über sich, er machte nur Feststellungen, Feststellungen ohne Reue, ohne Verlangen, daß es anders sein möchte. Er wußte kaum, was eine Gewissensprüfung ist. Er bedurfte ihrer nicht. Er mußte nur von Zeit zu Zeit

den Platz erforschen, an dem er stand. Er sagte nicht einmal mit ganzer Deutlichkeit: „Das bin ich; so bin ich." Allenfalls räumte er ein: „Möglicherweise steht es so mit mir." Er sagte auch: „Ich schulde niemand etwas. Ich habe niemand im Stich gelassen. Ich verlasse mich auf niemand. Zwar – ich bin mir selbst nicht genug. Ich habe meine Ängste. Ich bin mir zuweilen abtrünnig. Aber ich habe mein Schiff, meine Mannschaft, meine Beschäftigung und die unvergleichliche Einsamkeit meiner Kajüte. Freilich, eines Tages wird man mich in einen Kasten legen und eingraben. Dann ist dies alles gewesen – und ich weiß nicht einmal mehr wozu. Dies ist, damit auch ich esse und lebe, ernährt werde und mich nützlich mache. Jeder Mensch hat seinen Beruf, und ich habe diesen."
Die Züge seines Antlitzes waren die eines Mannes, der das Meer befährt. Seine grauen Augen blickten scharf. Seine Hände waren sicher; sie zitterten niemals. Er konnte ein halbes Dutzend Gläser starken Punsch trinken, ohne daß ihm jemand etwas angemerkt hätte. Seine Entscheidungen in Geschäften waren klar. Seine Rechenschaft vor sich selbst wurde von Jahr zu Jahr ungenauer. Es unterliefen immer mehr Ereignisse, die nicht oder nur oberflächlich geprüft wurden. So kam auch jene Nacht, die er nie vergaß, für die sein Gewissen nicht einstehen wollte, jene Nacht, in der James Botters verunglückte. Sie wurden auf hoher See von schwerem Wetter überrascht. Der Ozean kam über die Reling. Das Deck war glatt. Botters ging in der Finsternis von vorn nach achtern. Ganz unerwartet, gegen die Regel des pendelnden Schlingerns, entwich der Boden unter seinen Füßen. Er glitt aus, fiel, rollte wie ein Stück Holz gegen die Schiffswand. In jenem Augenblick schrie er. Schrie so laut, daß es den Sturm durchschnitt. Sogleich gischtete das Wasser über ihn hinweg, zischte. Er konnte nicht hoffen, daß jemand ihn gehört hatte. Er erhob sich, klammerte sich an, spürte ein unbeschreiblich eisiges Gefühl an seinem Leibe.
Da stand der Kapitän vor ihm, zum wenigsten war es seine Stimme. „Was ist mit dir, Botters?" – „Ich glaube, hier ist ein Haken – – –", sagte der Matrose, machte eine Handbewegung, die der andere in der Finsternis nicht erkennen konnte. „Was für ein Haken?" fragte der Kapitän. „Ich

glaube, wir müssen einmal nachsehen –" Unaufgefordert legte der Matrose seinen Arm um den Hals des Kapitäns und begann zu schluchzen. „Bist du gefallen? Bist du verwundet?" – „Ich bin gefallen. Ich glaube, ich bin verwundet."

Die Zähne des Mannes schlugen aufeinander. Der Kapitän Mov Faltin stützte den Matrosen, half ihm die Treppe zum oberen Deck hinauf. Dort begegnete ihnen ein Mann der Wache. James Botters berührte ihn mit seiner freien Hand. Als der Mann stehenblieb, schlang Botters den zweiten Arm um dessen Hals. Er ließ sich mehr tragen, als daß er ging. In der Kajüte des Kapitäns blieb er allein aufrecht stehen. Er fiel nicht, obgleich der Boden unter seinen Füßen tanzte. Der Mann der Wache wollte sich schon entfernen. Doch er hörte Mov Faltins Frage: „Wo steckt denn das Übel?" Und James Botters wies auf seinen Bauch. Der Kapitän entzündete eine kleine messingene Handlampe und leuchtete auf die Stelle. Da sahen sie, daß die Hose am Bund zerrissen war, und aus dem Riß schaute etwas hervor, vergleichbar einer Blase, graurosa von Farbe. Aber es war nicht Haut, nicht Fleisch, nicht Blut. Und es war groß wie eine Walnuß. „Wir müssen ihn aufs Bett legen", sagte der Kapitän. James Botters schritt aus eigenem Antrieb schwankend zum Bett, und der Mann, der Wache hatte, half ihm, sich hinzustrecken. Er zog ihm auch die Stiefel von den Füßen. Er streifte ihm die Bluse über den Kopf. Dann hörte er wieder die Stimme Mov Faltins, einen Befehl: „Geh jetzt! Sage niemand, was du gesehen hast! Ich werde allein damit fertig werden." Er drängte den Mann hinaus, verriegelte die Tür. Er schraubte den Docht der Lampe so hoch, wie es anging, ohne daß sie rußte. Er zog die Medizinkiste hervor. Dann erst wandte er sich dem Verunglückten wieder zu. Er entkleidete ihn ganz. Und so sah er denn den Matrosen James Botters, sechsundzwanzig Jahre alt, klein an Wuchs, mit verkrüppelten schmutzigen Zehen, breitem Becken, so daß der Gang des Menschen x-beinig war, weißhäutig, unbehaart, grobhändig, durch keine Schönheit ausgezeichnet, ein durchschnittlicher Mensch, wie er von den Müttern kommt. Aber aus seinem Leibe war, groß wie eine Walnuß, durch eine Wunde, die kaum noch blutete, die braun umrandet war, eine Schlinge des Darms hervorgetreten. Dem

Matrosen schlugen die Zähne in Kälteschauern wieder aufeinander. Mov Faltin gab ihm ein Viertelwasserglas voll Kognak. „Ich werde ihn zunähen müssen", sagte Mov Faltin zu sich selbst, „ich werde dies Schwierige ausführen müssen, denn er wird sonst in zwei Tagen tot sein." Er suchte Watte und Chloroform hervor. Er ließ den Matrosen den süßlichen Dampf des Betäubungsmittels einatmen. Er wartete ein paar Minuten, las die Beschreibung, wie man Fleischwunden vernähe. Er wußte nicht, wie tief der Schlaf des Verunglückten war, ob er bewußtlos war oder noch wachte, als er sich ans Werk machte. Aber darauf kam es auch nicht an. Der Kapitän betupfte die schwammige Blase, die aus dem Bauche hervorgetreten war, mit einer desinfizierenden Flüssigkeit. Er tauchte die eigenen Finger in die gleiche Flüssigkeit. Mit einem dieser Finger stieß er den Darm durch die Öffnung im Leibe zurück.

Dann vernähte er sie kunstlos, doch emsig, mit einer Anzahl Stichen. Er trieb die krumme Nadel durch Haut und Fleisch. Er tropfte noch einmal mit Bedacht Chloroform auf den Wattebausch, der das Gesicht des Matrosen bedeckte. Dann betrachtete er sein Werk. Nein, er betrachtete das Werk des Schöpfers, den Menschen, der verunglückt war, der leben oder sterben würde. Und dies Anschauen bereitete ihm ein so unermeßliches Glück, einen Genuß von so unirdischer Größe, daß er sich nicht losreißen konnte. Ja, er tröpfelte, gegen alle Vernunft, nochmals vom öligen Chloroform auf das Gesicht des Matrosen. Endlich kniete er neben dem Bette nieder und begann zu beten. Er betete zu Gott, daß dieser Mensch genesen möge, daß die schwache, unfachmännische Hilfe ausreichen möge, dies durchschnittliche Leben eines Matrosen zu erhalten. Er, der das Beten nicht verstand, keine Übung darin hatte, lag eine halbe Stunde vor dem Bette auf den Knien und lispelte unvollendete Gedanken und Beschwörungen, bemühte *Jenen*, den er nicht kannte, wollte ihn zwingen, sich in dies Ereignis einzumischen. So fleht ein Knabe um die Genesung eines Kameraden. Mit tränenerstickter Stimme, mit weltengroßer Angst im Herzen, mit Jubel über ein Gefühl im Fleisch, das neu ist.

Endlich erhob er sich, halb betäubt von seinem Gestammel, vom Stampfen und Schlingern des Schiffes, vom Chloro-

formgeruch. Er wusch die Wunde, die wie ein verklebter Mund war, mit Äther, brachte ein Pflaster darüber an, packte den Kranken fest in Decken ein, nahm ihm den Wattebausch vom Antlitz. Dann riegelte er die Tür auf, schritt in die Nacht hinaus, tastete sich zur Brücke. Wie er über die Brüstung hinausstarrte, auf das Vorschiff, gegen das die schwarzen Wellen mit grau schimmernden Kämmen anritten, erkannte er, was mit ihm geschehen war. Er sah noch einmal das Bild James Botters, dort unten auf dem Grunde der Schwärze, die kleine weiße Gestalt, aus der ein wenig Darm hervorgetreten war. Willenlos betäubt oder halb betäubt, in die Gewalt Faltins gegeben. Und er wußte eine Minute lang, er hatte jenen betrachtet, als ob er ihn liebe. – Er vergaß diese Nacht niemals, aber er verheimlichte ihren eigentlichen Inhalt sehr bald vor sich selbst. Botters genas. Die Wunde eiterte ein paar Wochen lang; dann schloß sie sich, ohne einen Schaden im Bauch zu hinterlassen.
Als man nach zwei Tagen einen Hafen anlief, drang der Kapitän darauf, daß Botters in ein Krankenhaus komme. Aber der weigerte sich. Er lag noch immer im Bett des Kapitäns, wurde mit dünner Hafersuppe ernährt. Er wollte nicht von Bord. Der Kapitän gab dem Wunsche des Kranken merkwürdig schnell nach. Botters blieb in seinem Bette, Mov Faltin schlief noch drei Wochen lang auf einem Sofa. Er pflegte den Kranken mit Sorgfalt, wusch ihm täglich Füße, Hände und Antlitz, überwachte ängstlich die Wunde, reinigte sie, bepflasterte sie. Er befahl eine äußerst karge Diät, beschaute den Darmabgang. Stundenlang saß er schweigend neben dem Lager des Genesenden, dessen Hände allmählich so weiß wurden wie der übrige Körper. Dann wurde die alte Ordnung wiederhergestellt. James Botters zog ins Logis der Matrosen.
„Ich habe nur meine Pflicht getan", sagte Mov Faltin am Ende der für ihn so erregenden Wochen zu sich selbst. Später öffnete er zuweilen den Stöpsel der Chloroformflasche, atmete einen süßlichen Ruchschwaden ein, beschwor einen Traum herauf, dem er keinen Namen gab. „Ich werde immer hier bleiben. Ich kann nirgendwo so gut schlafen wie in meiner Koje. Ich habe keine andere Heimat. Mich verlangt nicht nach den Häfen." Er bereitete niemand Kummer, nicht einmal Überraschungen.

11 Ein Herr wählt seinen Diener

Manshard hat mir den Dienst aufgesagt. Ich hatte ihm, weil ich verdrießlich war, ein hartes Wort gegeben, ein ungerechtes. Er antwortete mir sogleich ungewöhnlich heftig, unbedacht, wie mir schien. Er schrie fast, er habe es satt, sich von mir ausnutzen zu lassen, für einen Hungerlohn meine keineswegs vorteilhaften Eigenheiten zu pflegen. – Ich bin mir nicht bewußt, daß ich je Ungebührliches von ihm gefordert, seine Arbeitskraft mißbraucht hätte. Die Behauptung, daß ich einen Hungerlohn bezahle, scheint mir dadurch widerlegt, daß er mit dem gleichen Atem erklärte, er werde ein Kaffeehaus eröffnen; das Geld dafür habe er sich erspart. –
Ein Gefühl des Unglücklichseins. Wir haben manche Jahre miteinander verbracht. Wahrscheinlich waren sie für ihn enttäuschend; ich glaube, er hat sich gelangweilt, denn ich verabscheute die Abwechselung. Sein Gesicht ist allmählich leer, schwer verständlich, fremdartig geworden. Es füllte sich freilich zuweilen, wenn ich ihm, und sei es spät am Abend gewesen, mitteilte, er müsse mich noch mit dem Auto in die Stadt bringen. Er war geradezu darauf versessen, mich umherzufahren, forderte mich oft auf, mir für den Sonntag irgendein Ziel zu wählen, möglichst weit fort – in einer anmutigen Gegend –. Er ermutigte mich auch zu nächtlichen Abenteuern. – Und jetzt kam der Vorwurf, ich hätte ihn oft nicht einmal an den Sonntagen unbeschäftigt gehalten und seine Bettruhe nicht geachtet.
Nun, er will ein Kaffeehaus eröffnen. Diesen Wunsch hat er wahrscheinlich seit jeher gehabt. Die Zeit ist nun dafür reif geworden. Der Dienst bei mir war eine Strecke Weges zum Ziel. Ich allein bin es, der von Unbehagen befallen ist, von Ungewißheit, ja von Angst, weil ich nicht weiß, welcher Art Mensch zukünftig in meiner Nähe sein wird.
Ich muß meine Bestürzung zügeln, das versteht sich. Ich habe eine Annonce in mehreren Zeitungen abdrucken lassen. Ich habe einen ausführlichen Text dafür gewählt. Und nun sind diese anderen Menschen zu mir gekommen. Men-

schen, die ich nicht kenne, niemals gesehen habe. – Ich versuchte sie abzuschätzen, etwas von ihnen zu erfahren. Ihre Zahl ist kleiner, als ich erwartet hatte. Ein reichliches Dutzend nur – als ob der Beruf eines herrschaftlichen Dieners nicht mehr im Schwange sei. –
Man mußte mit mir reden. Man mußte mich rasieren, damit ich einen zuverlässigen Eindruck vom Geschick, von der Leichtigkeit der Handbewegungen erhielte. Ich habe dabei auch den Geruch eingeatmet, ob er mir angenehm, gleichgültig oder widerlich sei. Ich habe die Hände betrachtet, das Antlitz, welchen Grad von Anmut ich ihnen zusprechen sollte. Man hat mich probeweise mit dem Auto in die Stadt und zurückfahren müssen. Ich habe mir von jedem schriftlich Rechenschaft gegeben; ein Formular für Sonderformen der menschlichen Bildung und Gestalt – soweit sie mich angehen oder mir sichtbar werden. Schließlich habe ich mir das Alter nennen, Zeugnisse zeigen, Vergangenes berichten lassen.
Die meisten sind aus dem Gastwirtsgewerbe hervorgegangen, waren als Kellner beschäftigt; – andere hatten das Friseurhandwerk erlernt; einige fuhren auf Schiffen.
Es ist bei diesen Unterhaltungen wenig Erregendes oder Anziehendes zutage gekommen. Man beschrieb mir ein durchschnittliches Dasein, unbedeutende Abenteuer, verbarg den eigenen Karakter. Jeder hatte von sich selbst ein vorteilhaftes Bild und rühmte sich – mit zurückhaltenden Worten zwar – eines einwandfreien Verhaltens. Überzeugungen schien keiner zu besitzen. Nein, ich spürte bei kaum einem Leidenschaft, nicht einmal das Leben. Immerhin, es erschienen ein paar, die jüngsten unter den Bewerbern, die – ich glaube ihr Gebaren nicht völlig mißverstanden zu haben – ihre Rolle als Hausgenosse mit privaten Nebenleistungen zu spielen bereit waren. Die Weite ihrer Dienstbereitschaft gab ihnen eine Art schöner Frechheit, doch nicht den Anschein der Verläßlichkeit. Der große starke Wagen drohte diesen Jungen den Verstand zu nehmen; jedenfalls wurde ihre Seele sehr bald eine Komponente der Schnelligkeit. Sie ahnten nicht, wie sehr sie mir damit mißfielen. Ihr zweideutiges Lächeln half ihnen nicht.
Ich habe jeden mit dem Bescheid entlassen, daß ich mich

bedenken müsse. Ich verpflichtete mich, schriftlich zu antworten. – Es ist mir schwer geworden, mich zu entscheiden, weil keiner auch nur hinlänglich meiner Vorstellung von einem fügsamen oder behaglichen Menschen entsprach. Schließlich mußte ich mir sagen, daß auch Manshard mit Wesen und Erscheinung meinem Wunsche nur wenig entgegengekommen war; – ich habe mich allmählich an ihn gewöhnt. So fiel denn meine Wahl auf jenen fast Fünfzigjährigen, der mich mit dem Geschick eines Halbgottes rasiert, der, ohne daß ich ihm meine Ängste verraten hatte, den Wagen umsichtig lenkte, nur mäßig schnell fuhr, keine Straßenkreuzungen übersah, auf spielende Kinder achtete, – gleichsam mein unruhiges Herz ahnte und es zu schonen entschlossen war.
Wagner heißt er. Die wenigen Zeugnisse, die er mir gezeigt hat, schildern ihn als zuverlässig, rücksichtsvoll, geschickt. Irgendein Herr nannte ihn einen geborenen Kammerdiener. Er hat nur in wenigen Häusern gedient. Meistens war es der Tod seines Herrn, der die Entlassung brachte. – Ich schrieb ihm den Konditionsbrief, die Absage an alle anderen.
Wenige Stunden danach erschien ein Herr von Uchri, um mir seinen Dienst anzubieten. Ich hätte ihm sogleich erklären müssen, daß die Stelle bereits vergeben sei. Doch ich empfing ihn, ließ mich auf ein Gespräch mit ihm ein. – Und jetzt bin ich aufs höchste verwirrt, aus dem Gleichgewicht, denn ich habe auch ihn verpflichtet.
Ich versuche, mir klarzumachen, wie es zu diesem Umschwung in mir, zu diesem Hingeben an einen Zufall gekommen ist. Ich habe einen Grundsatz verletzt. Warum? – Ich werde dem Wagner ein angemessenes Reuegeld bezahlen, das versteht sich. Aber warum wollte ich plötzlich den anderen statt seiner? Was zeichnet diesen aus? Jedenfalls keine lange Vergangenheit als Kammerdiener oder Butler.
Von Uchri – sein voller Name ist Ajax von Uchri – hat keine Probe ablegen müssen. Ich weiß sogar, daß er kein Automobil steuern kann, und beim ersten Rasieren wird er mir wahrscheinlich das Gesicht zerfetzen. Er ist erst vierundzwanzig Jahre alt.
Die adlige Abstammung hat mich gewiß nicht bestochen,

denn er selbst sagte darüber, es sei die niedrigste Stufe. Er sprach nicht respektvoll von seiner Familie. Er wies mit den Fingern auf die Züge seines Antlitzes, das er mit ziemlicher Schroffheit zerlegte. Alle seine Vorfahren seien darin vorhanden, dies Geschlecht der Bauern, ehrenwerter Kaufleute, gelehrter Pfarrer, Bäuche aufschlitzender Metzger, guter Hausfrauen, leichtsinniger Damen und Kavaliere. Das Ganze im Hader gegeneinander erstarrt; – trübe Geheimnisse, dahinrollende Laster, Abenteuer, gleichgültig stumpfe Stunden, Lügen, Habsucht, Verschlagenheit, reif scheinende Gelassenheit; – Schreie, Ängste, Tränen, Raubtierträume, biedere Fügsamkeit. Alles habe einen belanglosen Platz auf seiner Haut. Er müsse jene verbrauchten Leben kaltblütig wiederholen und dies Gesicht, aus vielen durchscheinend übereinandergelegten Schichten entstanden, tragen. – Er rieche den dumpfen Stallgeruch – sich selbst.

Kann ein gewöhnlicher Mensch dergleichen aussprechen?

Seine Rede wurde, nachdem sie so abgeirrt war, gleich wieder nüchtern und vernünftig. Er berichtete, ohne sich zu bedenken: sein Vater ist seit seinem siebenten Lebensjahre tot. Seine Mutter lebt mit einem Farmer in wilder Ehe. Ein Onkel ohne Adelsprädikat hat zehn Jahre lang das Schulgeld für ihn bezahlt. Der Onkel hatte vier Töchter. Täglich führte er die fünf gemeinsam in einen kleinen Wald, über Kornfelder, über Wiesen, die Namen und Lebensgewohnheiten von Blumen und Vögeln erklärend. Er beschränkte sich auf Blumen und Vögel. Als Ajax ihn, in Gegenwart der Töchter, einmal fragte, ob er wisse, wie sich die Hasen begatten, bekam er drei Tage Stubenarrest. Der Onkel meinte, Karzer sei dem Sprößling eines vornehmen Geschlechtes angemessen. Er wurde niemals geprügelt. – Man bedeutete ihm, daß sein Vater, der wahrscheinlich einen kleinen Handel mit Rosinen und Pfeffer betrieben hatte, ein herzoglicher Kaufmann gewesen sei; man vermied es, von einem „königlichen Kaufmann" zu sprechen, weil es kein großartiger Handel gewesen war. Jedenfalls hinterließ dieser Vater ihm nichts – außer einer in Leinöl getränkten Schlagkeule eines mexikanischen Ballspiels.

Mit siebzehn Jahren ist er dem Erzieher, der die Absicht

hatte, ihn mit einer seiner Töchter zu verheiraten, davongelaufen, weil er, ohne an eine Ehe zu denken, seine Neugier an dem ältesten Mädchen stillte.
Er wurde Kellner. Er blieb für den Onkel unauffindbar.
„Nach ein paar Jahren entdeckte mich Herr Dumenehould de Rochemont", sagte er, griff in seine Rocktasche und reichte mir ein Schreiben. „Ajax ist großartig", las ich, „wer ihm vertraut, gewinnt mehr, als er erwartet." Nichts weiter, außer der Unterschrift des Mannes. Herr Dumenehould war Schiffsreeder; er ist vor ein paar Monaten gestorben.
„Er begegnete mir in einer kleinen Kneipe. Er hörte, daß jemand meinen Namen nannte. Er vergewisserte sich bei mir selbst, ob er recht gehört. Er sagte, er habe meinen Vater gekannt. Er wußte, daß der Vater kein herzoglicher Kaufmann gewesen war. Darauf kam es nicht mehr an, da er so lange tot war. Herr Dumenehould sagte, er habe mich als Kind einmal auf den Knien gehalten. Es sei in meines Vaters engem Kontor gewesen, in dem es nach Gewürzen roch. Die Gerüche, die alte Tapete an den Wänden, die weißbelackten Fensterbekleidungen, die hohe Tür und der krause graue Stuck der Decke erstanden wieder mit den Worten. – Er schlug mir vor, als Butler in sein Haus zu ziehen. Ich willigte ein. Ich hatte damals einen jämmerlichen Lohn für eine jämmerliche Beschäftigung."
Ich lauschte, aufmerksam wie ein Schuljunge, diesem, der mein Diener werden wollte. Vielleicht atmete ich tief. Ich spürte die dünne, kaum wahrnehmbare Wolke eines Parfüms und zugleich einen schwach brenzlichen Geruch wie von dunkler Menschenhaut. Um mich abzulenken, wandte ich meinen Kopf dem Fenster zu – und wie wenn es an diesem Tage mein erster Blick in den Park hinaus gewesen wäre, sah ich überdeutlich das Grau der Wolken, die bleiche Farbe der streifig fallenden Regentropfen hinter den Fensterscheiben, das rinnende Wasser des Himmels, das das Grün der Bäume verdüsterte. Entschlossen plötzlich schaute ich auf von Uchri. Sein Antlitz flackerte in einem sonderbaren Durcheinander: verheißungsvoll, fröhlich, schalkhaft und angestrengt. Es war angenehm und doch zerklüftet. Merkwürdig, daß die olivbraune Haut – die Wolken färbten sie so – bei aller Lebhaftigkeit wie etwas Bleiernes erschien, – wie ein Stück Vorzeit, eine ins Leben ver-

sprengte Maske, schwermütig wie Metall, unerbittlich, doch sinnlich; – ein Denkmal kühner Abstammung. Es bezauberte mich, dies Gesicht, weil es so archaische Formen hatte, aus denen nur Mund und Kinn negerhaft weiblich hervorstießen. Ich betrachtete es ohne Scheu – als eine willkommene Bereicherung der erschaubaren Welt.
Mein Prüfen, dies lange Betrachten mag den Anstand verletzt haben; ich entsinne mich nicht, daß ich jemals ähnlich aufdringlich einen Menschen erforscht hätte. Jedenfalls machte mein Verhalten von Uchri unsicher. Es zwang ihn, etwas über sich auszusagen. Er sprach das Zimmer an, nicht mich, mit einer ihm nicht gehörenden Stimme, fast erstickt.
„Ich bin ein Garnichts. Ich möchte allen Menschen, die mir gefallen, damit entgelten, daß ich ihnen behage. Man ist so eitel oder so bedürftig. Aber ich habe keine Eigenschaften, die mir allein gehören; es sind immer die Eigenschaften der anderen, die sich in mir spiegeln. Ich bin hier nur ein ungebetener Gast."
Ich versuchte, einen undeutbaren Schrecken zu verbergen, erhob mich, nahm aus dem Schrank zwei Gläser und die kaum angebrochene Flasche dunklen Portweins.
„Sie gefallen mir", sagte ich, indem ich ihm und mir einschenkte, „ich spüre, daß Sie mir gemäßer sind als Manshard, der mich verläßt – und als Wagner, den ich vor ein paar Stunden zu seinem Nachfolger bestimmte."
Ich glaube fast, meine Worte gaben ihm die Hoffnung, nicht vergeblich gekommen zu sein. Ich selbst war über die Entschiedenheit meines Ausspruches erstaunt, versuchte jedoch mir einzubilden, daß er zu nichts verpflichte. Ich setzte mich wieder, in der gewissen Zuversicht, daß jener Ajax von Uchri nicht sogleich aufbrechen werde.
Die Unterhaltung stockte. Ich bekam Muße, über den Namen des neuen Menschen nachzudenken: Ajax, Sohn des Telamon, rettete die Leiche Achills aus den Händen der Troer; als aber der Lügenhals Odysseus im Streit um die Waffen des Toten den Sieg davontrug, verfiel Ajax in Schwermut und entleibte sich.
Während ich dies dachte, spielte der Lebende mit seinem gefüllten Weinglas, indem er es mit den Fingern seiner einen Hand am Stiel faßte und langsam drehte, während die

andere Hand unbeweglich auf dem Tische lag, als wäre sie ein Tier auf der Lauer. Diese Hand, dies selbständige Wesen, war knochig und ziemlich groß, gepflegt – und doch von einer mehr rauhen als weichen Haut überzogen. Ich versuchte, sie mit mir bekannten Händen zu vergleichen. Sie erinnerte mich plötzlich an jene verwitterte lothringische Bauernhand des Adam von der Kirche zu Mont. Ich begriff, daß auch diese alt war, viel älter als der Mensch mit seinen vierundzwanzig Jahren. Sie hatte Wälder gerodet und Bäche umgeleitet, Steine getragen und den Pflug geführt, Hörige gepeitscht und Hirsche ausgeweidet, mühsam die Feder geführt und Weinbecher zerbeult, gekämpft, gestritten und feige Griffe getan. –
Ich forderte meinen Gast hastig auf zu trinken. Er hob das Glas mit der spielenden Hand. Die andere, als wäre sie nicht sein Eigentum, blieb unbeweglich wie ein Stein, nicht kostbarer und schlechter als ein Stein, den man aufhebt oder liegen läßt.
Dann war dieser Augenblick vorüber. Ich räusperte mich. Wir hörten das laute Geplätscher der Traufe.
„Herr Dumenehould ist als ein Ehrenmann gestorben. Er hatte nichts zu beichten. Ich war in seiner letzten Stunde bei ihm.“ Ajax von Uchri sagte es unvermittelt, scheinbar absichtslos.
Hinterher meine ich nun, er hat irgendwelche Gerüchte abtun und seinen eigenen Anteil am Geschick des Mannes vorweg verklären wollen. – Der Schiffsherr hat keinen Hehl daraus gemacht, daß er einen unehelichen Sohn besaß; – er war ja unverheiratet. Ein paar Kinder, deren Vater man nicht nennen kann, die man auf der Straße spielen sieht, sind ihm ähnlich; – das hält man für erwiesen. – An den Kais hat man den männlichen Schatten eines anderen Reeders noch nicht vergessen, der sich damit brüstete, neunundneunzig Bastarden das Dasein gegeben zu haben, um gute Schiffsmannschaften zu züchten; – sie alle hat der Wüstling angeblich einmal um sich versammelt, ehe er in seine Gruft aus rotem Sandstein getragen wurde.
„Sie haben gesehen, wie er starb? Er war wohl sehr vermögend, vermute ich?“
„Ein Diener kann das Vermögen seines Herrn nicht schätzen“, antwortete er schnell, „er beobachtet, welcher Art

Menschen im Hause verkehren. Er schließt von der Haushaltung, von der Güte der Weine, die im Keller lagern, von den Tapeten und Bildern an den Wänden, von der Größe, Beschaffenheit und Zahl der Wohnräume, von der Großartigkeit oder Ausgesuchtheit gesellschaftlicher Veranstaltungen auf die soziale Stellung seines Brotherrn."

„Gut", sagte ich, „Sie weichen mir noch aus; ich hoffe, daß es nur vorläufig ist. Es kommt mir darauf an, daß Sie mich mit Herrn Dumenehould vergleichen. Mein Haus, die Bilder, den Park. Trinken Sie! Erzählen Sie, damit ich erfahre, mit welchen Erwartungen und Erfahrungen Sie gekommen sind. Erzählen Sie von Ihrer Kondition; – die Gewohnheiten der Herrschaften, die Haushaltungen sind ja verschieden. Manshard hat mich, nachdem er viele Jahre geschwiegen hatte, kürzlich wegen meiner Eigenheiten beschimpft. Ich war ihm gegenüber ganz wehrlos; ich begriff, daß ich mich selbst nicht kannte – als ob ich kein Spiegelbild besäße. Erzählen Sie doch!"

Wahrscheinlich habe ich mit meiner ungeschickten Rede etwas in diesem von Uchri gelockert. Er leerte sein Glas. Ich schenkte ihm wieder ein. Er trank nochmals. Dann war er willfährig und sprach.

„Es gab außer mir keine Lakaien; eine Köchin und ein Stubenmädchen nahmen sich der täglichen Arbeit an. (Ich war ihnen übergeordnet, und doch verachteten sie mich.) Das Haus war eher eng als geräumig. Ein fast finsterer Saal und ein großes quadratisches Zimmer dienten den seltenen Empfängen. Hier hingen kerzenbesteckte Prismenkronen von der Decke herab. Die Fußböden waren mit mehreren Lagen Teppichen bedeckt. An den mit bedrucktem Kattun bezogenen Wänden gab es schlecht gemalte Porträts und alte Seestücke. Die Besucher mußten sich immer in das gleiche Ritual finden. Es wurden starker Tee, Butterbrote und Champagner gereicht. Die Zahl der Stühle war nie ausreichend, so daß einige der Gäste die Stunden stehend oder auf dem Fußboden sitzend zubringen mußten. Außer dem kargen Essen gab es beim Schein der flammenden Kerzen Musik. Herr Dumenehould nannte die Anordnung ‚feierlich' oder sogar ‚erhaben'. Die Musiker waren als Gleichberechtigte unter den Gästen. Auf ein geheimes Zeichen hin, das ihnen Herr Dumenehould gab, lösten sie sich aus der

Versammlung heraus, zauberten aus einer Ecke ihre Instrumente und Noten hervor. Der Klaviervirtuose setzte sich an den Flügel. Zuweilen gab es Musik für Violine und Klavier allein; zumeist war ein Quartett oder sogar ein kleines Orchester aufgeboten."
Er hatte sich von seinem Stuhl erhoben, so behutsam, daß ich es nicht sogleich bemerkte. Er schlich leise wie eine Katze über den Teppich, schritt mir im Rücken vorüber, so daß mich der Duft, der ihm anhaftet, streifte. Irgendein sonderbarer Ruch von Vanille und Urwaldhölzern; vielleicht nur eine Verdünnung von Bergamotteöl, unscharf, doch nicht süßlich. Dies und sein Verhalten erregte mich, so daß ich mehr verschwommen als klar empfand. Bereitwillig vergaß ich, daß wir uns fremd sind. Ich hätte in jenem Augenblick geleugnet, daß sich sumpfige Bezirke des Unvermutbaren vor mir ausdehnen könnten. – Unser Dasein ist ja weit verzweigt wie die Krone eines Baumes, die Blätter zur Sonne und zum Schatten hat.
„Warum wandern Sie im Zimmer umher?" fragte ich.
„Das ist eine Angewohnheit", antwortete er, „eine Übung, um mich gewisser zu entsinnen. Was man spricht, ist Auswahl. Alles ist Auswahl; nicht nur unser Wissen und Begreifen – auch unsere Erinnerung, unser zufälliges Tun. Jeder ist nur ein Tropfen verschlechterter Schöpfung. Ich erzähle etwas. Ich könnte anderes erzählen. Wenn ich so umherwandere, kommen aus dem Schatten in mir ein paar Bilder ans Licht. Ich betrachte sie. Oft gefallen sie mir nicht."
„Sie berichteten von Ihrer Kondition", sagte ich, „vom Hause des Reeders – und unterbrachen sich selbst."
Von Uchri kehrte an seinen Stuhl zurück, knetete ein paar Sekunden lang mit seinen harten Fingern die Lehne, setzte sich. Als ich seine Hand wieder auf dem Tische sah, diese alte Hand, diesen Stein, übermannte mich ein Gefühl der Vereinsamung, der Vergeblichkeit, der Trennung. Jeder Mensch ist eine Welt oder ein Nichts, abgeschieden. Bekümmert wartete ich darauf, daß er wieder spräche.
„Die Gesellschaft war in diesen späten Jahren uneinheitlich, eher gewöhnlich als ausgesucht. Einzelne alte Männer gaben sich die Ehre, dabeigewesen zu sein; sie trugen Titel; aber man erkannte schon ihren Schädel, als ob er ohne Fleisch wäre. Ich mußte Magnifizenz, Exzellenz und Herr

Senator zu ihnen sagen. Sicherlich aber waren sie nur Greise ohne Verdienste. Andere, von denen berichtet wurde, daß sie Bücher geschrieben hätten, talentvolle Maler oder Bildhauer seien, bildeten eine zänkische Gruppe; sie leuchteten durch eher laute als gediegene Reden, tranken reichlich vom Champagner, scheuten sich nicht, in roten Fräcken mit goldenen Aufschlägen oder Straßenanzügen zu erscheinen, je nachdem, ob sie sich als Snobs oder als arme Jünger der Kunst gefielen. Herr Dumenehould de Rochemont zeichnete sie vor den anderen Gästen aus; seine Höflichkeit ihnen gegenüber hatte herzliche Töne. Er entschloß sich niemals, dem einen oder anderen dieser Herren ein Bild oder eine Statue abzukaufen, sosehr sie ihn auch bedrängten und das ‚Gerümpel', wie sie sagten, an seinen Wänden verhöhnten. Er antwortete ihnen, daß seine Vorfahren selbst unter der Hand mittelmäßiger Maler ihre Köpfe bewahrt hätten, und daß die getuschten und gepinselten Schiffe mit so viel Einsicht in die Großartigkeit der technischen Wirklichkeit dargestellt seien, daß die Herren Künstler den Wert der Stücke gar nicht ermessen könnten. Es seien Meisterwerke, und nicht einmal das Phantastische mangle ihnen, sie seien Gespenster, – vom Meeresgrund hierher gebannt. – Diese meist lärmenden, prahlenden und unzufriedenen Gäste waren seine Getreuen. Sie blieben nur selten aus. Ich vermute, er beschenkte sie mit Geld – oder er lieh es ihnen, um es niemals zurückzuerhalten. Er pflegte die Musiker zu entlohnen, indem er ihnen zwischen Tür und Angel beim Abschied einen verschlossenen Briefumschlag zusteckte. Mit der gleichen Gabe bedachte er auch den einen oder anderen der Getreuen. Sie nahmen sie nicht demütig, sondern stolz, erhobenen Hauptes, wie einen Tribut. Gewiß, sie schüttelten ihm die Hand ein wenig erregter. – Es gab Gäste, die man nur ein einziges Mal und niemals wieder sah, junge Männer und blühende Mädchen, die mit dem Zauber der Anonymität umgeben waren – die jeder respektvoll begrüßte, weil niemand sie kannte. Die Brüder Herrn Dumenehoulds, er hatte deren zwei, die ihn überlebten, wurden niemals eingeladen, zum wenigsten erschienen sie nicht; es ist zu vermuten, daß nicht einmal verwandtschaftliche Achtung für sie bestand. Statt ihrer kamen zwei dicke Damen, die Gattinnen, die eine in Begleitung eines mageren Sohnes, die andere geführt von einer rundlichen Tochter. – Es ist erstaunlich, wie viele dicke oder häßliche Damen man an diesen Abenden sah. – Die Empfänge haben scheinbar keine andere Funktion gehabt, als einer zufällig zusammengestellten Menschengruppe Gelegenheit zu geben, gemeinsam die gleichen Musikstücke anzuhören. Geschäftsfreunden begegnete der Reeder außerhalb des Hauses in einem Weinrestaurant. Er erklärte hierzu jedem, den es angehen konnte und der es hören wollte, ihm sei das Glück nicht zuteil geworden, eine Gattin zu besitzen, die sein Haus auch für liebe Gäste anheimelnd gemacht haben würde; die einzige Attraktion sei nun ein Adelsmann als Butler. – Ein unehelicher Sohn, von dem mir die Köchin erzählte, daß er recht häufig im Hause seines Vaters anzutreffen gewesen sei, starb ihnen mit zwanzig Jahren unter den Händen (so drückte sie sich aus). Jener hatte, wiewohl in der Fremde aufgewachsen, seit jeher ein eigenes Zimmer im Hause, mit einfältigen und kindlichen Schätzen ausgestattet. Es roch darin nach Teertauen, und die Schubkasten der Schränke waren voll eigentümlicher Gegenstände. Mineralien, eingetrocknete Tiere, Metallklötze, Zahnräder, die aus irgendwelchen Maschinen oder Turmuhren entfernt schienen, Kakaobohnen, Briefmarken, gegerbte Haut vom Rücken eines Negers, Kandiszucker und Torten aus Schokolade. An den Wänden waren große Fetzen eingeliekter Segel befestigt, Flaschenzüge, Seehundsfelle, Schiffslampen, abgeworfene Rentiergeweihe, Schiffsmodelle in Schnapsflaschen, der Panzer einer Schildkröte. (Er hatte die Hoffnung, Schiffsherr zu werden wie sein Vater. Niemand konnte wissen, daß es nach seinem zwanzigsten Jahre für ihn keine Zukunft gab.) Das meiste seines Krams war noch vorhanden, als ich meinen Dienst antrat. Nur roch es in jenem Zimmer wie in der Abteilung eines Museums, in die sich nur selten jemand verirrt. Er ist ein tüchtiger Segler und Schwimmer gewesen, so berichtete man. An einem Tage zwischen Weihnachten und Neujahr brach er durch das Eis eines Teiches. Hohes Fieber und eine Lungenentzündung waren die Folge. Er starb ihnen unter den Händen. Herr Dumenehould bemühte fünf Ärzte. Als es vorüber war und er den Leichnam in den Armen hielt, sagte er nur: ‚Ich durfte ihn nicht behalten.' Der Jüngling wurde frühmorgens um sechs Uhr (es war noch stockdunkel; irgendwelche Leute hielten Fackeln in den Händen, damit man sich zurechtfände) in einer gemauerten Gruft beigesetzt. Nur Herr Dumenehould folgte dem Sarge die steilen Stufen des Kellers hinab. Die Sargträger entfernten sich. Die Fackeln wurden in den Boden gepflanzt. Der Reeder blieb noch eine Zeitlang allein dort unten, bis es hell wurde und Handwerker erschienen, um einen Stein über den Eingang zu legen.“ – –

Ajax von Uchri muß gesehen haben, daß ich mir ein paar Tränen aus den Augen wischte. Er blickte mich forschend an.

„Da ist eine Gleichheit. Auch er hat diesen Schmerz empfunden, – der mich heimgesucht hat“, sagte ich zögernd.

Von Uchri nahm meine Andeutung gleichgültig hin, als ob sie gewichtslos wäre. Er sagte indessen etwas Sonderbares, das keine Richtung zu haben schien: „Die innere Landschaft der Menschen ist nicht sehr verschieden voneinander; die meisten nur maßregeln die Natur, indem sie sie umpflügen.“

Spätestens in jener Minute öffnete ich mich ihm. Ein Widerstand, ich weiß nicht welcher Art, gegen diesen Ajax von Uchri, war plötzlich aufgelöst. – Alles, was ich bisher niederschrieb, ist eine Zusammenfassung, nachdem mir eine melancholische Zuneigung bewußt wurde. – Daß er nicht bieder und ehrbar ist, erscheint mir gewiß. Aber welcher Art Kräfte geben ihm die milde Fügsamkeit, die tierhafte Selbstverständlichkeit, die Anmut, dies scheinbar reglose Betrachten? – Ein zerklüftetes Gesicht mit zwei Fleischeslandschaften. Es erscheint mir in seiner müden Wildheit fast schön.

„Ich bin einsam“, sagte ich, „und wahrscheinlich auch ein wenig verrückt. Ich kann es mir erlauben, bei meinen Absonderlichkeiten auszuharren. Ich behellige die Menschen damit nicht; ich lebe zurückgezogen. Mein Dasein ist in der Vergangenheit stehengeblieben. Auch ich hatte einen Sohn; freilich ist er nicht zwanzig Jahre alt geworden. Er kam mit acht Jahren um. Er war mein einziges Kind. Meine Ehe hat nur zwei Jahre bestanden. Er war ein hübscher Knabe. Ich liebte ihn sehr. Ich liebe ihn noch, wie wenn er lebte –: sein Abbild – seine verstummte Stimme –. Das ist

meine Verrücktheit, die Umkehrung meiner Verzweiflung. – Ich saß ehemals immer selbst am Steuer meines Autos; es bereitete mir Freude. Eines Tages lief mir ein spielendes Mädchen vor die Räder des Wagens. Das Kind war sogleich tot. Es lag da wie ein Bündel. Die Kleider waren in Unordnung gekommen; aber der Kopf war nicht verletzt. Das Gesicht war bleich, erschreckt, aber nicht verzerrt; eingerahmt von dunklen Haaren. Das eine Auge war geschlossen; das andere bewegte sich noch, starrte mich an, wie ein gläsernes Auge, das nichts sieht, starrt. Dann schloß es sich. – Ich hob das Mädchen auf, trug es in meinen Wagen. Ich fand später eine kleine Blutlache auf dem Polster. – Nein, ich habe den Unglücksfall nicht verschuldet; niemand konnte mich bezichtigen, nicht einmal ich selbst. Ein paar Wochen später wurde mein Junge unter einem Automobil, das ein Betrunkener steuerte, zermalmt. Auf dem Fußsteig wurde das Kind erfaßt, umgeworfen. Der Kopf wurde zertrümmert. Der hübsche Leib hatte keine Schramme. – –"
„Das hat keinen Zusammenhang", sagte Ajax von Uchri, „die Moral ist eine Zutat. Es werden täglich Tausende getötet, auf den Straßen, in den Bergwerken, in den Fabriken, als Elende, die verhungern oder verderben; Hunderttausende sterben, weil ihre Zeit um ist. Wer über das Unglück nachdenkt, kommt zu falschen Schlüssen. Die Abläufe haben ein unbarmherziges Gesetz, aber keine Sittlichkeit. Religionen und Nationen, die Millionen Morde begünstigten, scheitern nach Jahrhunderten, – doch nicht, weil das Verbrechen an ihnen gerächt wird. Die Rächer sind andere, die schon wieder den Verbrechern zuzuzählen sind. Der Mensch hat nur eine eingebildete Seele; statt einer echten Existenz hat er einen Verstand, der sich mißbrauchen läßt – der nur zum Mißbrauch bestimmt scheint, – nicht um die Schöpfung durch Mitleid zu korrigieren."
„Aber ich bin hinterrücks angefallen worden", antwortete ich, „die Liebe zu dem kleinen hübschen Leib, der für mich aller Formen Form bedeutet, ist unaustilgbar geworden. – Ich besitze Bilder, einen bronzenen Abguß – und meinen Kopf voller Erinnerungen. – Ich kann kein Automobil mehr steuern, seitdem er, Olav, im Sein angehalten wurde. Nicht der Tod des Mädchens bewirkte die Lähmung in mir. – Die Urteile des Schicksals sind mir verschlossen – die

ich. Und faule Eier bringt man dem Händler zurück."
„Gut, von Uchri. – Ich bat Sie, mich über den Tod Herrn Dumenehoulds aufzuklären."
„Er litt an Angina pectoris, an Herzkrämpfen. Es ist ein unablässiger aussichtsloser Kampf mit der Vernichtung. Die Angst in der Brust versucht den Schmerz zu überbieten, der Schmerz die Angst. Das Aussetzen der Maschine, das die Seele mit grausamer Deutlichkeit wahrnimmt. Vergeblich, die Hand auf die Stelle zu pressen, wo der Schmerz seine Wurzel hat. Übrigens beginnt er, merkwürdigerweise, in der linken Schulter. Von da stößt er bis ins Herz, bis in die Seele vor. Es gibt keine Rettung, nur ein Hinauszögern des endlichen Urteils. Die Schmerzen lassen sich soundso oft einschläfern und ziehen die Angst mit sich in eine jener geheimen Kapseln. Es gibt nach jeder Krise, wenn sie nicht die letzte war, Erleichterung. Aber der Kranke weiß, wenn seine Adern erst vom Alter brüchig geworden sind, daß er nichts mehr zu hoffen hat. Herr Dumenehould jedenfalls wußte, von einem gewissen Augenblick an, wie es um ihn stand. Er rechnete sich aus, daß er in einer körperlichen Todesangst von einer, seiner Erfahrung nach, mitleidlosen Größe, die von jeder Bereitschaft zu sterben unabhängig ist, verenden würde. Dem schrecklichen Tode, seinem natürlichen, wollte er ausweichen. Sein Entschluß reifte nicht schnell. Ein Greis liebt jeden einzelnen Tag seines Lebens. – Wir besprachen uns. Nach einem schlimmen Anfall war es so weit, daß wir an die Ausführung gingen. Er brauchte meine Hilfe. Er wollte ein letztes angenehmes Bild in seinem Hirn einschließen. Er ordnete einige Papiere. Doch davon weiß ich fast nichts. Eines Abends kleidete er sich wie zu einem der großen festlichen Empfänge an und legte sich in dem hohen Zimmer, dessen Decke weiß und dessen Wände mit graugeblümter Seide bezogen waren, aufs Bett. – „Ich bin bereit", sagte er zu mir. Ich ging ins Badezimmer, das nebenan lag, um das Sichtbare an mir für den feierlichen Vorgang zu verwandeln. Aller Kleider ledig, doch mit Englischrot über und über eingerieben, wie ein Teufel oder Engel anzuschauen, unkenntlich, doch in der Gußform meiner Gestalt, trat ich wieder ins Schlafzimmer. ‚So gefällst du mir', sagte Herr Dumenehould, ‚aber sprich kein Wort. Verrate nicht, wer du bist. Ich will dich nicht kennen.

Die Spritze liegt auf dem Nachtkasten. Hundert Pfund sind für dich abgezählt. Bleibe bei mir, bis mir die Augen zufallen. Es ist nichts mehr zu sagen.' Er streifte selbst den Ärmel seines Fracks auf, damit ich die Kanüle unter die Haut des Armes stoßen konnte. Der Schock kam, ein schweres, stoßweises Atmen. Er schaute mich noch eine Zeitlang mit gerötetem Gesicht verwundert an. Dann fielen ihm wirklich die Augen zu. Ich schlich ins Badezimmer zurück und verbrachte eine Stunde damit, mich einzuseifen, zu baden und zu duschen, um die Puderfarbe aus den Haaren und von der Haut zu entfernen. Als ich angekleidet ins Schlafzimmer zurückkam, atmete Herr Dumenehould nicht mehr. Ich griff nach seiner Hand. Er hatte einen Ring, der einen schweren, grün schimmernden Diamanten trug, vom Finger gezogen und in die geballte Faust vergraben. Es muß seine letzte Handlung gewesen sein. Er wußte, daß ich den Ring stehlen würde. Er schuldete mir diese Gelegenheit. Ich nahm den Ring. Ich ging die Treppe hinunter ins Arbeitszimmer des Reeders. Ich nahm den Telephonhörer und teilte einem Bruder Herrn Dumenehoulds mit, mein Herr sei gestorben."

Ich habe Ajax berichten lassen, ohne ihn ein einziges Mal zu unterbrechen. Seine Erzählung erschien mir unwirklich; so sieht man mit lauerndem Auge das Antlitz einer Nixe auf dem Grunde eines Teiches. Das fremde Leben, die fremde Vergangenheit, die wir uns nur in den Worten vorstellen, nicht in der Zeit, über die wir anders verfügt hatten oder in der wir noch gar nicht waren, hat etwas Abstraktes, Ungeheuerliches, das nicht voll erkennbar wird. Ich bezweifelte die Richtigkeit der Aussage nicht. Meine Hände begannen zu zittern.

Ich fragte: „Man hat Ihnen den Dienst bezahlt, nicht wahr? Der Reeder gab Ihnen hundert englische Pfund? Er hinterließ keine Leibeserben? Er war niemals verheiratet? Er hatte einen Bruder oder deren mehrere? Er starb als reicher Mann? –"

„Wiewohl es keine sicheren Anzeichen dafür gab, vermute ich doch, daß er reich gewesen ist." Ajax von Uchri sprach unsicher.

Ich sagte: „Er ist reich gewesen, er ist ungewöhnlich reich gewesen. Hundert Pfund waren eine schäbige Bezahlung."

„Es ist ein angemessener Betrag", antwortete von Uchri, „wir haben ihn gemeinsam ausgehandelt. Die Arbeit, für die er Bezahlung war, hat mich nur zwei Stunden Zeit gekostet." –

„Aber er war reich", sagte ich, „es war sein Tod, der versüßt werden sollte. Vielleicht gelang es ihm sogar, sich noch einmal seines Sohnes mit aller Deutlichkeit zu entsinnen. Er hatte keine Leibeserben. – Oder verschweigen Sie, daß er Sie in seinem Testament bedacht hat?"

„Nach seinem Tode bedeutete ich ihm nichts mehr. Er wollte, daß, wenn er erloschen war, die Konvention, die er im Leben vernachlässigt hatte, in ihre Rechte träte. Die Familie, die er verachtete, seine Brüder, sollten für seinen Leichnam sorgen. Er hat mir nichts vermacht; – außer einer Anempfehlung. Niemand springt über seinen eigenen Schatten. Er hat Schiffe und die gemalten Köpfe seiner Vorfahren an den Wänden geliebt. Einem reichen Herrn kann nicht der Gedanke kommen, seinen Diener, und sei es auch jenseits der eigenen Verwandlung, zu seinesgleichen zu machen. Er hat ihn seit langem gewogen. Er kennt den Wert des Untergebenen. Sein Wert liegt in der Brauchbarkeit. Es ist ein Unterschied zwischen einem Lakaien und einem unehelichen Sohn. Der natürliche Sohn kann einen Kopf haben, der einem unter den gemalten gleicht. Es hat viele Fürsten gegeben, die sich ihrer Bastarde gerühmt haben, und nur wenige, die ihre Diener über ihre Hunde setzten. – Er wußte, daß ich ihm seinen Diamantring stehlen würde. Schon seit Monaten hatte er ihn von seinem Finger genommen und in der Westentasche getragen – damit niemand, dem er begegnete, das Kleinod auffiele und dieser Jemand etwa sich später erinnerte, daß jener es kurz vor seinem Tode noch besessen. Erst am Sterbetage tat er den Ring wieder an die Hand – und streifte ihn ab, ehe er von hinnen eilte."

„Wenn er wußte, daß Sie den Diamanten stehlen würden", sagte ich erregt, „und dieser Diebstahl sein Einverständnis hatte, weshalb schenkte er Ihnen denn nicht den Stein?"

„Er war erfahren genug, um zu wissen, daß mir niemand den rechtmäßigen Besitz glauben würde. Ich konnte ja (im Gefühl meines Rechtes) die Unvorsichtigkeit begehen, mich mit dem Ring zu zeigen; – und sogleich würde die

Polizei auf dem Plan gewesen sein. Ein armer Mensch ist immer im Verdacht. Das haben die Reichen so eingerichtet."
„Er hat doch ein Testament geschrieben, er hätte seinen Wunsch einfügen können." – (Ich wollte diesen Diebstahl aufklären. Ich weiß nicht recht warum. Zuweilen bin ich ein wenig pedantisch.)
„Ein Testament reicht über den Tod hinaus; es ist etwas Feierliches, etwas Geschichtliches. Begreifen Sie es denn nicht? Man bezieht sich darin nicht gern auf das Leben, das, mag es gewesen sein wie es wolle, vorbei ist – oder als abgeschlossen angenommen wird. Auf dem Papier wäre der Stein zu Geld geworden. Im Leben war er ein Schmuck, ein Kleinod, das den Besitzer mit Ansehen ausstattete. Mit dem Ansehen eines Negerhäuptlings oder Ordensträgers." –
„Und dennoch verstehe ich nicht, warum er Sie zum Dieb machen wollte", sagte ich, „weshalb er nicht einen Ausweg fand."
„Er wollte eben nicht. Er wollte noch ein Erlebnis nach dem Tode. Eine Berührung. Ich sollte ihm die erkaltende Hand aufbrechen. Er hatte Gefühle der Freundschaft oder der Bewunderung für einen Dieb. Sie gleichen dem Grauen und Genuß in der lasterhaften Liebe. Hat er nicht in seiner letzten Sekunde daran gedacht, daß ich ihm den Finger würde abschneiden können?"
Ich habe unsere Reden, wahrscheinlich ein wenig verkürzt, denn die Zeit des Schreibens ist länger als die des Sprechens, mit aller mir zugänglichen Wahrhaftigkeit nachgebildet. Der Karakter Ajax von Uchris hat mit jedem Satz eine größere Vielfalt gewonnen; – dieser Vierundzwanzigjährige wuchs gleichermaßen ins Unheimliche und Einfältige, ins Verbrecherische und Gutmütige. Ich begreife nicht, warum er so redefreudig war; – er hätte vieles verschweigen können, ohne in die Gefahr zu kommen, ertappt zu werden; – es gibt ja keine Zeugen gegen ihn.
Eine unsinnige Kühnheit, mir dies anzuvertrauen. Aber ich bin offenbar tauglich für gefährliche Geständnisse. Ich spüre die Kraft der Natur in mir gar nicht mehr – ich habe keinen deutlichen Karakter, etwa, wie man sagt, daß der Mensch einen hätte. – Ich genoß die Natur, das Anrüchige,

doch Unausweichliche im anderen wie ein unbegreifliches Wunder. Auch jetzt verläßt eine feierliche Beklemmung mich nicht.

Er ist kein großer Dieb; eben nur zu allem fähig. – Zwar kenne ich ihn noch gar nicht. Er ist ein anderer, als er heute vorgab zu sein. Ich habe in der Tat den genauen Ausdruck seines Gesichtes schon vergessen, weil er erzählte: als Engel des Todes sei er rot bestrichen gewesen. Die Farbe verdrängt das Fleisch. Die Maske ist beständiger als die wechselnde Wirklichkeit. Eine Mumie ist hartnäckiger als das Leben.

Mein Herz schlägt unruhig; ich erkenne meine Ungeschicklichkeit, meinen Mangel, mich entscheiden zu können – meine Angst, mich dem Leben, also den Menschen, und damit einem unter ihnen anzuvertrauen. Ich fürchte, dieser Ajax wird mir eines Tages einen hübschen achtjährigen Jungen ins Haus bringen, von denen es Millionen gibt, wie er sagt – um die bronzene Mumie, diesen Abklatsch eines Toten, unwirksam zu machen. Und ich werde wehrlos sein.

Ich muß ihm oder dem Wagner einen Reuebrief schreiben. – Meine Nerven sind leider dabei, mir den Dienst zu verweigern. Mein Hirn beschäftigt sich mit vielerlei Dummheiten; es ist auch nicht von solcher Beschaffenheit, daß es die Empfindungen richtig nachzeichnet; es verändert ständig etwas daran – und nun bin ich umstellt. Ich habe ihm, diesem Ajax von Uchri, die Bilder gezeigt, den daliegenden Bronzekörper –; ich hob die schwarze Samtdecke fort –. Dies, was mir von Olav geblieben ist, hat er gesehen.

„Das ist schön“, sagte er, „aber ganz hart.“

Ich legte die Samtdecke wieder über und antwortete, daß ich ihn bäte, mein Diener zu werden.

Er schaute mich lauernd an, ob ich es ernst gemeint hätte; – oder verläßlich sei, so daß man gemeinsame Sache mit mir machen könnte. –

Er entschied sich schnell. Er griff in seine Hosentasche und zog den Ring hervor, von dem er berichtet hatte. Ein schlichter weißer Reif mit einem ungewöhnlich großen funkelnden Stein, in den der grüne Hauch eines kalten Abendhimmels eingewachsen war. Ich wich einen Schritt zurück.

„Es überrascht mich, daß der Diamant so groß ist", stammelte ich.
„Zwanzigtausend Kronen oder darüber ist sein Wert – im Hintertreppenhandel", sagte von Uchri, „aber er ist schwer verkäuflich. Ich besitze kein Ursprungsattest. Ich habe Erkundigungen eingezogen. Er hat einen Stammbaum. Er ist ein sogenannter Solitär, ein Phantasiestein." –
Der Ring glitt in Ajax von Uchris Hosentasche zurück.
„Es bleibt dabei, daß Sie mich zu sich nehmen?" fragte er.
Ich hatte ein Vorgefühl, daß meine Stimme unleidlich klingen würde, wenn ich spräche. Befangenheit oder nackte Verwunderung nisten sogleich in meinem Kehlkopf. Es muß dann zu Mißverständnissen kommen. Ich räusperte mich nur.
„Sie sind nicht gerade höflich", sagte er nach einer Weile erbittert, „– und ich war so töricht, Ihnen die Wirklichkeit meiner Vergangenheit zu beweisen."
Ich kapitulierte sofort. Ich wollte nicht schäbig erscheinen. Ich versuchte, ihm einen Begriff von der Tücke meines Kehlkopfes zu vermitteln.
„Ich bitte Sie, mir sogleich ein Monatsgehalt auszubezahlen – als Handgeld."
Ich habe ihm das Handgeld gegeben. Das entscheidet wohl, wem ich den Reuebrief schreiben soll.

12 Der Taucher

Es kamen große Schiffe auf der Reede an, beladen mit Fremden, die dafür bezahlt hatten, daß man ihnen ein herrliches Land und ein herrliches Wetter zeige, dazu das eine oder andere Zweideutige. Die Männer verstanden sich darauf, ihre eigenen heimlichen Wege zu finden, und für die Augen der Frauen und Mädchen gab es, in aller Ehrbarkeit, ein paar Stücke schönen männlichen Fleisches.

Es standen immer ein paar junge Männer auf der Mole Sta. Catalina. Sie konnten Koffer tragen, Feigen oder Mandeln feilbieten, betteln oder einfach dastehen und die Blicke einfangen. Einige saßen nackt umher, nur mit einem Tuch um die Lenden. Sie waren immer bereit, ins Wasser zu springen. Dafür schenkte man ihnen Zigaretten und kleine Geldstücke. Man schenkte sie ihnen, wenn sie wieder aus dem Wasser stiegen. Es kam darauf an, daß man sie nackt und feucht, mit glänzender beperlter Haut, mit dem aufgeweichten, fast durchsichtigen Lendentuch wieder am Kai oder auf dem Gitter einer Reling sah.

Sie waren schön gewachsen. Sie unterschieden sich voneinander; aber wiederum war der Unterschied nicht bemerkenswert. Sie waren einander fast so gleich, wie ihr Alter gleich war.

Manchmal freilich warf man die Geldstücke ins Meer; dann tauchten die Schwimmer danach und holten sie herauf. Sie hielten die Münzen zumeist zwischen den Lippen, wenn sie wieder auftauchten. Sie preßten die Lippen mit eigenartigem Vergnügen zusammen; sie bedienten sich nicht der Zähne. Das Tauchen war nicht der Höhepunkt ihrer Kunst. Gewiß, ihrer einige, die sich auf der Außenmole aufhielten, hatten es zu großer Vollkommenheit gebracht, im klaren tiefen Wasser des Ozeans neben den Stahlwänden der Überseeschiffe auf den Grund hinabzurudern. Sie sahen in der Tiefe wie unheimliche Tiere aus. Man wurde an riesenhafte Tintenfische erinnert. Bei Sta. Catalina aber galt es als höchste Kunst, sich wie Delphine im Wasser zu tummeln. Die Schwimmer ruderten in unmittelbarer Nähe der Fähr-

boote und kleineren Dampfschiffe, sie tauchten unter den Kiel der Fahrzeuge und ließen sich bald links, bald rechts sehen. Sie wagten sich in die Nähe der strudelnden Schiffsschraube und boten das Schauspiel, als ob sie sie mit der Hand zum Anhalten bringen wollten.
Das alles war sehr erregend. Niemand dachte daran, daß die Armut diese gefährlichen Künste erfunden hatte, und daß die kleinen Münzen, die die Männer ernteten, Brot bedeuteten. Zwei oder drei unter ihnen hatten blaues Haar. Und eine Haut, so voll wie ein Tierfell. Schwarz. Und doch nicht negerschwarz. Ein Gesicht, angefüllt mit dem Schmerz und der Verachtung aller unterdrückten Menschenrassen. Und doch ebenmäßig wie die Nabelgrube auf griechischen Statuen. Sie saßen zumeist auf den Glutsteinen des Kais. Ich sah bleiche Männer, die ihnen mit flacher Hand auf die Schenkel klatschten. Ich sah Weiber auf das Lendentuch starren.
Ich saß am Kai und gewann einen Freund. Ich sagte zu einem der Schwimmer: „Warum willst du ins Wasser springen, wenn jemand eine kleine Münze verliert?"
Er antwortete nicht, sah mich nur verächtlich an. Dann warf er sich ins Wasser, tauchte wieder auf, zwischen den Lippen trug er ein kleines Geldstück.
„Weil du davon nichts hast", antwortete er mir, nachdem er wieder auf der rostwarmen Kaimauer saß.
Ich schob ihm wortlos eine halbe Pfundnote hin. „Das", sagte ich, „damit du mich nicht verachtest."
Statt Freude kam Trauer in sein Gesicht. Die untere Lippe fiel ihm herab.
„Wohin gehen wir?" fragte er.
Ich schüttelte den Kopf. „Wir werden uns unterhalten. Und vielleicht werden wir uns gut unterhalten."
Er schwieg. Ich war ihm unheimlich. Er zog den Geldschein zu sich, und eine halbe Stunde lang betrachtete er den aufgedruckten Text. (Er konnte nicht lesen; dennoch wußte er, daß es ein wertvoller Zettel war.) Ich beobachtete ihn. Ich erkannte eine Eigentümlichkeit an ihm, die ich noch bei keinem Menschen gesehen hatte. Die Brustwarzen waren wie aus Eisen, scharfkantig abgesetzt, daß man meinen konnte, beim Berühren würde man sich daran verletzen. Seine Ohren waren klein, fast kreisrund, die Haut rot-

schwarz, nur auf dem einen Arm gab es ein helles Stück Haut, einen weiß eingelegten Ring.
– Was für ein Tier, was für ein herrliches Menschentier! – dachte ich. Er war, wie viele der Schwimmer, eher fleischig als mager. Er hatte große grobe, aber nicht schwielige Hände, die wie märchenhafte Zweigstümpfe auf den Bäumen der Arme saßen. Er hungerte nicht. Er erntete größere Münzen mit dem Lobgesang seiner Gestalt, die Vater und Mutter ihm vermacht, diese Gestalt mit aller inwendigen Vollkommenheit, als da sind Lungen, Nieren, Gedärm, Adern und Herz. Ich habe nie erfahren, wie es in seinem Hirn aussah. Wäre nicht ein müder schmerzvoller Zug an seinem Munde gewesen, man hätte meinen können, die Plage der Gedanken wäre ihm erspart geblieben.
Nach ein paar Tagen schon nahm er es als selbstverständlich, daß ich meine Stunden auf dem Kai verbrachte. Er hatte einen festen Platz. Ich konnte ihn nicht verfehlen. Ich drehte ihm Zigaretten. Er nahm sie in seine feucht salzigen Hände. Ich entsinne mich nicht, daß wir jemals ein schweres Wort ausgetauscht hätten. Wir sprachen nur das Allgemeinste. Meistens schwiegen wir. Ich schaute ihn an. Er schaute mich nicht an. Hin und wieder tauchte er. Manchmal bat er mich, eine Münze ins Wasser zu werfen. Allmählich kam ich darauf, größere Münzen zu wählen. Und so ernährte ich ihn, ohne daß er beschämt wurde. Er holte das Seine von der Tiefe herauf. Den Fremden gegenüber, die mit den Hotelschiffen kamen, wurde er zurückhaltend. Den schmalen Verdienst überließ er jetzt bereitwillig den anderen Schwimmern. Wäre ich aufmerksam gewesen, ich hätte schon am ersten Tage bemerken können, daß er nicht gerne tauchte. Es war ein Delphin, der die Oberfläche des Wassers immer wieder schnell erreichen mußte.
Es kam dahin, wir verabredeten die Größe der Münze, und diese eine Münze ertauchte er sich täglich. Verwunderlich, ich habe auch nicht einen winzigen Zug der privaten Sphäre dieses Schwimmers kennengelernt. Nie erfuhr ich, wie und wo er wohnte, ob er Eltern oder Verwandte hatte, ob er irgendwo zum Tanz ging, eine Geliebte besaß oder einen Freund. Ich sah ihn niemals ein Bedürfnis verrichten. Ich habe ihn nicht in Kleidern gesehen. Er verschwand, wenn der Tag am Kai zuende ging. Er fand sich ein, wenn

er begann. Und sein Name, den er mir nannte, war ein gefälschter Name. „Augustus“, sagte er. Welches Weib mit humanistischer Bildung mochte ihm die Torheit eingeblasen haben, sich so zu nennen? Es war auch nicht notwendig, daß ich seinen wirklichen Namen kannte. Ich rief ihn niemals an, ich begrüßte ihn niemals redend. Nur einmal hätte ich gerne mehr von ihm gewußt! Als er starb. Ich sah ihn sterben. Nicht seinen letzten Atemzug aushauchen. Es war anders.

Wie eine Pflanze war ich, die täglich an die Sonne gestellt wird. Ich hatte meinen Platz bei der Anlegestelle der Motorboote und kleinen Dampfer, die die Ozeanriesen nach hier entsandten. Es war sein Platz, den er mit mir teilte. Und es war trotz des regen Verkehrs und des Lärms, den der Hafen hervorbrachte, ein einsamer Platz. Manchmal verstellten Kisten uns den Blick in die Ferne. Fast immer schwelte ein Gestank an uns heran. Einige Male wurde ich mit faulen Früchten beworfen. Einige Male wollte ein halbwüchsiger Bursche Muscheln mit mir teilen, weil er sich einen Vorteil davon versprach. Einmal spie ein Greis von der Brüstung herab, auf die er geklettert war, mir auf den Fuß. Und von eben dieser Brüstung herab entleerte ein Kind seine Harnblase.

Aber es waren seltene Vorkommnisse. Die Wochen waren ungemein gleichmäßig. Ich gewann die Fähigkeit, ganz ohne Traum und Gedanken in der Sonne zu vertrocknen. Mich nährten die dürftigen Worte, die der Schwimmer, an meiner Seite hockend, für mich übrig hatte. Das war die einzige Speise meiner Seele. Ich ernährte seinen prächtigen Körper. Nicht nur mittels klingender Münzen. Die Tage sind lang. Die Sonne ist heiß. Es gibt Hunger und Durst. Überall Duft und Gestank reifender und schon faulender Früchte. Ich brachte welche und dazu Brot und Wein. Er nahm nur Brot und Wein. Ich kam darauf, er aß am liebsten Fleisch. Zähes Ziegenfleisch. Salzige Suppe, in der es schwamm, unappetitlich und lederhart. Ich entdeckte einen Pastetenbäcker, der in einen nach Oliven schmeckenden Teig Langustenschwänze und Hühnerbrustfleisch einbuk. Der Taucher aß diese Pasteten mit Leidenschaft, und ich aß sie auch.

An den Abenden, wenn ich allein war, fragte ich mich, was

meine leere Kameradschaft bezwecken solle, was ich mir erwartete, wie sie enden werde. Es gab nichts zu ergründen, nichts zu enthüllen. Ich betrachtete ein schönes Tier, tagein, taugaus. Hätte ich schlimme Gedanken gehabt, vor ihm würde ich mich geschämt haben. Ich war nicht auf der Suche nach wohlfeilen Gelegenheiten. Am wenigsten aber erwartete ich, was mir beschieden wurde.

Ich wollte nicht wiederkommen. Aber alles, was mein Vorsatz ausrichtete, war, daß ich am nächsten Tag zwei oder drei Stunden später erschien, nachdem ich mich ohne jeden Gewinn in den Straßen umhergetrieben hatte. Ich übte mich im Entschluß, ich wiederholte meine unfruchtbare Verspätung. Einmal geriet ich in eine Kirche. Das Innere war geschwärztes Gemäuer, aus dem mit vergehendem Gold barocke Formen hervorwuchsen. Aus einem Gewölbe quollen gemästete Engel herab, Engelskinder, ehemalige Eroten, dicht gedrängt wie die Masse Mensch. Ich spürte das vergoldete Fleisch wie eine fürchterliche Bedrohung.

Diese Kinderwaden, Pausbacken, gekerbten Hintern, ausgebohrten Nabel, unförmigen Arme, halbgelähmten Hände und mitten in der Bewegung steif gewordenen Flügel und Lendentücher. Ich roch den süßlichen Dampf des Weihrauchs, eine brenzlige Luft wie von abgebranntem Pulver, eine schwüle Feuchtigkeit, als atmeten Leichen unter den Fliesen. Und ich blieb mehrere Stunden an diesem Ort. Ich sah Kerzen niederbrennen. Ich sah, wie die Ärmsten der Armen hier ihren Schmerz verloren. Ich sah, wie Krankheiten, die sich in der Brust, im Bauch, in den hinfälligen Gliedern geballt hatten, für Augenblicke eingedämmt wurden. Ich spürte, wie etwas des schäbigen Goldes sich auf die Lippen der Beter senkte. Ich sah tief unter mir einen finsteren Strom, der mich von allen Tröstungen und Erlösungen abschnitt. Ich spürte die Verdammnis an mir wie ein Kleid. Eine Träne stieg mir ins Auge. Aber ich hatte keine Reue. Ich hatte den Stolz eines erwachsenen gestürzten Engels. Entweiht und stolz. Ohne ein Gebet im Hirn. Mit Vorwürfen kam ich. Ein Gott stand irgendwo, eingekleidet in einen weiten Mantel, ein langer alter Bart wusch ihm das Kinn. Seine Hände waren knöchern und seine Augen kurzsichtig. Er war nicht für mich da. Ich ging wieder, wie ich gekommen, ungeläutert. Ich suchte den Kai auf. Wir fraßen Pasteten, wir tranken Wein. Und meine Gedanken verloren sich, wie die Gedanken sich an großen Schmerzen verlieren. Und die Zeit verging, und es veränderte sich nichts. Das Geschehen mußte zu mir kommen; ich kam ihm nicht entgegen.

Es geschah, daß es Augustus gelüstete, seine Kunst vor vielen zu zeigen. Er überwand die Faulheit, die ihn allmählich bewucherte. Er stieg an Bord eines Pontondampfers, auf dem viele Platz genommen hatten. Er setzte sich auf das Gestänge des eisernen Gitters, das die Plattform des Schiffes einfaßte. Er krümmte den Rücken, umfaßte die eine der Stangen mit seiner übermächtigen Hand. Er schaute zu mir herüber, verächtlich, gelangweilt, seine Unterlippe fiel herab, als wäre er aller Lüste, der schon genossenen und auch der zukünftigen, überdrüssig. Und mir fiel ein, er war mir vollkommen unbekannt, trotz der täglichen Begegnung. Ich hatte keine Vorstellung von seinem Dasein und von seinen Trieben.

Das Schiff kam ins Gleiten. Die Schraube gurgelte im Wasser. Dick grün, mit weißen Blasen untermischt, strudelte das Flüssige über die ausgelotete Haut der Hafenbucht hinaus. Einige Münzen tropften über die Reling. Augustus warf sich rücklings über Bord; er spielte den Delphin. Er tauchte auf, prustete, verschwand wieder unter dem flachen Kiel. Das Schiff glitt davon. Es gewann einen beträchtlichen Abstand von der Kaimauer. Die Augen der Fremden stießen sich an der Oberfläche des Wassers. Sie suchten, wo der schwarze Sklave wieder auftauchen würde.

Mir begann das Herz gewaltig zu pochen. Nach wenigen Minuten verlor ich alle Hoffnung. Ein schwarzer Filter legte sich mir über die Augen. Ich sagte mir, ich dürfe nicht ohnmächtig werden. Das Pontonschiff schob sich dem offenen Meere zu. Nicht zu erkennen, was die erregten Passagiere sich vornahmen. Vielleicht waren sie schon wieder in der Ruhe und fühlten sich betrogen.

Ich schaute nach einem Boot aus. Ich ließ mich langsam an einer Leiter am Bollwerk hinab. Ich löste zaghaft das Tau, machte schwache Ruderschläge. Meine Augen suchten. Da sahen sie plötzlich, sein Gesicht trieb schaukelnd auf den kleinen Wellen. Ich ruderte an die Stelle. Ich winkte den Tauchern, die am Kai saßen, sie möchten herbeischwimmen

und mir helfen. Nicht einer rührte sich.
Ich sah, der Kopf war tot. Ich faßte in die strähnigen harten Haare und versuchte, den Körper ins Boot zu ziehen. Vergeblich. Ich sah mit Schrecken, das Wasser in der Nähe des leblosen Körpers verfärbte sich. Ein dünnes Rot. Ich band ein Tau um den Kopf, verknotete das freie Ende um meinen Leib. Dann begann ich wieder zu rudern. Weit fort von der Stelle, wo sich dies ereignet hatte. Vor einer Minute hatte ich noch gehofft, er könnte am Leben sein. Ich hoffte nicht mehr. Der Zug, den die Bewegung des Bootes hervorbrachte, trieb den Leichnam nach oben. Statt der vollen braunen Haut des Bauches erkannte ich bleiche rosa und graue aufgelöste Fetzen. Ich schaute hin und schaute doch nicht genau. Ich ruderte weiter, ich wußte nur, er ist tot.
Ich ruderte so lange, bis sich ein Entschluß in mir ordnete. Dieser Tod war meine Sache. Ich konnte nicht davonlaufen.
Ich war dabei, zum Meer hinauszutreiben. Das wollte ich nicht. Aber ich gewann Zeit. Ich wiederholte mir, dieser Tod sei meine Sache. Dieser Leichnam sei mein Leichnam. Nichts des lebenden Menschen hatte mir gehört, nun gehörten mir die Trümmer.
Ich hielt mit dem Rudern inne. Ich beugte mich über den Rand des Bootes. Ich wiegte den Körper mit meinen Armen zur Oberfläche des Wassers herauf. Ich wollte die Wunde sehen. Ein kalter Nebel umeiste mein Gehirn. Mit tränenlosen Augen sah ich, der Bauch war eingeschlagen und aufgerissen. Die Schiffsschraube mußte ihre Schaufeln in das süße Fleisch gegraben haben. Die Eingeweide lugten hervor. Aber fürchterlicher, das Becken war zertrümmert. Ich ließ den Leichnam wieder von mir gleiten, so daß nur das Tau wie vordem ihn und mich verband. Ich ruderte, so schnell ich konnte, landeinwärts, um, da ich in meinen Vorsätzen sicher geworden war, die Abläufe zu beschleunigen. Einige Minuten lang spürte ich die untragbare Last meiner Einsamkeit. Ich hatte keinen Gedanken, nur dies eine, dies jämmerlichste, dies alles vernichtende Gefühl, einsam und abgeschieden zu sein, ohne Liebe, ohne Hoffnung, ohne Vertrauen. Ich rettete mich in den Gedanken, daß die Schuld dieses Sterbens vielleicht auf mich komme. Meine törichten Besuche am Kai hatten den stolzen Menschenkör-

per ein wenig verwöhnt, womöglich gemästet, für das schwierige Armenhandwerk geschwächt. Ich hatte ihn jedenfalls, sicherlich nicht mit böser Absicht, doch mit einer gewissen Wirkung, gehindert, sich für die Gefahren noch besser zu üben. Wie hätte ihn, wäre er auf dem höchsten Stand seiner Rüstigkeit gewesen (seine Muskeln waren, als ich ihn kennenlernte, ungewöhnlich fleischig und fest zugleich, und nun vielleicht ein wenig weicher, und die Nerven um eine kaum meßbare Zeit unentschlossener), die Schraube eines Fährdampfers erfassen können? Wie konnte sie es? War es wirklich Erklärung genug, daß dem gesunden Körper ein wenig Fett zugegeben worden war und ein wenig Muskelfleisch abgezogen?
Ich kam an eine Stelle des Hafens, wo man eine granitene schiefe Gleitfläche gebaut hatte, um Schiffe ans Land ziehen zu können. Da laufen eisenbeschlagene Bohlen ins Wasser. Algen und Muscheln haben sich auf diesem Helgen angesiedelt. Die Anlage ist leer. Ein starker bromjauchiger Geruch steigt von den Gewächsen des Meeres herauf.
Meine Füße glitten auf den breiigen, schlaffen Algen aus. Nur die Scherben der zerdrückten Muscheln gaben den Füßen einen Halt. Halb zog ich das Boot hinauf, halb ließ ich es im Wasser treiben. Den Leichnam, auf dem Rücken liegend, schleppte ich wie einen Erhängten die schiefe Ebene hinan, aufs Trockene. Das Lendentuch war fort. Man sah die fürchterliche Verstümmelung. Ich wandte mich ab. Ich sprach einige Männer an, die langsam herangetreten waren. Ich bat sie, einen Polizeibeamten zu benachrichtigen. Ich selbst wollte den Leichnam nicht verlassen. Sie antworteten mir nicht. Sie betrachteten den Verstümmelten. Sie sprachen das Gräßliche aus, daß der Tote aufgehört habe, ein Mann zu sein. Ich wartete und hielt das Tauende, an dem ich den Leichnam heraufgezogen hatte, in meinen Händen. Die Sonne brannte herab. Der Männer wurden viele. Kinder liefen herbei und stießen seltsame Schreie aus. Ein paar Frauen jagte man davon. Ich war daran, von Ratlosigkeit, Beschämung und Traurigkeit zu vergehen. Ich hielt mich nur aufrecht, weil ich den Leichnam nicht verlassen wollte. Das hatte ich mir vorgenommen. Dieser Tod war meine Sache. Darum stand ich da, beschämt, traurig, mir ganz entfremdet, ein Feind aller Menschen.

Die Umherstehenden erklärten dem Polizeibeamten alles, was sie wußten und was sie nicht wußten. Und er wußte es bald besser als alle zusammen. Mich fragte er nur: „Was soll geschehen?"
Die Frage wunderte mich. Denn ich hatte erwartet, er würde mit Befehlen um sich werfen, würde sogleich den Versuch machen, mich von dem Leichnam zu trennen – und ich hatte mich gewappnet, mich seinen Anordnungen zu widersetzen. Ich antwortete deshalb stockend: „In ein Krankenhaus –."
Ich mußte Zeit gewinnen, in eine andere Umgebung kommen. Was zu ordnen war, ich würde es leichter ordnen können, wenn mein Hirn sich an den Schrecken gewöhnt hätte. Jetzt hielt ich nur passende und unpassende Lügen bereit, um den Beamten von irgendwelchen Maßnahmen, die er ergreifen mochte, abzudrängen. Ich bereute schon meinen Ausspruch. Ich ergänzte ihn: „– Nicht ins englische Krankenhaus."
Es lag nahebei. Die Zeit, die es währen würde, dorthin zu gelangen, war zu kurz. Er aber fragte weiter: „Haben Sie Geld?"
Ich nickte mit dem Kopfe. Meine Hand griff in die Tasche. Ich zog einen Schein hervor und reichte ihn dem Beamten. Er wehrte ab.
„Haben Sie mehr?" fragte er.
Ich nickte mit dem Kopfe. Er entfernte sich. Die Menge schlug einen Kreis um mich und den Toten. Sie wahrte einen Abstand der Achtung, des Ekels, des Befremdens, des Nichtbeteiligtseinwollens. Ihr Instinkt hatte sie belehrt, hier geschah etwas Ungehöriges, etwas Verwerfliches, das sie nicht hindern konnten, weil ein Fremder, ausgestattet mit krausen Gedanken und unreinen Gebräuchen, der Urheber war. Sie besannen sich auf ihren Stolz. Sie waren Spanier (die meisten unter ihnen, und die anderen wollten es sein). Ihre Vorfahren hatten die Guanchen beinahe vollständig massakriert. Sie waren wie die Pest gewesen. Und die Pest war mit ihnen gewesen. Aber dieser Taucher oder Schwimmer war weniger als ein grünäugiger Guanch. So ein Halbindianer, Halbneger, irgend etwas Sklavenhaftes, ein ganzes Knäuel von Sklaven, in das man ein Stück weiße Haut eingepreßt hatte.

Der Polizeibeamte schritt einer Tartana voran, einem zweirädrigen Wagen mit rundem leinenem Verdeck, den ein Maultier zog. Ein Hochmut, dessen Ursache ich nicht erkennen konnte, hatte von ihm Besitz ergriffen. (Wir erkennen niemals die Ursache des Hochmutes derjenigen, die das Gesetz gegen uns aussendet.) Mit scharfer Stimme befahl er mir, den Leichnam auf den Wagen zu legen. Ich zögerte. Er trieb die Gaffer um einige Schritte zurück. Ich überlegte mir, ich würde den Toten auf die eine Bank legen und mich auf die andere setzen. Vielleicht würde der Polizeibeamte es für seine Pflicht halten, mir Gesellschaft zu leisten. So packte ich denn den Körper, hob ihn in meine Arme und trug ihn zum Wagen.
„Aufsteigen", befahl der Polizeibeamte. Er nötigte mich, dem Leichnam gegenüber Platz zu nehmen. Er hieß den Kutscher das Tier antreiben; er selbst schritt hinter dem Gefährt einher.
Ich sprach zum Verdeck hinaus.
„Nicht ins englische Krankenhaus", wiederholte ich.
Wenn der Wagen über Unebenheiten holperte, erbrach der Mund meines stummen Freundes ein wenig Wasser und Schleim. Das Verächtliche, das im Leben das Gesicht umspielt hatte, war einem gramvollen Ausdruck gewichen. Unverändert schienen nur die starken Arme und die prächtige Brust. Die Straße, die wir nahmen, führte bergauf. Manchmal schauten Menschen uns nach. Augustus' Füße standen waagerecht zum Karren hinaus. Der Polizeibeamte hob seinen Kopf vertraulich zu mir auf. Ich beugte den meinen vertraulich zu ihm hinab. Ich sah, wie seine Hände sich auf den Wagenrand stützten, damit sein Gesicht dem meinen nahe kommen konnte, ohne daß er das Gleichgewicht verlor oder stolperte.
„Sie hatten einen Geldschein für mich bereit", sagte er.
Merkwürdigerweise verstand ich ihn sogleich, obgleich die Räder ratterten. Ich zog den Schein hervor und reichte ihn unauffällig.
„Das Krankenhaus des Alten liegt auf einer Anhöhe über der Stadt", sagte er, „in einem Kastanienwald. Sie werden sehen, Sie müssen Ihre Angelegenheit selbst ordnen." Er schrie den Maultiertreiber an: „Mach deinen Eltern und deinem Heiligen keine Schande."

Der Hochmut des anderen war größer. Er antwortete: „Ich habe noch niemals dergleichen gefahren, einen Verrückten und einen unbekleideten Toten; aber meine Seele nimmt keinen Schaden daran, denn sie weiß sich einzurichten. Ich werde dem alten Professor das Unsaubere nicht vorenthalten. Man kann sich auf mich verlassen."
„Der Herr bezahlt", sagte der Beamte. Er war plötzlich verschwunden. Ich stieg vom Karren ab und ging nebenher. Wir ließen die Stadt hinter uns. Der Weg führte weiter bergauf. Er wand sich in Kurven. Sorgfältig beackerte Felder wechselten mit Palmen- und Feigenpflanzungen ab. In der Ferne ein Hain mit schönen Lorbeerbäumen. Die Straße dampfte vom heißen Staub.
Wir langten bei einem Kastanienpark an. Eine große Baracke, mit verzinkten Eisenplatten bedacht – das war das Krankenhaus. Oder weniger, eine fragwürdige medizinische Station.
Ich wollte den Leichnam, wie ich ihn auf den Wagen gelegt, auch wieder herabheben. Doch dazu kam es nicht. Es erschienen zwei Ordensschwestern mit einer Bahre. Der Ausschnitt der Gesichter, den die Tracht freigab, war weich und anmutig; die Hände waren männlich und unbarmherzig. Mit roher Entschlossenheit packten sie den Toten und warfen ihn auf die Bahre. Noch ehe ich eine Einwendung vorbringen konnte, hatten sie das Gestell aufgehoben und ins Haus geschafft. Ich wollte ihnen nacheilen; aber der Maultiertreiber verlangte Bezahlung. Ich verlor kostbare Minuten. Ich rechnete mit dem Mann in aller Hast ab. Dann drang ich ins Haus ein. Eine dritte Ordensschwester versperrte mir im Innern den Weg.
„Was wollen Sie?" fragte sie scharf und verächtlich.
Ich verlor sogleich die Fassung. Ich starrte in das Antlitz. Es war unerkennbar. Eine Maske hatte lebendige, richtende Augen.
„Sehe ich Ihr ganzes Gesicht?" fragte ich, von Haß und Angst ergriffen, zurück.
Sie bewegte sich nicht und nichts an ihr.
„Was wollen Sie?" wiederholte sie.
Ich schwieg ein paar Sekunden, sammelte mich.
„Ich möchte den Herrn Professor – den Herrn Alten – wie man sagt – so habe ich es verstanden –"

Sie entfernte sich schnell, als flöhe sie. Nach einer Weile kam sie zurück.
„Welches Anliegen haben Sie?“ fragte sie mich erneut statt eines Bescheides.
„Ich habe es gesagt“, antwortete ich, „ich will den Herrn Professor sprechen.“
„Er ist nicht zu sprechen, wenn Sie mir Ihr Anliegen nicht anvertrauen“, sagte sie.
„Ist der Tod eines Menschen nicht Anlaß genug?“ schrie ich sie an.
„Ich werde es berichten“, sagte sie und verschwand wieder.
Sie kam zurück und teilte mir mit: „Es ist zur Zeit keine Sprechstunde.“
„Ich lasse mich nicht hinauswerfen“, erklärte ich erhitzt, „ich habe hier einen Toten eingeliefert, man wird mich anhören müssen.“
„Was wollen Sie denn?“ sagte ein Mann, der plötzlich vor mir stand. „Wie kommen Sie hierher? Was haben Sie mit dem Kadaver zu tun?“
Ich erkannte sogleich, er, der gesprochen hatte, war der Alte. Ich sah seine grünen Augen. Sie sah ich zuerst. Und dann erst seinen riesigen ungepflegten Vollbart, der bis unter die Augen hinaufgekrochen war. Daß es in diesem Gesicht auch einige Flecken bleicher Haut gab, kam mir erst später zum Bewußtsein. Der Bart war weniger weiß als rot. Er war eine mächtige abwärtslodernde Flamme. Die Stirn war eine wächserne leblose Platte; das dünne Haupthaar, wie eine Perücke gebürstet (wer wüßte, ob es nicht eine Perücke gewesen?), war mit perlendem Fett gescheitelt. – Ich fühlte, wenn mir jetzt nicht ein guter Gedanke zuhilfe kam, war ich verloren, denn ich wußte ganz und gar nicht mehr, woran ich war und wen ich vor mir hatte. Dies Wort „Der Alte“ war unzureichend. Das Gestrüpp der Barthaare begann, mich weiter zu verwirren. Ich sagte zu mir selbst: „Der Mensch hat kein Kinn; er verbirgt, daß er lächerlich ist.“
Zugleich aber sah ich, er war hoch, fleischig, von großen Körperkräften; er hätte mich mit seinen unbewaffneten Händen erschlagen können. Er war ein Riese; ich hatte das einfach im ersten Augenblick übersehen; als ob er in dieser

Minute um Haupteslänge gewachsen wäre. Wieso ich das einfache Größenmaß hatte außer acht lassen können, war mir schon ganz unbegreiflich. In meiner Ratlosigkeit suchte ich wieder die grünen Augen, die jetzt, ich sah es zum erstenmal, hoch über mir wie geschliffene Steine glänzten. Sie leuchteten in unheimlicher Wißbegier und auch schadenfroh, wie mir schien. Gleichzeitig aber, oder doch unmittelbar nach dem glasartigen Aufleuchten, erloschen sie oder schlossen sich vor Ekel und Müdigkeit. Ich schaute frech in das redende Gesicht.
„Was haben Sie mit dem Kadaver zu tun?“ fragte er erneut.
„Sind Sie der Herr Professor?“ fragte ich zitternd gegen die Wand seines mächtigen Körpers.
„Jedenfalls trage ich die Uniform des Arztes, wie Sie sehen“, gab er zurück, „den Mantel aus gebleichtem Drillich mit blankgeputzten Nickelknöpfen daran.“ Er fuhr mit dem Daumen seiner rechten Hand in eines der Knopflöcher, um das Auge des Knopfes vorzustoßen, daß es mich sengend ansehe. Der Knopf sprang durch die Luft und fiel zu Boden.
„Unordnung“, sagte er, „alles vergeht.“
Ich war vollkommen vernichtet. Ich nannte meinen Namen.
„Schön“, sagte er, „wollen Sie mir bitte Ihr Anliegen vortragen. Aber ich warne Sie, erzählen Sie mir bitte nicht, daß Sie etwas mit dem Toten zu schaffen hätten. Ich glaube Ihnen nichts Abnormes. Immerhin, wenn Sie es versuchen wollen, spicken Sie mich nur mit Lügen. Sie können ja etwas Absurdes erfinden. Sie können ja sagen, daß es sich um einen Verwandten handelt.“
Er schien sich über mich lustig zu machen. Aber mir kam, weil ich mein Anliegen – ich wußte kaum noch, was ich wollte – für vollständig kassiert hielt, ein unwahrscheinlicher und sinnloser Mut.
„In der Tat“, sagte ich kühn, „es ist mein Bruder.“
Diese Lüge war so toll, daß die Zeichen der Unwahrhaftigkeit sich wie von selbst auflösten. Ich hatte, weil der Alte mich sofort ertappen mußte, meine Haut war ja weiß wie Kirschblüte und die des Toten braunschwarz wie Makassarebenholz, auch schon eine Ausrede bereit. Ich wollte mein

Wort in Menschenbruder umdeuten, in etwas Erhabenes und Allgemeines. – Er aber schwieg und sah mich nur staunend an.
„Darauf war ich nicht vorbereitet“, sagte er endlich, „ich habe einige Kenntnis vom menschlichen Samen; aber daß elterliche Lenden so unterschiedliche Sprößlinge hervorbringen können, ist mir neu.“
Ich errötete und bereute meine Aussage. Ich brachte indessen meine Umdeutung nicht an. Ich schämte mich zu sehr und stammelte etwas von einem Halb- oder Stiefbruder.
„Schade“, sagte er, „ich hatte gedacht, Sie wären weniger feige. Immer noch überschätzt man die Kreatur, wenn man sie zum ersten Male anblickt.“
Um mir jedes weitere Wort abzuschneiden, packte er mich hart am Arm, ja, er umschlang mich, als wollte er mich mit seinen Gliedern zerpressen – so ergeht es dem flügellahmen Vogel in den Krallen der Katze – und zog mich mit sich fort. Wir landeten in einem sehr kleinen Zimmer, es war gleichsam nur ein Durchgang, in dem zwei gepolsterte Doppeltüren einander gegenüber angebracht waren. Die, durch die wir eingetreten waren, schlug er unbeherrscht zu. Aber sein ausholender Arm und die Windesfahrt der Tür verursachten keinen anderen Laut als ein gepreßtes Stöhnen, wie ein Blasebalg es von sich gibt, dem die Luft entweicht.
Er ließ mich los; freilich, zuvor preßte er mich, als wollte er mir die Rippen brechen; aber er schien es kaum zu bemerken, daß ich vor Angst und Schmerzen mit den Zähnen knirschte. Er warf sich, nachdem ich seine Kraft gespürt, in einen Stuhl, der vor einem winzigen Schreibtisch, ohne jedes Gerät darauf, stand. Mich nötigte er, auf einer hölzernen Bank Platz zu nehmen.
„Haben Sie einen gemeinsamen natürlichen Vater oder eine gemeinsame Mutter?“ fragte er kühl und laut.
„Eine gemeinsame Mutter“, sagte ich, weil es mir einfacher erschien, sein letztes Wort aufzunehmen.
„Verwirrte Familienverhältnisse“, sagte er streng, „man kennt dergleichen. Bei einem angeblich gemeinsamen Vater hätte sich Ihr Fall leichter erklärt. Aber es geht auch so.“
Er ließ seine Augen auf mir ruhen, sehr lange, unheimlich lange. Er schwieg und machte es mir durch seinen Blick un-

möglich, ein einziges Wort hervorzubringen. Schweiß begann sich an meiner Stirn zu sammeln. Und der Schweiß trocknete wieder ein. Und es blieb still. Endlich, wie aus großer Ferne, kam seine Stimme wieder.

„Ein hübscher Bursche ist der Tote gewesen. Natürlich glaube ich nicht ein Wort Ihrer Lügen. Sie wollen einfach dabeisein, wenn ich ihn zerschneide. Aber ich möchte doch nicht, daß Sie widerrufen. Die Lüge ist die einzige Waffe des einzelnen im Kampf mit der Anarchie der Umwelt. – Beruhigen Sie sich nur. Und schweigen Sie, bis Sie sich wiedergefunden haben. Ich habe weder Papier noch Schreibzeug zur Hand, um den Blütenstrauß Ihrer Phantasie in einer Niederschrift zu verewigen. Es gibt hier kein Hauptbuch. Ich trinke den Tau Ihrer geplagten Seele ganz allein und geheim. – Ich würde Sie hinausgeworfen haben, wenn Sie mir nicht vom Satan beschattet vorgekommen wären. Kennen Sie den Saft der Gnade? – Den haben Sie noch nicht getrunken. Den wird man Ihnen niemals reichen. – Ich bin ein einfältiger Mensch, dem die Erziehung nichts hat anhaben können. Ich sehe, wie es mit Ihnen steht. Man müßte Sie niederschlagen. Ich, ich tue es nicht. Sie können unbesorgt sein. Man hat mich nicht zu einem Mächtigen gemacht. Ich bin nur ein Riese mit vierschrötigem Geist. Ich zahle meinen Tribut an die Menschheit. Sie würde mich sonst mit Dynamit in die Luft sprengen."

Ich sagte nur so viel, ich wolle nicht dabeisein, wenn er ihn zerschneide. Ich wolle verhindern, daß er ihn zerschneide.

„Davon verstehen Sie nichts", sagte er, „Sie verstehen ja nichts von den Gesetzen. Man braucht überhaupt nicht auf Sie zu hören. Sie würden nicht einen zweiten finden, der auf Sie hört. Sie haben nicht einmal Verstand genug, um ausdrücken zu können, was Sie hier wollen."

Ich schwieg. Ich hatte mich noch nicht gefunden.

„Ich bin ein schlechter Arzt", fuhr er fort, „das ist etwas Gemeinsames mit den meisten Ärzten. Aber ich bin auch nachlässig im Beruf und unehrerbietig gegen die Krankheit; ich versage ihr meine berufliche Hochachtung. Damit werde ich zum besseren Diener der natürlichen Kräfte. Die Heilkunst ist ja so rückständig. Es werden überall Medizinalbeamte eingerichtet, eine Bürokratie der chemischen Fabriken. Die Krankenhäuser werden für die Ärzte gebaut, damit sie zu besseren Herren werden, nicht für die Kranken."

Er sprach langsam, gleichsam über lange Zeiträume verteilt, ohne doch zu stocken oder in seiner Offenheit schwankend zu werden. Er wandte nur eine Vorsicht an: mich nicht aus den Augen zu lassen. Ich schien ihm ungefährlicher, je länger er sprach, je mehr er sich bloßstellte.

„Sie sind ein Ausländer", sagte er, „wahrscheinlich einer jener haltlosen Reisenden, die unfähig sind, das Gewicht der Ereignisse abzuschätzen. So sitzen Sie einem unbekannten Arzt gegenüber und hätten nicht gedacht, daß es so kommen könnte. Was wollen Sie von mir? Was geht Sie der Tod dieses – dieses schwarzen Tieres an? Was haben Sie damit zu schaffen?"

„Es ist meine Sache", sagte ich, „ich möchte ihn sehen. Ich habe bis jetzt nicht den Mut gehabt, genau und fest hinzuschauen. Ich möchte, daß der Leichnam begraben wird."

„Fürchten Sie, daß ich nichts von ihm übriglasse, wenn ich ihn zerstückele?" fragte er.

„Ja", sagte ich kurz, „ich kenne Sie nicht. Sie haben, zwar entsinne ich mich nicht genau, allerlei angedeutet."

Er erhob sich, trat zu mir, packte mich wieder, stieß die Tür auf, die der anderen, durch die wir eingetreten waren, gegenüber war.

Wir kamen in einen weiß getünchten großen Saal. Er war niedrig. Der Fußboden war ziegelrot. Quadratische Sandsteinfliesen bedeckten ihn. Es war nicht ihre natürliche Farbe; sie waren mit einem roten Mehl, das an ihnen haftete, bestrichen. Das Licht drang von der Decke her durch Milchglasscheiben. Die Wände waren kahl. Nur zwei kleine Schränke, aus Spiegelglas gefertigt, die ärztliche Instrumente enthielten, standen wie zwecklos gegeneinander gewinkelt in einer Ecke. In der Mitte des Saales, gleichsam überdeutlich unter dem Licht von oben, ein Stuhl und ein Tisch. Auf dem Tisch lag der tote Augustus.

„Hier ist er", sagte der Arzt, „die beste Beleuchtung, die man sich wünschen kann. Sofern Sie durchschnittliche Sehkraft besitzen, wird Ihnen nichts entgehen."

Er stieß mich zu dem Toten.

„Ich stehe Ihnen Rede und Antwort", sagte er noch. Dann setzte er sich auf den einzigen Stuhl.
Das Licht fiel mit furchtbarer Unablässigkeit auf das menschliche Fleisch, das langsam seine Süßigkeit verlor, auf die gräßliche Wunde, die schon bitter war, durch und durch. Ich sah die beginnende Verjauchung. Mit einem Schrecken, der unvergleichlich war, daß das mit Gas gefüllte Gedärm sich in der offenen Wunde bewegte. Meine Angst war so ohne Grenze, daß nur das Zugreifen meiner Hände mich davor bewahrte, einen tierischen Schrei auszustoßen. Ich faßte in die Verstümmelung hinein, gleichsam, um eine Erscheinung zu bannen, die mich mit Vernichtung bedrohte.
„Wir müssen die Leiche kühlen, wenn sie sich noch länger unverändert erhalten soll", sagte der Mann auf dem Stuhl.
Meine Finger indessen hielten einen aus dem Bett der Muskeln herausgeschleuderten Knochen.
„Ich löse ihn für Sie heraus", sagte der Mann auf dem Stuhl, „ein Teil des Beckens, mehrfach gebrochen. Eine Erinnerung aus dem tiefsten Innern eines Menschen."
„Nein", sagte ich entschlossen.
„Doch", antwortete er, „das wollen Sie. Es ist ein greiser Wunsch in allen Menschen, einen Teil des geliebten Toten bei sich zu bewahren."
„Ich will nicht, daß er zerstückelt wird", sagte ich noch einmal bebend.
„Die Zerstückelung hat das Schicksal besorgt. Wir nehmen nur die losgebrochenen Scherben."
Mit zwei geschickten Schnitten löste er die Bänder der Muskeln. Den mit Fleisch bemoosten Knochen legte er dem Toten auf die eherne Brust. Ich sagte: „Nun ist es genug. – Mein Taschentuch ist fort. Leihen Sie mir bitte das Ihre. Wir werden einander nicht verstehen. Ich habe mich dazu nicht gedrängt, diesen Menschen zerfetzt zu sehen. Ich muß die Wunde bedecken."
Er reichte mir ein großes, zusammengefaltetes sauberes Taschentuch. Ich legte es über die Wunde. Ich sah, das weiße Tuch wurde plötzlich schwarz wie Kohle. Ich fand mich in den Armen des Arztes wieder. Er hielt mir einen Wattebausch mit Äther getränkt unter die Nase. Er trug mich wirklich wie ein Kind an seiner Brust.

„Bin ich ohnmächtig gewesen?" fragte ich ihn.
„Sie sind umgefallen. Ihre Nerven sind schlecht. Sie denken zu viel. Wahrscheinlich leben Sie ungesund, im Widerstreit mit Ihrer eingeborenen Veranlagung."
„Vielleicht", räumte ich ein.
„Merken Sie sich eines: so oder so, wir alle gelangen, jeder zu seiner Stunde, in den Zustand dieses Toten. Meistens legt man ein Tuch oder dunkle Erde über die sichtbare Auflösung. Das haben Sie, in einem frommen Gefühl, soeben auch getan. Ihre Handlung mißlang, wenn man sie als eine Täuschung Ihrer selbst auslegen will. Die Lehre ist Ihnen nicht entgangen. – Ich habe viele Menschen sterben sehen. Mein Umgang mit Leichen ist nicht oft intim gewesen. Ich habe, wenn immer es mir möglich war, einen Abstand der Mißachtung aufrechterhalten. Aber die Scheußlichkeit der Verwandlung hat sich mir aufgedrängt. Es gibt nur ein Lebensalter, in dem wir appetitlich sind, die Jugend, sofern uns in diesen guten Jahren Krankheit nicht rachsüchtig aufstöbert. Vom Samenerguß der Väter bis zur Fäulnis, das ist unser Weg. Eine große moralische Menschheit widerspricht mir. Sie muß mir widersprechen. Sie ist nicht mutig genug, nur ein Teil der Natur zu sein. Sie bemüht sich, einen Gott zu verteidigen, der dieser Hilfe nicht bedarf. Für *Ihn* ist die Natur ein Instrument, das Laute und Mißlaute gibt. Indessen: die erträumte Leiter, die bis in die Wolken reicht, das ist die zeitliche Erfindung eines schlecht gepflegten Gehirns." –
Ein schrankenloses Vertrauen zu dem grünäugigen Riesen erfüllte mich plötzlich. Ich verriet mich. Ich sagte: „Ich will noch einmal die Haut über der metallenen Brust sehen. Und das Gesicht, den Schatten der Vergangenheit."
„Zeit ist immer das gleiche", sagte er, „der Ort des Vergangenen. Was Sie an dem Toten suchen, ist schon dahin. Ich werde ihn gefrieren lassen. Ich werde ihn für Ihre Augen aufbewahren, bis der Ekel Sie heimsucht. Fleisch ist ein schlechtes Material, um Statuen daraus zu machen."
Mir war nun, als hielte er mich in seiner Liebe. Freilich, ich kannte die Art seiner Liebe nicht. Aber war es nicht immer vermessen, nach der Art der Liebe zu fragen, die so empfindlich ist, daß sie an einem falschen Wort in Asche zerfallen kann? –

„Ich will, daß er begraben wird“, sagte ich mit äußerster Anstrengung.
„Haben Sie vernommen, was ich gesagt habe?“ fragte er mich.
„Ich habe es sogar begriffen“, sagte ich krampfhaft, „ich habe die Versuchung begriffen. Ich stehe in der fürchterlichen Schuld, daß ich wie mein Gegner werde.“
Im gleichen Augenblick stürzten mir Tränen wie Quellen aus den Augen. Mein Sehen löste sich auf. Bogenförmig bog sich das Gerade. Ich neigte mich über den Toten und küßte ihm den Mund, die Stirn, die Brust. Ich umschlang ihm die Schultern. Was mir nicht gehört hatte, in dieser Sekunde riß ich es an mich. Es war mein Leichnam; über dem stillen Herzen beweinte ich alles, was ich je verloren.
Ich wurde sehr schnell ruhig. Ich sagte: „Würde er mir mehr bedeutet haben als das Geringe, mein Schmerz würde nicht anders sein. Als Kind habe ich einmal einen ganzen Tag lang über eine tote Katze geweint. Damals war ich ohne Erfahrung. Jetzt weiß ich doch schon, Geliebte und Freunde werden voneinander getrennt.“
„So ist es“, sagte er milde.
„Ich will ihn also begraben. Ich bitte um Ihren Rat. Ich bin hier fremd.“
„Besitzen Sie Geld? Können Sie die Kosten für ein Begräbnis bezahlen?“
„Ja“, sagte ich fest.
„Können Sie meine Bemühungen in dieser Sache bezahlen?“
Ich blickte ihn unsicher an, nicht verstehend; doch wagte ich keine Frage. Ich antwortete zögernd: „Ich hoffe es.“
„Nämlich“, sagte er, „heute geben wir einander gute Worte. Nach drei Tagen sehen wir einander nicht wieder. Die Erinnerung ist eine magere Kost und wird geschmackloser mit den Jahren. Ich habe mein Geschäft, und meine Stunden sind Geldeswert. Ich besitze die Autorität meiner Gelehrsamkeit und den Wert meiner beträchtlich hohen Stellung. Ich wünsche nicht schlechter zu leben als andere, deren Befassung nichtsnutzig ist.“
Er sah mich durchdringend an. Langsam begann ich zu begreifen. Die Liebe war schon zu Asche geworden.

„Sie müssen Ihr Honorar selbst bestimmen", sagte ich fest, und zweifelnd fügte ich ein „zwar" – hinzu, und die Worte erloschen mir an einem Bündel von Verdächten.
„Nun", sagte er, mich ermunternd, „ist das alles? Ich muß wohl damit rechnen, daß Sie ein Erzlügner sind?"
„Sie können den Inhalt meiner Brieftasche erhalten", stotterte ich, „und kämen damit auf die Seite der Sicherheit. Ich aber lieferte mich aus."
„Man kann sich auf halbem Wege entgegenkommen", sagte er schlau.
„Ich sehe Ihr Gesicht nur halb wie das der Nonnen in ihrer Tracht. Ihr Bart ist wie ein Gebüsch, das einen hindert, in das Vertrauen hineinzufliehen", sagte ich verzweifelt.
„Sie mögen von meiner Maske denken, was Sie wollen. Mir erscheint sie unerläßlich. Wenn wir uns nicht einigen können, möchte ich die Unterhaltung abbrechen."
Die letzten Worte hatte er drohend gesagt. Er wandte mir den Rücken zu und schickte sich an zu gehen. Ich sprang ihm nach, ergriff ihn bei den Schößen seines weißflatternden Mantels.
„Bitte", bettelte ich, „es ist ein Mißverständnis."
„Ein Mißverständnis? Wieso?" schnob er.
Ich sah, er verwandelte sich in die Unbarmherzigkeit.
„Ich weiß nicht, was ich getan habe", stammelte ich.
„Sie sind ein Lümmel", sagte er.
„Ich höre Ihren Vorwurf; aber ich erkenne meinen Fehler noch nicht", sagte ich mit Tränen in der Stimme.
„Mich mit einer Nonne zu vergleichen", wetterte er, „nachdem ich Ihnen vertraut habe."
„Es entfuhr mir", versuchte ich ihn zu beruhigen, „ich fühlte mich so rechtlos."
„Rechtlos?" Er lachte breit. „Rechtlos? Rechtlos? Jeder ist rechtlos. Jeder auf seine Weise. Rechtlos ist ein König, wenn ein Feind ihn besiegt hat. Rechtlos ist der Richter, wenn er angeklagt wird. Rechtlos ist der Untertan, wenn er vor dem Gesetz steht. Rechtlos ist das Tier, wenn es gefressen wird oder aus der Wildnis in den Stall oder in die Falle gerät. Rechtlos ist der Gestorbene, denn er ist weniger als ein Gegenstand. Rechtlos ist der Baum, denn man raubt ihm seine Frucht und fällt ihn. Rechtlos ist der Stein, denn man zerschlägt ihn. Im Recht sind nur die Sterne, denn

Menschenhände können sie nicht pflücken." Mit rollender, furchtbarer Stimme fügte er hinzu: „Gott ist ein männlicher Gott. Er trägt einen Vollbart seit altersher. Und der Mann ist ihm ähnlich.".

Merkwürdigerweise ließ er sich wieder auf den Stuhl nieder. Ich war überwältigt vom Höhnen in seiner Stimme. Ich zog meine Brieftasche und gab ihm, was sich an großen Scheinen darin befand. Er wurde milde wie ein Sommerabend, den kein Wind durchfliegt.

„Wir sind noch nicht miteinander fertig", sagte er, strich das Geld ein, erhob sich, nahm mich bei der Hand, zog mich durch den Saal, führte mich hinaus, eine Treppe hinab, in einen dunklen Kellergang. Bleierne Kälte strömte uns entgegen. Ich dachte, daß ich zu einer unbegreiflichen, schattenhaften Richtstätte geführt würde. Aber ich versuchte nicht zu fliehen. Es wäre auch vergeblich gewesen. Er schloß eine umständlich verwahrte Tür auf. Er hieß mich in die Finsternis vorangehen, ließ die Tür wieder ins Schloß fallen, stieß mich noch ein paar Schritte vorwärts. Die Finsternis wölbte sich zu Spanten, zu einem Arsenal weißlicher Särge. Ich griff nach der Hand des Arztes, angstvoll. Und fürchtete sogleich, daß eben diese Hand mich erwürgen würde. Ich wußte schon, wie es war, erwürgt zu werden.

„Gehen Sie noch zwei Schritte vorwärts", sagte er, „ich werde Licht machen."

„Ich kann nicht", sagte ich mit enger Kehle, „vor mir ist ein Eisblock."

„Ganz recht", sagte er, „diesen Eisblock möchte ich Ihnen zeigen."

„Er wird mich einfach abtun, auf seine Weise –", dachte ich. Und gleichzeitig: „– sie nennen ihn den Alten. Warum nennen sie ihn nicht Feuerbart?" –

Er tastete sich durch den Raum. Irgendwo an einer Wand fand er den elektrischen Schalter und bewegte ihn. Eine Sonne, kugelrund, mit flammenden Protuberanzen, wurde erschaffen, regenbogengoldene Strahlen, wie funkelnde Eiszapfen, blitzten in die Finsternis hinein. Geblendet schloß ich die Augen. Ich öffnete sie wieder im Schutz einer beschattenden Hand. Weißgelb vor mir, enthauptet und mit abgeschlagenen Armen, mit jungen Schenkeln, mit apfel-

gleich gewölbten Brüsten lag vor mir auf einer metallenen Pritsche das Bild aller schlafenden reglosen Menschenweiber. Ich sah noch, die Haut war bereift, einziges Zeichen des Todes. Und die Wunden; – doch sie sah ich nur halb.
„Ich bin in der Verdammnis –“, sagte ich zu mir –. „Dies wird niemals aufhören. Abgehackte Hände, bei den Ellenbogen abgehackt. Wie mit Äxten. Es ist unausdenkbar; aber es ist für mich gedacht. Wenn er mich ermorden will, soll er es sogleich tun. Ich bin wohl zu etwas anderem nicht zu brauchen. Kann man ein Mädchen zerhacken, wird man auch einen Mann zerhacken können. Er kann mich mit seinen Händen zerquetschen, wenn er will. Er wird es wollen. Jetzt. Oder nach einer Weile.“ –
Auch hier ein Stuhl. Auf ihn ließ ich mich nieder. Der Arzt war mir im Rücken. Er faßte meinen Kopf. – „Jetzt geschieht es –“, dachte ich.
Aber er sprach nur.
„Dies ist das schönste Menschenkind, das ich habe sterben sehen. Nicht entstellt durch Krankheit.“
„Wo ist der Kopf? Wo sind die Hände?“ fragte ich in meiner Angst und Betäubung.
„Die hat man mit allen priesterlichen Segen vor vierzehn Tagen zu Grabe getragen“, sagte er.
„Sie haben dem Leichnam Kopf und Arme abgeschnitten?“ fragte ich dumpf.
„Ja, warum sollte ich mich weigern, das zu gestehen? Ich bin ja Arzt. Es ist ein Teil meiner Rechte. Ich bin im Abschneiden von Gliedern allmächtig. Es ist Ihnen wohl bekannt, daß die Schlachter das Recht haben, Tiere zu zerlegen. Warum sollte mein Recht kleiner sein? Wo ich doch sogar über Lebende verfüge und, wenn es mir zweckmäßig erscheint oder ich es anordne, den Lebenden selbst wichtige Körperteile entfernt werden. Sie unterschätzen meine Macht. Freilich ist das nur der kleine Teil einer großen Machtausübung. Aber es handelt sich hier um meine Abteilung. Ich betrachte das alles ganz anders als Sie. Ich werde von Ihnen verkannt; aber es schadet mir nicht, es behindert mich nicht. Es ist nur zu Ihrem Nachteil. Sie sind zu unerfahren, um das zu verstehen. Aber es kommt wirklich auf Sie und Ihre Unerfahrenheit nicht an. Das verändert die

Einrichtung der Welt nicht. Die Einrichtung der Welt wird überhaupt niemals durch Einsprüche verändert, von wem auch immer sie kommen. Übrigens kommen die Einsprüche nur von den Unerfahrenen, den Unehrerbietigen, von denen, die nichts bedeuten. – Ich kann Sie, falls es Sie nicht langweilt, durchaus belehren. Und Sie werden mir hinterher recht geben. Es ist das Bedauerliche, daß Sie mit Ihrer Zustimmung immer erst hinterher kommen werden. Das ist natürlich sehr lästig. Damit machen Sie sich unbeliebt. Ich will nicht geradezu sagen, daß Sie damit abstoßend wirken. Man möchte Sie bemitleiden; aber Sie wiederholen Ihre Unerfahrenheit, und darin liegt die Beleidigung, mit der Sie sich alles verscherzen. Sie begreifen das natürlich nicht. Aber wer kann sich damit aufhalten, daß Sie es nicht begreifen? Es kommt ja nicht darauf an, daß Sie es begreifen. Immerhin, ich kann es Ihnen sagen, und Sie mögen das Gesagte verwenden, so gut Sie es verstehen. – Den bekleideten Menschen sind Kopf und Hände Ausdruck der Persönlichkeit. Kopf und Arme dieser vollkommenen Gestalt waren das Bekannte. Die Füße schon kannte man nicht. Die Füße stecken in Schuhen. Nur die Armen haben neben den Händen auch Füße. Knie sind fast so anstößig wie der Nabel. Man begräbt den sichtbaren Leib. Man begräbt Kopf, Arme und ein paar Steine. Der Kopf lag auf dem Kissen, die gefalteten Hände hielten ein Kreuz. Ein Totenhemd verbarg die Schnittstellen und den Steinersatz des Körpers."

„Das haben Sie mit Überlegung getan", sagte ich zerbrochen.

„Das gehört zu meinen Rechten. Sie sind sehr wenig aufmerksam. Ich muß mich wiederholen. Tote haben keine Rechte. Und ich hatte ein doppeltes Recht."

„Wer ist die Tote?"

„Gewesene Vollkommenheit, – gleich der gewesenen Unvollkommenheit. Man muß Ihnen auch alles erklären. Freilich, man kann dazu sagen, wenn etwas zum Gewesenen werden kann, hat ihm zum Vollkommenen etwas gefehlt. Das ist sehr einleuchtend. Das hat schon der heilige Anselm von Canterbury auf seine Weise in bezug auf Gott verdeutlicht. – Darum hat man den Körper also zerstückeln können, weil ihm etwas fehlte. Bronze schon hätte man

nicht so leicht zerstückeln können. Und ein von Dunkelmännern mit Farbe und Teer bestrichener Jemand, härter als Bronze und zäher als der zäheste Stahl, läßt sich ganz und gar nicht zerstückeln. Nicht einmal mit Worten, die doch schärfer sind als alle Messer und Meißel."
Ich hörte kaum auf ihn. Seine Worte suchten mich erst später heim.
„Wer war sie? Wer waren Kopf und Hände?" fragte ich vollkommen ungeduldig.
„Meine Tochter."
„Ihre Tochter?"
„Ja, meine Tochter. Wer wohl sonst sollte sie gewesen sein. Warum sollte sie es nicht gewesen sein?"
„Es ist ja ganz und gar unnatürlich", sagte ich, „es ist sehr unnatürlich, daß ein Vater seiner Kinder Kopf und Hände abschneidet."
„Und ich entgegne Ihnen, daß es sehr natürlich ist, daß es das Selbstverständlichste ist. – Wie können Sie, der so wenig versteht, es wagen, Anstoß daran zu nehmen? – Was soll man denn gar von Ihnen denken, daß Sie einen schwarzen Bruder haben? Vielleicht wollen Sie sich sogleich herausreden, das sei nicht Ihre Sache, das gehe nur Ihren Vater oder Ihre Mutter an? Doch man ertappt Sie sogleich, daß Sie für Ihren Vater und Ihre Mutter die Verantwortung haben. Sie haben sich bereitwillig ein Stück vom Beckenknochen Ihres Bruders schenken lassen. Außerdem wollten Sie so werden, wie Sie wurden, und haben so, wenn Sie sich dessen auch nicht mehr entsinnen, Ihren Vater und Ihre Mutter zusammengeführt."
Ich dachte jetzt, er müsse toll geworden sein. Ich erwartete das Gräßliche, schon mit der nächsten Sekunde. Er aber fuhr ruhig fort: „Schauen Sie getrost auf den Körper. Noch können Sie die Fastvollkommenheit der Formen wahrnehmen. Noch ist das Fleisch nicht eingetrocknet. Noch lügt das Eis ein kaum verloschenes Leben vor. Nur hie und da bereift sich die Haut, zerren und winden sich die Zellen. Ein Nebel von Aufgedunsenheit ist mit dem quellenden Eis gekommen. Vergessen Sie nicht, gefrorenes Wasser vergrößert das Volumen mit einem Zwölftel. – Jedoch, junger Freund, begatten können Sie meine Tochter nicht mehr. Sie ist eine kalte, sehr naturgetreue Statue, der man Kopf und

Arme abgeschlagen hat. Man kann sie schänden, doch nicht lieben."

„Sie sind abscheulich – furchtbar", ich stöhnte; das Widerliche wurde wie ein spitzes Eisen in mich hineingestoßen, „ich will diese Bilder nicht."

„Ich weiß, Sie möchten flüchten; es erscheint immer als das Leichteste", sagte er, „aber ausharren ist geradeso leicht. Sie wissen es nur nicht. Übrigens bestimmen wir selbst weder Standhalten noch Flucht. Sie werden von hier fortkommen, wenn ich es will, nicht früher, nicht später. – Des weiteren, täuschen Sie sich nicht wegen der Bilder. Wir sind mit Augen geboren worden. In uns allen sind die ewigen Narrenstreiche. In uns allen ist Verlangen. Aber die Erfüllung ist außer uns. Selbst den Mönchen kommt die Erfüllung von außen. Man täuscht sich so leicht. Wenn man sich ins Bett legt, meint man, man werde auch wieder aufstehen. Jeder wird bei dieser Vermutung einmal betrogen. Trennung und Abgrund, davon haben wir genug. Die Versöhnung ist eine Hoffnung, aber keine Gewißheit. Tränen, mein junger Freund, sie sind eine chemische Reaktion, ein Fluß der Erleichterung; sie helfen unseren Nerven, nicht unserem Geist. Gebete, Freund, sie sind wie Tränen, aber sie verändern das Schicksal nicht; sie finden keinen Empfänger. Vielmehr, der Empfänger läßt sie unbeachtet. Er versenkt sie in den Staub seiner endlosen Registratur.

Wir stehen in der Einsamkeit und wissen nichts. Wir haben kein Zeugnis von uns selbst. Nur wenn wir große Schurken werden, haben wir den kurzen Rausch des Verbrechens. Und mögen wir alle dazu berufen sein, auserwählt sind nur wenige. Es gibt nur wenige große Räuber und Mörder, nur wenige, die den letzten Tropfen Lust aus sich herauspressen. Die Masse, wir alle, sind schwächliche Schüler der verworrenen Stimmen in uns. Unser Weg zu Satan ist so kurz wie der zu Gott. Ein, zwei Schritte, dann zerren wir an der Kette unserer beschränkten Veranlagung. Wir sind, wie wir sind. Wir sind nicht ein Tropfen Wasser, auf durstige Erde gefallen; unsere Väter waren, wie wir, ohne Verantwortung. Wir stehen in diesen Sekunden und müssen darin sein, es ist, wie es ist; das Geschehen ist geschehen. Keine Engelsposaune ruft die Zeit zurück. Hier das Weib, über uns der Mann, keiner ruft sie zum menschlichen Leben zurück."

Er hatte sehr ruhig gesprochen. Mir war, als habe er sich im Schicksal des Menschen nicht einbefaßt. Als sei das leise ‚Wir' nur aus lauter Höflichkeit vorgebracht worden. Er schwieg jetzt. Ich war vollkommen willenlos geworden. Aber auch meine Wünsche und weitschweifigen Gedanken waren dahingeschwunden. Ich fürchtete nicht mehr, geschlachtet zu werden. Ich sagte zu mir selbst: „Das wird später einmal geschehen." –
„Ich habe mir Mühe gegeben, dies Leben zu erhalten", begann der Alte wieder, „ich wollte diese Schönheit fruchtbar sehen. Ich wollte ein Narr sein und Großvater werden." –
„So ist es wirklich Ihre Tochter?" entfuhr es mir.
„Ich glaube daran", sagte er, „glauben nur Sie daran, daß jener braunhäutige Mensch Ihr Bruder ist! Man hilft sich damit. – Sie aber wollte meinen Willen nicht. Sie liebte wer weiß wen. Ihr schwacher Kopf wollte wer weiß was. Sie wollte sich ganz verhüllen und eine Nonne werden. Sie wollte das Wort erfüllen, nicht das Leben. Ich gab ihr die besten Gelegenheiten zur irdischen Liebe; aber sie widersetzte sich. Da ich mächtiger bin als sie, fühlte sie, sie würde unterliegen. Um mir dennoch zu trotzen, um mich zu strafen, nahm sie Gift. So kam es, daß ich ihr Kopf und Hände abschnitt und von der Verwesung zurückhielt, was mir wertvoller schien als Kopf und Hand. Aber jetzt ist mir auch das schon fast gleichgültig. Bald wird es mir ganz gleichgültig sein."
Er stand plötzlich groß und stolz, steinern und fleischig zugleich vor mir. Seine grünen Augen brannten wie Sterne.
„Das Weib ist für den Mann geschaffen, geben wir sie zusammen. Bestatten wir sie in einem Sarg." Etwas leiser fügte er hinzu: „Sie muß fort."
Ich verstand ihn nicht. Er mußte es meinem Angesicht abgelesen haben. Er wiederholte streng: „Ihn, Ihren Bruder, und sie, meine Tochter, geben wir sie zusammen."
Ich sprang von meinem Stuhl auf.
„Nein", sagte ich.
„Sie sind schwierig", sagte er enttäuscht. „Immerhin", begann er nach einer Weile wieder, „Sie werden es nicht hindern können, daß sie gemeinsam bestattet werden, Seite an Seite. Sie können sowieso nichts verhindern. Ich kann mit meinem Seziermesser anrichten, was ich will. Ich kann den

Abfall in eine Tonne zusammenwerfen und abfahren lassen. Was wissen Sie denn von den Kirchhöfen? Dort liegt manches neben-, über- und durcheinander, Haß, Liebe, Unzucht, Blutschande, es ist alles Erde." Plötzlich donnerte seine Stimme: „Sie sind dumm, dumm, dumm. Als ob die Verwesung Ihres wäßrigen Bruders liebreicher röche als die anderen Fleisches!"

„Er könnte eine andere Geliebte gehabt haben", sagte ich mit Anstrengung.

„Weint sie um ihn? Tanzt sie nicht schon mit einem anderen Burschen? Sie wird bald mit einem anderen Burschen tanzen. Das ist doch selbstverständlich. Jedenfalls legt sie sich nicht als Teppich unter die Würmer, die aus seinem Herzen tropfen." Und er schrie: „Das schönste Weib als Kissen für den Kadaver eines elenden Burschen, den drei Väter zusammengemischt haben. Dafür möchte ich sterben, in diesem Augenblick."

Ich blieb durch die Stimme ganz unangetastet. Mir schwindelte nicht einmal, so daß ich den Mut hatte, ihn zu belehren.

„Es ist kein passender Liebhaber für Ihre Tochter", sagte ich, „es wird sich ein anderer finden."

Er schien außer sich zu geraten.

„Einen Sarg", brüllte er, „habe ich für das Mädchen bezahlt. Den Segen der Kirche hat ihr Kopf erhalten. Das Grab ist geschaufelt worden. Man hat Messen für sie gelesen. Weiter schulde ich nichts."

Unwillkürlich suchten meine Augen die Gestalt der Toten, die in eisiger Zerstückelung, doch als verführerischer Rumpf dalag. Und ich wurde schwach. Ich sagte ziemlich laut: „Ich bin überwunden. Man kann einen Sarg sparen."

Und wie ich es sagte, berührten meine Hände den augenlosen Körper, der nichts mehr abwehren konnte, dessen erstarrte Hände sogar entfernt waren. Eisig und hart stieß das runde Fleisch gegen meine Finger.

„Ich glaube, ich habe auch heute nichts gelernt", sagte ich zu dem Alten.

„Sie werden immer unbelehrbar bleiben. Aber Sie werden in dieser Welt nichts verhindern, ich sagte es Ihnen schon."

Er sprach es gelassen. Er hob mich vom Stuhl auf, als wäre ich eine Puppe.

„Kommen Sie", sagte er dann, „wir wollen Ihren Bruder hierher tragen, damit die beiden sich kennenlernen."
„Und beide steinern werden", fügte ich hinzu.
„Sie sind nicht ohne Erfahrung im Bösen", sagte er, „aber es wird kein großer Sünder aus Ihnen werden."
Wir luden Augustus auf eine Bahre und trugen ihn in den Keller. Der Arzt löschte das Licht und verschloß die Tür sehr sorgfältig. Er brachte mich wieder in das kleine Zimmer, in dem sein Verhör gegen mich begonnen hatte. Er saß wieder vor seinem Schreibtisch, ich auf der hölzernen Bank. Endlich sagte er, und seine Stimme klang so fremd, als hätten wir niemals vorher miteinander gesprochen: „Sie werden die Unkosten des Begräbnisses bezahlen. Da Sie hier fremd sind, werde ich den Grabplatz bestimmen, einen Priester benachrichtigen und einen Sargtischler beauftragen. –" Er sagte noch ein paar Sätze. Plötzlich war er verschwunden, ohne daß ich sein Fortgehen bemerkt hatte. In der Tür erschien eine dienende Schwester. Sie sagte mit geborstener Stimme: „Der Herr Professor läßt Sie bitten, das Haus zu verlassen. Er erwartet Sie morgen vormittag um 11 Uhr."
Sie hielt mir ein schwarzumrandetes Papier entgegen. Allmählich nur erkannte ich, was es bedeuten sollte: es war eine Kostenaufstellung. Und die Endsumme war hoch. Als ich mich anschickte hinauszugehen, händigte sie mir noch ein kleines, wohlumschnürtes Paket aus. Ich erriet den Inhalt sofort.

Ein starker würziger Duft stieg von den Feldern auf. Die Sonne stand niedrig. Der Dampf der Erde sehnte sich schon danach, als Tau in Tropfen zu gerinnen. Ich schritt hastig aus. Die furchtbare Ausschweifung meiner Seele hatte meine Erinnerung für kurze Zeit entblößt, dann ermattet und abgestumpft; in die Verliese der Hirnzellen oder des Marks meiner Knochen wieder versenkt. Ich dachte sozusagen nichts, keine Vorstellung plagte mich noch. Ich vergaß das Gespräch mit dem Alten ganz und gar. Die Häuser der Stadt sammelten sich allmählich um mich. Ich erkannte die Straße wieder, durch die wir, der Polizeibeamte, der hochmütige Maultiertreiber, Augustus und ich, vor wenigen Stunden gezogen waren. Und plötzlich, keinem Gedanken entsprungen, erfaßte mich Todesfurcht. Ich fiel, inmitten der Menschen, in eine Einsamkeit, in der es keine Hilfe gab. Und kein Entrinnen. Ein knisternder Wind saß mir im Rücken. Ich wagte nicht, mich umzuschauen, denn ich wußte, er hatte eine Gestalt. Ich begann zu laufen. Ich suchte Zuflucht in jener Kirche, in der ich vordem mit Gott gehadert hatte. Ich entsinne mich nicht, welcher Art Zwiesprache geführt wurde. Ich trocknete mir den Schweiß von der Stirn.

Eigentlich war die neue Unterredung auch gänzlich überflüssig. Die Entscheidungen waren gefallen. Ich glaubte mich zu entsinnen – ich weiß nicht, auf welche Weise und warum ich mich gerade in jenem Augenblick dessen entsann –, daß ich vor kurzem – wahrscheinlich erst im Laufe dieses Tages (bestimmt konnte es nicht länger her sein als seit Anbruch der letzten Nacht) –, es konnte im Wachen oder im Traum geschehen sein, *Ihn* von Angesicht zu Angesicht gesehen. Wir hatten miteinander gesprochen. Seine Worte waren so gründlich gewesen, daß ich sie nicht behalten konnte. Ich erinnerte mich ihrer auch nicht anders, als daß sie es gewesen waren und auf die merkwürdige Weise mittels ihres Schalls oder ihres Ausdrucks, doch nicht kraft des Inhalts der Begriffe, wirksam waren, noch immer da waren wie etwas Absolutes, wenn auch, entsprechend meinem Unverstande oder ihrer nochmaligen Unausdrückbarkeit, nur sehr verschwommen. Ich mußte *Ihn* also wahrgenommen haben. Doch schien es mir geradezu belanglos. Meiner Erinnerung jedenfalls mußte es belanglos erschienen sein, denn sie hatte *Ihn*, nach so kurzer Zeit schon, vergessen. Sie entsann sich nur noch seines Schattens, nur noch des Säuselns seines Schattens; es war das Fastnichts, das Unmittelbare vor dem Überhauptnicht. Die Dunkelheit sammelte sich im Raum, schwoll an und erfüllte ihn wie dicker Rauch. In der Ferne die funkelnden Augen einiger Ampeln. Ich lag auf den Fliesen, über den Grüften, über dem braunen Strom der Verwesung, den die Erde verbirgt. Ich redete hinab. Die Antworten verstand ich nicht und behielt sie nicht. (Es war ja auch überflüssig und eine Wiederholung, es hatte keinen Bestand.) Nur einmal fragte ich mich, ob *Er* wohl grüne Augen habe. Doch erkannte ich sogleich das Lächerliche dieser Frage, das geradezu Ungehörige. Am Ende, als ich gehen wollte, hob ich die geballten Fäuste und sagte: „Gott, es ist Unrecht geschehen. Es geschieht unablässig Unrecht in Ihrer Welt. In Ihrer Welt ist wenig Freude und viel Schmerz.“ Es war eine Feststellung ohne Leidenschaft und Überzeugung. Leidenschaftlich waren nur die erhobenen Hände. Ich ging an die Tür. Der Griff saß hoch, fast in der Höhe meines Kopfes. Er war von gewöhnlicher Form, aus Messing gedrechselt. Ich sperrte die Tür weit auf. Der Dunst der Straße mischte sich mit dem kühlen des Weihrauchs. Als einer, der bis an sein Lebensende dem Gebet entsagen wollte, schritt ich die Stufen bis zum Straßenpflaster abwärts. Ich murmelte vor mich hin: „Ich bin *Ihm* begegnet; aber ich bin nicht sein Diener geworden. Ich bin nicht blind genug.“ Mein Kopf war leer. Es stand niemand da, der mich erwartet hätte. Der Wind knisterte nicht mehr. Meine Finger umkrallten das kleine Paket, das eine Reliquie barg.

13 Gestohlene Pferde

Als ich ihn das erste Mal sah, den Pferdedieb Anker Oyje, erweckte er widerwärtige und jämmerliche Vorstellungen in mir. Er ging, ein großes Jagdgewehr geschultert, in Begleitung zweier anderer Männer, ebenfalls bewaffnet, durch Vangen – und zwischen zwei Fingern hielt er die Beute, ein kleines Eichhörnchen. – Er war ein großer Mann, ungemein knochig, mit bretthharten Muskeln. Er hatte flache rote Haupthaare, die fettig schwer und schmutzig von Schweiß und Tierdung waren. Die Stoppeln seines Bartes, bleichrosa, gelb und braun, saßen wie kleine Spieße auf der wattigen Haut und bewirkten, daß man deren Farbe nicht sogleich erkannte: sie war weiß. Im Antlitz stand nichts geschrieben. Es war leer. Eine unsagbare Ausdruckslosigkeit. Nur das beginnende Alter hatte ein paar Beilhiebe angebracht. –

Stand er in Vangen auf dem Marktplatz, erzählte er jedem, der es hören wollte, er hat seine Hausfrau aus Dankbarkeit geheiratet. Und er ließ durchblicken, daß er ein Bursche von Saft und Kraft gewesen. Etwas für die Augen. Unterdessen war er gröber und knochiger geworden, seine Hände waren verwildert. Er verschwieg, was er gewann, wenn er herausstellte, was das Weib gewonnen. Es lag ihm nicht. Er hatte es vergessen. Es war unwichtig und gewöhnlich. Ein gut gewachsenes Mädchen mit schwarzem Haar. Und der richtigen Menge glatter und fester Haut. Darüber war kein Wort zu verlieren. Sie war hübsch, und er kam dabei zu Haus und Hof, der Bettelmann. Es war nur ein gewöhnliches Glück, genau betrachtet. Er sprach, als ob die Hochzeit gestern gewesen wäre. Oder vor einer Woche. Er unterschlug die Jahre. Er ruhte in sich. Niemand konnte ihm etwas anhaben, kein Ereignis ihn verändern. Er war ohne Aberglauben. Gott war ihm nicht begegnet. In die Hölle spie er sowieso. Es gab kein Erschrecken in ihm. Der Wind war ein Wind. Und der Fjord ein Loch voll Wasser. Und wenn die Berge polterten, dann war es Geröll oder Schnee oder ein Erdbeben. Oder eine Kuh, die abstürzte. Ertrank

jemand, dann war er mausetot, ungegerbtes Fell oder so etwas. Und der Gleichmütige hätte ganz gerne zugesehen, wie die Fische den anderen fräßen.
Über das eigene Gesicht hatte er keine Gewalt. Es war außer ihm. Es war ohne Teilnahme. Furchterregend durch den unbegründeten Mangel an Schönheit und Häßlichkeit gleichermaßen. Einmal erschien es mir, als ob es zusammengestaucht sei, der Mund war tief geschnitten und verbreitert, zwei Faltenrinnen standen an der Stirn. Die Ohrmuscheln glichen selbständigen Wesen, listig und bleich. Er grinste. Aber am Hotelgitter ergoß sich ihm der Inhalt seines Magens aus dem Munde. Er hatte Brennsprit oder Dünnbier mit Koksstaub getrunken.
Ihn kümmerte der Verfall nicht. Am wenigsten sein eigener. Er konnte nicht dafür, daß die Jahre der Menschheit zu Tausenden umherlagen. Ihm kamen keine Zweifel an der Stichhaltigkeit seiner Lebensauffassung. Seine Zukunft war rund, und in seinen Knochen würde noch Musik sein, wenn sie in die Grube hinabpolterten. Da er keinen Aberglauben besaß, gab er sich nicht mit den Sternen ab und nicht mit den Trollen in der Erde. Er las nicht eine Zeile Gedrucktes. Er ging nicht in die Kirche. Er hörte niemand bis ans Ende an. Er kannte keine Reue. Er fand an sich nichts zu verbessern. Für die Entfaltung des eigenen Lebens waren somit Tag und Nacht gleich angenehm. Er schlief in der Sonne und arbeitete unter dem Mond. Er arbeitete indessen nur obenhin und mit Zurückhaltung. Lasten und Plagen und den unablässigen Streit mit dem Tagewerk lud er dem Weib auf. Er hatte also sein Leben so bequem eingerichtet, wie es gehen wollte. Daß die Bequemlichkeit nicht vollkommen war, ahnte er wohl.
Wenn er durch den Ort trabte und auf die elenden Hütten an den Außenwegen schaute, fand er nur bestätigt, daß er Glück in seinem Leben gehabt hatte. – Die braune Brühe des Tierdungs stieg in den morschen Holzplanken hoch. Kinder, die umherstanden, waren weiß im Gesicht. (Das war das seine auch; aber es war kein Zeugnis eines Mangels an Kraft, es war ein Beweis seiner Kraftverschwendung, seiner bedenkenlosen, zustoßenden Preisgabe an die Vergnügungen der Ehe und des Trunks.) Die Tür war niedrig. Erwachsene mußten sich bücken. Jemand lag krank auf einer

Pritsche. Der Mann, hustend, großäugig, mit zitternden Händen. Oder das Weib, das keine Gestalt mehr hatte. – Sigurd und Adrian und Anna waren im letzten Winter gestorben. Er war in einer solchen Stube geboren worden, die so heimtückisch die Menschen verbraucht. Armut, gegen die kein Beten half. Wie er erfahren hatte. Sich zu betrinken, war schon besser. Es war vor dieser Zeit bewiesen worden. Ein Faß Salzheringe und die wenigen großen mehligen Kartoffeln, die irgendwo wuchsen, mußten einen langen Winter lang als Nahrung für die ganze Familie reichen. Höchstens noch ein paar Tropfen Milch von einer feucht stinkenden Ziege. – Er dachte an die Luft in den Löchern. Da konnte kein Kerl heranwachsen, wie er einer geworden war. Das war zu begreifen. Da mußte das Glück ihm unter die Arme fassen.
Und es hatte die Mitfresser, seine Geschwister, beseitigt – bis auf den älteren Bruder. Als noch zwei jüngere Nebenbuhler ums tägliche Brot lebten, in schneller Reihenfolge nach ihm geboren, gingen ihm die Muskeln von den Knochen. Und das Wachstum verdünnte das Blut. Nun, der Tod sammelte die kleinen Menschentiere ein.
Anker Oyje lernte es auch, sich selbst zu helfen, sich im Sommer für den Winter aufzupumpen. Betteln, an fremden Türen naschen. Fressen, was man findet. Käsekanten oder Speck. In manchen fremden Küchen steht zuweilen ein Topf mit Rahm. Unbewacht. Er schlug sich durch. Als er so alt geworden, daß er die unbedachten oder geilen Mädchen bedienen konnte, brach eine größere Zeit an. Es gab auch da manches zu lernen. Und die Mühsal war nicht immer gering. Wie viele Nächte hatte er auf nackten Felsen schlafend zugebracht! Eine Kugelschale voll Sterne stand bei Dunkelheit über dem Hochland. Wenn man die Lider schloß, blieb etwas der Kugel im Gehirn zurück. – Doch die Saeterhütten waren angenehme Aufenthalte. Wegen der Pritschen und der Decken darauf. Wegen des Feuers. Der Milch. Des Dörrfleisches. Der Brotfladen. Wegen der Mädchen. Geben und nehmen, es machte ihn breit, stark, gewitzt, schlagfertig. Brauchbar für das schäbige Dasein. Er lebte nicht im Überfluß. Er empfing nur Brocken. Genau betrachtet, sauer verdiente. Er wurde ein leckerer Bursche. Einmal bekam er den Mund vollgestopft. Da wurde der letzte Winkel seines

Wanstes gefüllt: als er heiratete. Ihm hätte flau und schlapp werden können vor Überraschung. Ach, er hatte das Saufen gelernt, ehe er dessen inne wurde, daß auch das Glück etwas Beständiges sein kann, wenn man ausersehen ist.
Eines Sonntags war man im Boot nach Flaam gefahren. Kerle und Mädchen. (Damals war die Frömmigkeit noch nicht würgend über die Lust gekommen.) In Flaam begann ein Saufgelage. Die Mädchen fürchteten, daß es zu einer Schlägerei kommen würde. Sie stahlen den Kerlen heimlich die Dolchmesser. Sie wollten nach Hause. Sie begannen zu schelten und zu flennen. Sie schleppten die Burschen nach den Booten. Stießen sie hinein. Setzten sich selbst an die Riemen. Wriggten und patschten mißmutig. Die Boote trieben langsam an der Küste entlang. Da geschah es, daß der hirnlose Kerl Anker Oyje sich im Boot aufrichtete; er stellte den schweren Oberkörper auf die unsicheren Beine. Er wollte ein Beispiel an Kraft geben. (Man hat mir gesagt, er wollte nur pissen.) Da kippte er um. Schlug mit den Schenkeln auf den Bootsrand, daß das Fahrzeug zu kentern drohte. Er sank im Wasser wie ein Stein. Tauchte neben dem Bootsrand wieder auf. Und das dunkelhaarige Mädchen, das ohne Geliebten mit auf den Ausflug gegangen war, nur in der Begleitung einer Kameradin, das gleichgültig gegen diesen einen und gegen alle anderen war, das sich nicht erregt hatte und nicht trauerte, dies Mädchen streckte die Hand aus und faßte den Mann bei den ziemlich langen roten Haaren. Sie war grausam genug, beträchtlich lange nichts weiter zu tun. Die übrigen ruderten. Und die Dunkelhaarige hielt den Betrunkenen am Schopfe. Strudelte ihn im Wasser neben dem Boot her. Der Mann wurde nicht nüchtern. Er rührte sich nicht. Er schien zu schlafen. Nachdem die allgemeine Erregung abgeklungen war, zogen die Mädchen ihn mit vieler Mühe in das Boot hinein. Dann ließen sie ihn liegen, wie er lag.
An diesem Tage geschah nichts weiter. Man kam an. Die Burschen torkelten an Land. Die Mädchen zogen die Fahrzeuge auf den Strand. Sie ekelten sich. Der Durchnäßte kroch in einen Schuppen. (Wie die meisten Burschen seines Alters konnte er nicht schwimmen.) Am nächsten Tage erfuhr er die Geschichte seiner Gefahr und seiner Rettung. Gut. Vielleicht überlegte er sich einiges. Zufälligerweise

traf er auf die Schwarzhaarige. Er sprach sie an. Er war frisch. Sein Gesicht war glatt. Er sagte: „Ich will dich heiraten." Sie antwortete nicht. Er war ein ungelernter Stümper. Ein geringer Mann. Dazu ein Säufer. Sie brachte zwei Höfe mit in die Ehe. Sechzehn Kühe und Kälber, ein Rudel Schafe und zwei Pferde. Nach einer Woche begegneten sie einander wieder. Er sprach sie abermals an. Er schien gewachsen. Er zeigte seine nackte Brust, weil es heiß war. Er sagte: „Ich will dich heiraten." Sie antwortete ihm nicht. Doch blieb sie stehen. Sie waren ziemlich nahe beieinander und bewegten sich nicht. Endlich sagte er noch: „Ich habe nicht getrunken. Mit dem Saufen ist es vorbei." – „Ich weiß es", antwortete sie. Dann ging sie davon.
Sie setzte ihrem Onkel, der ihr Vormund war, hart zu, er solle seine Einwilligung zu dieser Heirat geben. Er hatte viele Gründe dagegen. Aber er ließ sich erweichen. Er erkannte Vorteile für sich. Vielleicht konnte er einen Hof gewinnen oder gar zwei – wenn die Ehe unglücklich auslief. Er dachte nicht an Betrug. Er erwog nur Möglichkeiten. Das Mädchen gab dem Burschen das Eheversprechen. Sie kamen im Dunkeln nicht zusammen. Sie gab ihm Geld, damit er sich einkleide. Und Ordnung in seine Tage bringe. Bei der Hochzeit zog er auf den Hof, den sie unter den zweien ausgewählt hatte. Erst von diesem Tage an nannte er sich Oyje, nach dem Hof; vorher hatte er Vangen geheißen. Den zweiten Hof, der weit ab im Underdal lag, behielt der Onkel in Pacht.
Daß er ein Weib zudecken konnte, das hatten andere schon erfahren. Daß er unablässig die Treue hielt, das erntete sie allein. Während sie glaubte, vergehen zu müssen, schien es ihm, er gelange nur an den Rand des Genusses. Er wiederholte sich. Ihm fehlten die Schlüssel zu den Fortschritten. Er verstand nichts von den Verfeinerungen. Sein Glück war gering und fadenscheinig, genau betrachtet. Zwar, er hätte sich ein schöneres nicht wünschen können. Er war flach und leer. Es war sein Schicksal. Das wenige an Ertrag: nicht die Mühe wert, die es kostete. Nicht das morgendliche Aufstehen wert. Nicht das Indiekleidersteigen. Darum tat er den Mund auf! Und aß und trank und sog die Speisen aus wie eine Baumwurzel den Boden: daß er sich zu kleinen und unwichtigen Verrichtungen bereit fand! Zu einem tau-

ben Dasein mit einem dummen Kopf! Und mit einem Kadaver, der nichts wert war. Genau betrachtet. Nicht aus dem Bett wollte er. Sollte das Weib bitten, keifen und sich selbst zerschinden. Sollte in dieser Welt arbeiten, wer da wollte oder mußte. Er wollte und mußte nicht. – Es ging nicht gleich das ganze Lebenselixier auf die Neige.
Wenn ihm der Wind um die Nase ging und der feuchte Qualm einer Wolke oder eines Nebels sich weiß in Schwaden den Bergabhang hinunterwälzte, kühles prickelndes Wasser zerstäubend, konnten seine Gefühle, ein Gefangener des ungenügenden Glückes zu sein, so stark werden, daß er einem kranken Tiere glich, das keinen Arzt hat. Ausgestoßen. Er sagte sich, indem er auf einem ausgebleichten oder rostrot verwitterten Steinbrocken hockte: „Dort unten ist der Fjord. Dort oben sind schwarze Kiefern." – Er ermaß den achthundert Meter hohen Bergrücken zwischen den beiden Polen, die er nicht mehr sehen konnte. Er sah nur das weiße Undurchsichtige. Das Kaltnasse, Unbeständige, Gefährliche. Er war in der Mitte. Bei seinem Hof. Oder näher dem Fjord. Oder näher den Kiefern. Wie es sich traf. Jedenfalls war er in diesem Raum aus Dunst und Nässe allein, heimatlos. Und das Unfreundliche war auf ihn bezogen. Wasser tropfte von ihm. Und er hatte keine Lust, sich zu bewegen. Nach Vangen hinab oder auf seinen Hof. Zu den Kiefern. Oder zu den Kühen. Oder nach einem Grasschlag. Zudem war es Herbst. Oder dieser brünstige Frühling. Jedenfalls eine bedeutungsvolle Jahreszeit. Die Sonne war mit im Spiel. Der Wasserdunst war nur ein Teil. Er konnte das nicht ausdrücken. Er konnte es nicht einmal deutlich empfinden. Er empfand nur die leere Sucht zu fallen, die jeder Stein auch hat. Es machte ihn schlapp. In der Dunkelheit der Begrenzungen wuchsen die Ausmaße der Dinge an. Er fühlte sich von Riesen umgeben. Schwarze Baumstämme waren die Schatten der Riesen. Nichts Bedrohliches. Nur der Atem wird beschwert. – Augenblicke vergehen. Die Wolken gaben Regen. Der Nebel verdunstete. Die Bäume wurden, was sie waren. Kahl oder belaubt, mit gewachsenen Ästen. Der Mann wurde naß bis auf die Haut. Die Wasser quollen aus den Furchen der Steine, aus dem Wurzelwerk der Bäume hervor. Ein ungemütliches Glucksen und Rinnen oben und unten und rechts und

links. So verfiel er dem Laster der Faulheit. Es hatte ihn schon immer umkrallt gehabt. Aber er hatte es verbergen können. Solange es für ihn die plötzliche Flucht ins Bett, an die Seite dieser, die ihn gerettet hatte, gab, sei es bei Tag oder Nacht, so lange widerstand er dem Dämon zum wenigsten mit seinen Eingeweiden. – Eine Bäuerin kann nicht jederzeit vom Herd, aus dem Stall, aus dem Garten, vom Feld zu einem Taugenichts laufen und sich ins Vergessen fallen lassen. Vielleicht sah sie auch, wie ohne Gesicht er war, wie weit entlarvt. Durch und durch wurmstichig.

Da schlug nach manchen Monaten die Stimmung des Mannes um. Er trabte Tag für Tag in den Ort hinab. Er begann aufs neue, sich voll Schnaps zu gießen. In der Trunkenheit war er milde, willenlos, ein weiches Gerät. Als das bare Geld knapp wurde und der Knecht, den sie gehalten hatten, davonging, und ihre Mahlzeiten karger wurden; als er gewahr wurde, das Weib ekelte sich vor ihm, inmitten der Angst um ihn, erlaubte er sich Anfälle von Tobsucht. Er prügelte das Weib. Er erzwang sich Geld, um sein Laster fortsetzen zu können. – Das Kind wurde geboren. Er war gerührt. Er entglitt wieder in den unordentlichen Schmerz.

Es kam der Tag, wo der Onkel erklärte, der Hof in Underdal sei nun verpfändet. Da wurde die Frau hart. Sie sagte dem Trunkenbold, es sei genug, daß er einen Hof durchgebracht; den zweiten werde sie vor seinen Zugriffen schützen. So brach die Zeit des Stillstandes für ihn an, das gewöhnliche Leben, die Gnadenfrist vor seinem Tode. Das Dasein einer Muschel, die vom Abfall im Wasser ernährt wird. Und die Senkstoffe, die Algen, sie nehmen kein Ende.

Allmählich entwickelte sich die ihm eigentümliche Daseinsform. Die genießerische Selbstverständlichkeit des Tuns oder Lassens. Keinen Freund zu haben. Keine Geliebte zu haben. Keine Hoffnung und keine Verzweiflung. Gesund und gelangweilt. Und von allem doch nicht mehr zu spüren als einen unsäglich ausdruckslosen Schein. In den Bergen umherzustreifen, war nur ein Dahinbringen der Tage. Gelegentlich schoß er ein Schaf, weil er zu faul war, anderem Wild aufzulauern. So hatte der Haushalt Fleisch. Oyje war nützlich gewesen. –

Bis zum Môrkedal sind es sechzig Kilometer. Sechzig Kilometer über Granitbarren, auf und ab, in Kurven, zickzack zurückzulegen ist keine Kleinigkeit. Niemand tut dergleichen. Er unternahm es. Er führte ein Pferd am Halfter. Über die Berge. Wege, die niemand gegangen. Seine eigenen Wege. Das bedeutete ihm etwas. Außerdem war es nicht langweilig mit einem Pferd. Warmes Fell. Und aller Zubehör einer nicht niedrigen Kreatur. Er zog über die Berge. Er verkaufte das Tier in Laerdal. Er trollte sich zurück. Er hatte Geld. Er hatte etwas vor sich gebracht. Sein Gemüt war von bester Beschaffenheit. Es war nicht sein eigenes Pferd gewesen. Er wurde dreister. Die großen Tiere in den sommerlichen Bergen waren vor ihm nicht sicher. Wie leicht konnte ein Pferd abstürzen. Oder ein Schaf. Die Kühe sind unbeholfen. – Sein armer verkümmerter Bruder hatte es nach vieljährigem Darben dahin gebracht, daß er sich ein kleines Pferd halten konnte. Für die Fremden, wenn sie das Tal aufwärts fahren wollten. Anker Oyje verkaufte Svaerre Vangens, seines Bruders, Pferd. Es kam an den Tag. Die ununterbrochenen Bemühungen des gänzlich Ruinierten schufen Indizien. Er erstatte Anzeige. Der Amtsrichter ließ eine Akte auflegen. Das Ting befaßte sich mit der Angelegenheit. Der Dieb mußte in Urrland vor den zugereisten hohen Herren erscheinen. Er mußte einem sachführenden Rechtsanwalt Geld geben. Er leugnete. Er grinste. Er äußerte sich so unvollkommen wie möglich. Er bagatellisierte die Angelegenheit. Er sagte zu dem hohen Gericht, indem er mit den Fingern nach oben zeigte: „Siehst du, der Hof liegt hoch. Und das Pferd war beim Hof. Und das Pferd fraß mein Futter." Und er rechnete vor, was das Futter kostete. Und er hatte nur das schlechtere Pferd verkauft. Und das bessere für den Bruder behalten. Und das stehe noch auf dem Hof. Und der Bruder brauche es nur zu holen. Aber der Bruder sei ein Tölpel. Der sachführende Rechtsbeistand erklärte rundweg, daß überhaupt kein Diebstahl vorläge. Höchstens ein Tausch bei mißverständlicher oder ungenügender Verabredung. – Endlich fragte der Vorsitzende den Bruder, ob er mit der Aushändigung des offenbar noch vorhandenen Pferdes einverstanden sein würde. Das wurde bejaht. Und der sachführende Rechtsbeistand erwirkte einen Freispruch.

Oyje fand, daß er großartig in dieser Sache bestanden hatte. Nie würde der Bruder ein Pferd von ihm erhalten. Der arme Schlucker konnte die Futterkosten nicht bezahlen. Und würde er das Geld zusammenbringen, so würde man ihn hinhalten. Oyje war stolz auf sein neu entdecktes Talent. Er dürstete nach Triumphen seiner einfältigen Schlauheit. Er hielt seine gespielte Arglosigkeit für unwiderstehlich.

Eines Tages verurteilte ihn das Gericht wegen eines neuen Pferdediebstahls zu einigen Monaten Haft. Seine Durchtriebenheit im einfachen Gewande hatte ihm nicht geholfen. Sein Grinsen versteinerte sich. Er sah etwas Graues sich aufrichten. Nicht, daß ein wenig Gefängnis an ihm gezehrt hätte. Er dachte plötzlich an Frau und Kind. An den Hof in den Bergen. An die braune warme Stube. An Vieh und Äkker. An das Angenehme, das ihm alltäglich geworden war. In ihm hub ein Tumult an. Er riß den Mund auf. Er erklärte, das Gericht müsse sich den Spruch noch einmal überlegen. Er könne die Strafe nicht annehmen. Es werde Tote geben. Der Hof liege in den Bergen. Ein Weib und ein Kind könnten den Winter nicht allein bekämpfen. Und sommers nicht ackern und heuen. Es sei kein Kerl zur Hilfe, weit und breit. – Der sachführende Rechtsbeistand griff ein. Bei übergeordnetem Notstand müßten Freiheitsstrafen bis zu einem Jahr Gefängnis ruhen, gleichgültig, ob Bewährungsfrist zugebilligt worden sei oder nicht.

Er blieb auf freiem Fuß. Die Paragraphen waren für ihn. Nach Jahren wiederholte sich der Straffall. Wieder wurde er verurteilt. Wieder blieb er auf freiem Fuß. Er begriff, erschlagen durfte er niemand. Und nicht Feuer an Häuser legen. Keinen Straßenraub verüben. Das Gesetz hatte nur kleine Löcher. Nur bei einem großen Aufwand an Umsicht und Zurückhaltung konnte man hindurchschlüpfen. Er begnügte sich damit, Fremden als Führer ins Gebirge zu dienen. Einem Engländer, den er auf Rentierjagd begleitete, nahm er das Gewehr ab, raubte ihn aus und verschwand. Der Engländer konnte nicht darauf warten, bis ein Prozeß angestrengt wurde. Er wußte nicht einmal, mit wem er es zu tun hatte. –

Oyje erkannte, er konnte es nicht weiter bringen als bis zu einem gewöhnlichen Glück, bis zu kleinen Verbrechen. Er

sah etwas Graues sich aufrichten. Und er sann, wie er in die Umfriedung der Ordnung einbrechen könne, ohne Schaden zu nehmen. Aber sein Hirn war schwach, ganz unergiebig. Das Angenehme der Abenteuer wurde von den vielen Tagen und den vielen Nächten gefressen. Und schon war er den meisten Menschen widerwärtig.
Es ist schwer zu begreifen, warum die Frau den Mann ertrug. Aber sie ertrug ihn. Gewiß sah sie nur selten andere Kerle als diesen einen. Hoch im Gebirge lag der Hof. Keine Straße kam heran. Es ging von dem Manne etwas aus, was sie erregte und befriedigte. Dies Auf und Ab aus Begehren und Angst wurde immer wieder von ihm eingeebnet. Und dann kam eine Wunschlosigkeit über sie, von der nur die Bewohner einsam gelegener Stätten befallen werden können, weil sie, wenn dringende Pein von ihnen gewichen ist, kein Schicksal zu haben scheinen. Sie vergessen die Zahl der Mitmenschen, wenn sie je davon gehört haben. Das Zufällige ist weit fort. Die Nachbarschaft ist ein leerer Raum. Auch hatte sie ein Kind, einen Knaben, von dem Grobian. Nach der ersten Geburt blieb sie unfruchtbar. Nicht krank oder beschwert mit einer Entstellung war sie; nur verschlossen wie mit einem Siegel. Sie wurde fast närrisch vor Liebe zu ihrem Kind. Der Kleine war schön wie das Blatt an einem Baum und gesund wie der Quarzkiesel im Bach. In seinem kräftigen Körper konnte man die Gestalt seines Vaters vorausahnen. Doch die Augen des Kindes waren nicht wässerig himmelblau, sondern schwer und tuschschwarz. Es war eben ein anderer, aus Mutterfleisch gebaut. Und sie bereute nichts. Sie fühlte nur diese gestaltlose und ungeordnete Liebe, ohne die nichts wäre in dieser Welt, wie sie ein Stichling fühlt, eine Spinne, wie sie Kuh und Stute fühlen – zu dem allerliebsten, schönsten Knaben. Sie wob ihm die buntesten Kniebänder. Sie bedeckte das Gesicht des Kindes mit den Küssen ihrer feuchten Lippen. Sie kostete den kleinen weichen Mund aus und die wie eine Raupe behaarten Augen, und die zerknüllten knorpeligen Ohrläppchen, und die etwas unsaubere breite Nase mit den breiten Öffnungen. Sie ging hinaus in den Stall, um die Kühe zu melken. Sie roch die Wärme und den Dung und den Atem und das Fell der Tiere. Sie hockte nieder, stemmte den Kopf in die Flanken der Rinder, molk. Begann zu summen.

Sie beging Selbstmord durch Erhängen, als der Knabe herangewachsen war und sich wie ein junger Hengst zeigte. Ihre Liebe war schon außerhalb der Natur. – Ihr Sohn war scheu wie ein wildes Tier. Sein Blick, ich kann ihn weder vergessen noch deuten. Eine fremdartige Klage. Und ein Verwundern, daß es Traurigkeit gibt, die eigene. – Ich weiß, es besteht eine verschlossene Welt, stumm und ohne Bilder. –

Nachwort

Dem Kronisten bleibt kein anderer Ausweg, als die Existenz anzuerkennen – eine Höflichkeit gegen die Leser, sie im voraus zu warnen, sie werden wenig Erbauliches, wenig Hoffnung und Stärke für die eigene Seele in dem Buche finden. Für den Mutigen, der trotz der Verwarnung das Buch liest, erhofft der Erzähler einen Gewinn: daß er die Anschauung von einer neuen Art Mensch gewinnt, die noch recht unbekannt. Die nicht eigentlich gestaltet, vielmehr existent ist.

Hans Henny Jahnn: Perrudja
(Neudruck 1958)

Für die Kenner seines Werkes verbanden sich mit dem Namen Hans Henny Jahnn Theaterstücke wie „Pastor Ephraim Magnus“ (1919) und Romantitel wie „Perrudja“ (1929), die den Autor in den zwanziger Jahren bekannt gemacht hatten. Der Band „Dreizehn nicht geheure Geschichten“ (1954), der sich in auffallender Weise von den großen Romanen und Dramen unterscheidet, war für diese Leser kein Novum im eigentlichen Wortsinne mehr, denn sie entdeckten darin zum übergroßen Teil Texte wieder, die schon in „Perrudja“ und der Romantrilogie „Fluß ohne Ufer“ nachzulesen waren. Freilich nicht als „Geschichten“, wie sie nun im Sammelband firmierten, sondern als integrale epische Bestandteile eines Romanwerkes, in dem ihnen der Autor einen funktionell genau bestimmten Platz angewiesen hatte.

Für welche Lesart des für den Sammelband gefundenen Titels „Dreizehn nicht geheure Geschichten“ man sich auch entscheidet, der Schlüssel zu diesem Buch ist mit Sicherheit allein in der ungewöhnlichen Persönlichkeit des Autors zu finden, der hier vorgestellt wird: in seinem Leben und seinen Ansichten über die Welt. Über letztere hatte Jahnn (1894–1959), bevor die „Dreizehn nicht geheuren Geschichten“ erschienen, bereits mehrfach Auskunft gegeben und damit Widerspruch provoziert, so 1919, als sein in Nor-

wegen während des ersten Weltkrieges geschriebenes und später auch aufgeführtes Drama „Pastor Ephraim Magnus" der Kritik zu Augen kam, dann noch einmal zehn Jahre später, als sein Riesenroman „Perrudja" die literarische Öffentlichkeit herausforderte.
Zeit seines Lebens blieb Jahnn ein Außenseiter, dessen eigenwillige Werke sich keiner literarischen Strömung restlos zuordnen lassen. Sich vom Literaturbetrieb der Nazis distanzierend, ging er 1934 nach Dänemark ins Exil, bewirtschaftete einen Bauernhof und beschäftigte sich mit der Hormonforschung bei Schweinen. Die Nachfrage nach seinen Büchern war in jenen Jahren gering; Jahnns Suche nach einem Verleger für die im Exil geschriebenen Romane „Das Holzschiff" und „Die Niederschrift des Gustav Anais Horn" blieb lange erfolglos. So verwundert es nicht, daß seine Rückkehr in die deutsche Literatur, nachdem er sich 1950 wieder in seiner Heimatstadt Hamburg niedergelassen hatte und daranging, seine Romantrilogie „Fluß ohne Ufer" zum Druck zu bringen, nicht ohne Schwierigkeiten verlief. Bald stellte sich heraus, daß sein Verleger Willi Weismann wegen finanzieller Schwierigkeiten dieses Unternehmen nicht zu Ende führen konnte, auch bestand keine Aussicht mehr, andere Bücher von Jahnn in diesem Verlag herauszubringen. So begannen jene Verhandlungen, in deren Verlauf sein Werk „auf verschiedene Schultern" verteilt, wurde und bei Rowohlt schließlich die „Dreizehn nicht geheuren Geschichten" als „rororo-Taschenbuch" erschienen.
Obschon nur einer der hier versammelten Texte im strengen Sinne autobiographisch genannt werden kann, ist unverkennbar, daß es Jahnns Lebenserfahrungen sind, die in den Geschichten zur Sprache gebracht werden. Auch bedarf es keines Beweises, daß die Gedankenwelt dieser Prosastücke als eine begriffen werden muß, die in der Auseinandersetzung mit der Wirklichkeit dieses Jahrhunderts und nicht selten in der „Querstellung zur Umwelt" entstand, erkennbar an den Grundthemen, die in vielen seiner Werke wiederkehren und sie wie ein geistiges Netzwerk miteinander verbinden. Obwohl Jahnn die Stoffe, die es ermöglichen, seine Botschaften exemplarisch darzustellen, aus vielen Welten und Kulturkreisen herbeiholte, geben die

meisten seiner „Dreizehn nicht geheuren Geschichten“ unzweideutig Auskunft darüber, wo die Landschaft zu finden ist, die sein Schreiben und Denken bestimmt hat: in Norwegen. Es ist jenes Land, in dem Jahnn nach seinem Ausbruch aus dem Vaterhaus 1914 für mehrere Jahre Zuflucht fand und sich der Teilnahme am ersten Weltkrieg entzog. Aus dieser Welt stammen nicht nur die Namen vieler seiner epischen Gestalten und die Schauplätze, auf denen sich ihre Lebensgeschichten abspielen. Norwegen ist auch Jahnns „erstgeborenes Land“, in dem er zum ersten Male eine Antwort auf das zu geben suchte, was ihn in den Jahren jugendlichen Aufbegehrens und Protestierens heimgesucht und gepeinigt hatte. In einem Rückblick auf diese Zeit schrieb er: „Und ich beschloß, am Ende endloser, fürchterlicher Überlegungen, die meine physische Gesundheit auffraßen, das tragische Problem des Todes, des Sterbenmüssens, und die widrigen Gedanken der Ewigkeit, des Nichtverwesens – zum Gegenstand eines Dramas zu machen. Ich begriff diesen Schauplatz Mensch und schaute hin, mit jugendlicher Unerschrockenheit, was sich dort ereignet oder ereignen kann. Ich schaute auf den Krieg, der gerade begonnen hatte. Und ich sah, daß das Sein, das nackte Sein, das Sein des Fressens und Gefressenwerdens, der Tanz des Lebens im Schatten des Todes – fürchterlich ist. Ich sah und sprach es aus: ‚Es ist, wie es ist, und es ist fürchterlich.‘ Ich erkannte auch, wozu der Mensch fähig ist: ‚Er ist zu allem fähig.‘“ An die Figurenkonstellation der Tragödie „Pastor Ephraim Magnus“ erinnert am ehesten die aus dem Roman „Perrudja“ stammende Geschichte mit dem Titel „Die Marmeladenesser“, in der Jahnns „Querstellung zur Umwelt“ in drei verschiedenen Varianten als Lebenskonzept vorgetragen wird. Während der Kapitänssohn Harald aus seiner bürgerlichen Umwelt ausbricht, indem er sich radikaler Gesellschaftsveränderung verschreibt, hat sich der kraftstrotzende Eilif Borg für ein „Lustdasein“ entschieden, das ihm zu verwirklichen erlaubt, wovon andere Menschen nur träumen: ein sowohl von weltlichen als auch göttlichen Geboten freies Leben, das ganz allein den Triebkräften der menschlichen Natur folgt. Er verneint, was Egil Berg in diesem – letztlich auf überraschende Weise endenden – theologisch-philosophischen Streitgespräch als dritte

Lebensmöglichkeit vorschlägt: daß es eine noch „stärkere Gewalt“ als Selbsterhaltung, Hunger und Fortzeugung gebe, „die diese drei läutern und zu Motoren übertierischer Kräfte machen kann“.

Während in Haralds Entwicklung noch deutlich eine Veränderung der ursprünglichen Alternativposition zum bürgerlichen Leben wahrnehmbar ist, vollzieht sich im Leben anderer Gestalten von Anfang an das „Gesetz“, das menschlicher Existenz bei Jahnn eingeschrieben ist. Dort, wo es gehindert wird, hilft die Natur wie von selbst nach und schließt den Kreislauf: so in der Geschichte „Ragna und Nils“. Das „Gesetz“, das das Leben zweier Brüder bestimmt, die durch eine Frau zu ungeheuerlichem Tun hingerissen werden, wird in „Die Geschichte des Sklaven“ in der formelhaft wiederkehrenden Anrede des Sklaven seinem Herren gegenüber benannt: „O Herr, was Allah uns bestimmt, muß an uns wirksam werden.“ Auch hier erfüllt sich dies als ein lebensverändernder Akt, der das Dasein des ursprünglich freien Bruders über Nacht verändert: er wird durch den Spruch einer Frau zum Sklaven, unfrei, wie es sein Bruder einst war, bevor er von den Eltern als Spielfreund für ihn gekauft wurde. Daß man dem „Gesetz des Daseins“ nicht zu entrinnen vermag, erfahren schließlich auch die beiden leiblichen Brüder in der Geschichte „Die Zwillinge“, die mit der zuvor genannten eine auffallende Gemeinsamkeit hat: Sie spielt nicht nur im engen Umkreis geschwisterlicher Lebensbeziehungen, diese werden gleichfalls zum Schauplatz eines Lebensdramas, als Lebenslust im elementar-sexuellen Sinne diese Beziehungen verwirrt, umkehrt und schließlich in die Katastrophe führt. In „Die Geschichte des Sklaven“ beschreibt Jahnn diesen „Taumel“: „Liebe ist die Mutter des Hasses; er ist zäher und verschlagener und selbstsüchtiger als die Liebe; er mißbraucht die Freundschaft, wie es die Liebe tut; er will einen Taumel, der den Freuden der Liebe nicht nachsteht.“ – Die Liebe bricht in das Leben der Jahnnschen Gestalten als eine jener Urgewalten ein, die „das Dasein des einzelnen Wesens“ zu einer Tragödie werden lassen. Dabei wird die Liebe geradezu zum „Einfallstor des Schicksals, das sich niemand mit seiner Vernunft erwählt.“ Wenn bei Jahnn von Liebe die Rede ist, ist die ganze Schöpfung einbegriffen: Menschen aller Art, Tiere, Pflanzen. Diese Art von Liebe wird von einer Einsicht getragen, die Jahnn im Verlaufe seiner praktischen Arbeit als Landwirt und Pferdezüchter gewann: „daß jedes Lebewesen von der Heiligkeit der ihm eingeborenen Konstitution umgeben ist – und daß keine ihrer Äußerungen – auch die abirrenden nicht, unnatürlich, verwerflich sind". Es ist wohl nicht nur Liebe zu einem bestimmten Tier, wenn in Jahnns Geschichten – die Titelliste reicht von „Sassanidischer König" bis zu „Gestohlene Pferde" – das Pferd in die Lebensgeschichten seiner literarischen Figuren hineinwirkt und einzelne Menschen in einer geradezu existentiellen Bindung an das Tier gezeigt werden. Das hat einerseits mit Jahnns Vorstellung von einer „harmonikalen Ordnung" zu tun, in der Mensch und Tier wieder näher zueinandergerückt werden, erklärt sich indes auch aus einer gesellschaftlichen Erfahrung, die er für ein Übel menschlicher Lebensformen hält: die durch die Existenz von Armen und Reichen entstandenen sozialen Hierarchien. Im Tierreich dagegen ist „falscher Ehrgeiz", der zu solchen Stufungen der Menschen untereinander führt, unbekannt. „Nur die Tiere haben noch nicht damit begonnen; sie wollen nicht Könige und Minister werden und Orden haben und Paläste bewohnen; sie glauben noch nicht daran, daß sie auf dem untersten Tritt einer Leiter geboren werden." Immer wieder geht es diesem Schriftsteller darum, den Menschen jenen Reichtum kreatürlich-sinnlichen Erlebens zurückzugewinnen, der in einer vom zweckrationalen Denken beherrschten Welt verlorengegangen sei. Der Krieg ist in Jahnns Augen – und damit ist nicht nur der erste Weltkrieg gemeint – eine solche Mißgeburt, gegen die er zeitlebens angekämpft hat, in seinen letzten Lebensjahren als Mahner auch vor den Gefahren einer atomaren Katastrophe, deren Ursachen er in seinen Reden und Aufsätzen der fünfziger Jahre freilich nicht primär als ökonomisch-politischen Kausalzusammenhang zu erklären versuchte, sondern mehr aus der Fehlentwicklung, die für die menschliche Gattung im 20. Jahrhundert bestimmend geworden sei. Hans Henny Jahnn sah den Dichter in der Nähe der griechischen Königstocher Kassandra, die Unheil vorhersagte. Und dennoch wurde der „Prediger der Katastrophe" nicht müde, dieses Amt des Mahners immer wieder als „Aufgabe der Literatur" in Erinnerung zu rufen, nicht zuletzt um denen ins Gewissen zu reden, die in der Bundesrepublik die Remilitarisierung im Atomzeitalter betrieben.

Aus diesem Antrieb ist sicher auch zu verstehen, daß Jahnn so unerbittlich und desillusionierend über den Tod und das Sterben einzelner Menschen schrieb und Gott als Kronzeugen für ein anderes, höheres Leben aus seinem Weltbild tilgte, so wie er andererseits immer wieder Menschen mit einer schier unendlichen Lebenskraft zeigte. Der Gärtner und Kebad Kenya sind solche Gestalten, die über den Tod hinaus leben. „Der Gärtner" ist eine Ich-Erzählung im doppelten Sinne: Der Erzähler teilt anfangs mit, was ihm der Gärtner berichtet hat, dann wird – gleichsam als Beweis für die Glaubhaftigkeit des Berichteten – dem Ich-Erzähler das Wort überlassen. In dieser Geschichte ist die norwegische Landschaft nicht nur Hintergrund, sondern unverzichtbarer Schauplatz eines Ereignisses, das auf den ersten Blick märchenhaft anmutet: die Begegnung mit einem Troll. Das Ungewöhnliche dieses Ereignisses hat mit der Besonderheit des Ortes, wo es sich begibt, zu tun: „Es ist ein so milder Ort, wie wenn er gar nicht natürlich, sondern erdacht wäre. Das Seltsame aber, was dem Ort anhaftet, ist die hörbare Traurigkeit und das aufdringliche Schweigen anderer Eindrücke." Der Sinn dieser Begegnung erhellt sich erst, wenn verstanden wird, welche Mission dem Troll bei Jahnn zukommt: „Die Trolle sind die Anwälte der Tiere. Sie suchen den heim, der Tiere quält ... Auch Haustiere unterstehen ihrem Schutz." Wie in den anderen Geschichten gilt in dieser ein „Gesetz", gegen das der Mensch nicht ungestraft verstoßen darf. Ihm unterstehen auch die Existenz und das Wirken des Gärtners. „Er ist beschützt bis zu seinem hundertsten Lebensjahr" und von den Trollen dazu auserwählt, jenen Tod und Verderben zu bringen, die das „Gesetz" übertreten.

Der Mann, von dem in „Kebad Kenya" erzählt wird, war ein Leben lang mit einem Tier verwachsen. Er sagt von sich: „Bis jetzt habe ich meine Tage auf dem Rücken eines Pferdes verbracht. Dort oben werde ich nicht mehr reiten, sofern die Gnade nicht ganz von mir gewichen ist." Um so erstaunlicher ist der Befehl, den er seinen Leuten gibt, nachdem er alle seine Güter aufgeteilt hat: Sie sollen seine

Stute totschlagen. Das geschieht auch diesmal zu einem höheren Zweck. Kebad Kenya hat eine Sünde auf sich geladen, die er im Angesicht seines Todes abwerfen möchte durch eine noch größere Einsamkeit als in seinem bisherigen Leben. Es ist die Einsamkeit des Grabes. Sie ist grausamer als die frühere, weil er sie bei lebendigem Leib ertragen muß, denn der Tod meidet den Mann, der von sich sagt: „Das Böse in mir ist stark." Noch stärker aber ist der in dieser Erzählung als Person gegenwärtige Tod, der sich nicht überlisten läßt, Kebad Kenyas Leiden ein Ende zu setzen, denn er ist dazu bestimmt, wiederzukommen, nachdem Jahrhunderte vergangen sind. Was sich hier in der Polarität von Leben und Tod ereignet, läßt am Einzelbeispiel sichtbar werden, wie Jahnn die Schöpfung und das ihr zugrunde liegende Prinzip verstand: Es ist bestimmt durch das Wirken zweier entgegengesetzter Kräfte, des Schöpferischen und des Zerstörerischen, die im Prozeß unendlicher Verwandlung zwischen Geburt und Tod ausgeglichen und aufgehoben werden. Jahnns Weltgesetz heißt: „Dinge dieser Welt haben ein Schicksal. Ihr Schicksal heißt: abzunehmen, verschlissen zu werden in ihrer Form, um Stoff neuer Form zu werden." Jedoch findet, was sich in Jahnns Geschichten ereignet, letztlich außerhalb der geschichtlichen Welt statt, deren Wirken seine Gestalten absichtsvoll entzogen worden sind. Diese Intention ist durchaus als eine kulturkritische zu verstehen. Der Mensch soll an seine Ursprünge zurückgeführt, entdinglicht und zu sich selbst gebracht werden als ein Wesen, das sich seiner verlorenen Natur wieder bemächtigt. Durch Wünsche, Halluzinationen und Träume vor allem, die wieder aufsteigen lassen, was die zeitgenössische Zivilisation (die Welt der Maschinen) und Kultur (die Verengung menschlicher Potenzen auf zweckrationales Handeln) verdrängt und zerstört haben.
In zwei Geschichten Jahnns spielen „Maschinen" eine Rolle, die sich von gewöhnlichen Apparaten ihrer Art freilich auffällig unterscheiden. Eine Karussellspielorgel wird von Jahnn in „Ein Knabe weint" mit einer Genauigkeit beschrieben, die hohen Sachverstand verrät. In der Erzählung vom „Uhrenmacher" (sie trägt als einzige eine autobiographische Widmung) wird dem Leser eine Uhr besonderer Art bis ins Detail gehend vor Augen geführt. Alles deutet

darauf hin, daß es sich in beiden Fällen um Meisterwerke menschlicher Kunstfertigkeit handelt. Ganz ohne Affinität zu ihnen wird sie Jahnn kaum der Nachwelt überliefert haben. Vermutlich sah er in beiden Schöpfungen mit Symbolbedeutung, wie er sie selbst in der ersten Hälfte der zwanziger Jahre während seiner Zugehörigkeit zur religiös-ästhetischen Ugrino-Gemeinde entwarf. Nicht weniger prägend für Jahnns Leben und Schaffen waren jene Unternehmungen und Publikationen, die von den zwanziger bis in die fünfziger Jahre hinein dem Orgelbau (besser: der Kunst des Orgelbaus) galten. Was in der Geschichte „Ein Knabe weint" zu erzählen war, verlangte eine doppelte Optik: einerseits muß, um die Schmerzwirkung der Töne auf den Jungen zu erklären, berichtet werden, daß es ein Sinneserlebnis ungewöhnlicher Art ist, das das Weinen hervorruft. Deshalb verwendet Jahnn auf ostentative Weise die Verben der sinnlichen Wahrnehmung (sehen und hören). Darüber hinaus erfährt der Leser vom Erzähler aber auch, was der Knabe *nicht* sah, weil es sich, im Inneren des Automaten befindlich, seinen Blicken entzieht und auch in seiner Wirkungsweise für ihn kaum zu erklären wäre. Das konnte offensichtlich nur ein Kenner wie Hans Henny Jahnn, dessen Beschreibung keinen Zweifel daran läßt, daß es ein lebender Organismus ist (keine Maschine), der hier zum Klingen gebracht wird. Deshalb ist es kein Zufall, daß der Knabe erst dann zu weinen beginnt, als sich Jahnns Beschreibung des Orgelmechanismus mit der der Orgelklänge verbindet, das Gesehene und Gehörte *zugleich* ihre Wirkung tun und die verschiedenen Klänge als Menschenstimmen wahrnehmbar werden: „ein aufsteigender Gesang, vergleichbar einem Zweigesang zwischen Jüngling und Mann, der die Bässe, das Stahlklavier, die Violinflöten durchdrang".
An einer Stelle dieser Geschichte, die man wohl auch als eine Art Reflexion über menschliche Erfindungskraft lesen kann, findet sich eine dem Knaben zugeschriebene Überlegung, die als Schlüssel zur Deutung der Erzählung „Der Uhrenmacher" dienen kann. Dort heißt es: „Er sah: Sehr viele Äußerungen des (wie er meinte) verborgenen und rätselvollen Herzens (Uhrwerk, Telephontaster, Lokomotive, Kolbenmaschine auf Dampfern, Hochspannungsaggregat), das, wenn auch sehr ungefähr, trotz der mehr mechani-

schen, nicht fleischlichen Struktur, eine Ähnlichkeit (durch die Erhabenheit seiner Mission) mit dem seinen, dem fleischlichen (wie er wußte, und weshalb er sich zuweilen fürchtete) haben mußte." Was der Großvater dem Jungen vorführt, sind wiederum „kleine Wunderwerke". Aber auch sie beeindrucken das kindliche Gemüt nicht allein ihres komplizierten Räderwerks wegen, es ist vor allem das Geräusch, das der Junge diesem Mechanismus abzulauschen vermag. Wenn die volle Stunde schlägt, klingt das so: „Plötzlich hebt ein dumpfes Getön an, Glocken, Schellen, Tierstimmen, Trommeln, Flöten fallen ein. Die volle Stunde wird von hundert lebenden Räderwerken begrüßt; eine Minute lang schwebt eine Helligkeit durch den Raum, als ob der schwarze Engel des Todes hindurchgeschritten. Allmählich erst gerinnt die Zeit zum Schweigen des gleichmäßigen Tickens. Ich habe den Atem angehalten." Das eigentliche Wunderwerk des Großvaters ist jedoch der „durchbrochene Himmelsglobus", der nur einmal im Jahr seine Töne hören läßt, ungleich gewaltiger als die kleine Repetieruhr, die der Enkel zuvor bewundert hat. Was jetzt zu hören ist, nennt Jahnn den „Lobgesang der vollendeten Stunde". Die Uhren des Großvaters sind Lebewesen besonderer Art, die wie Menschen fühlen können („traurig werden") und nur zu leben vermögen, wenn der, der sie geschaffen hat, durch seine Anwesenheit ihnen immer wieder zum Leben verhilft. Das unterscheidet sie von den Herzen der Menschen. „Sie würden stillestehen und niemals wieder ihren Gang beginnen. Euer Herz steht nicht stille, es bricht nicht. –"

Vergleicht man die in den Band „Dreizehn nicht geheure Geschichten" aufgenommenen Texte ihrer Entstehungszeit nach, dann wird offensichtlich, daß Jahnns literarisches Werk einigen wenigen Grundthemen verpflichtet ist, die immer wieder aufgenommen und durchgespielt werden. Das gilt auch für „Die Marmeladenesser" aus „Perrudja" und „Der Taucher" aus dem zweiten Band der Trilogie „Fluß ohne Ufer". Die von Jahnn gewählten Überschriften signalisieren Personalgeschichte. Allerdings wird das im Titel Angezeigte nur als „Aufhänger" benutzt, um zum eigentlichen Thema vordringen zu können. In „Der Taucher" enthüllt es sich im Grunde erst nach dem Tod des Titelhelden, als sein Körper zum Ausgangspunkt eines Gespräches über Leben und Tod geworden ist, das der Ich-Erzähler und der Chirurg miteinander führen, wobei dem Ich-Erzähler die Rolle zugeteilt ist, durch Widerspruch und Erschrekken die ideellen Motive an den Tag zu bringen, die das Verhalten des Mediziners erklären sollen. Mit Jahnns Ideenwelt im Bunde ist dieser Mann insofern, als er sich „unehrerbietig gegen die Krankheit" zeigt und dadurch „zum besseren Diener der natürlichen Kräfte" zu werden hofft, wissend, was er den „Gesetzen" des Daseins schuldig ist. Was auf den ersten Blick die Arbeit des Anatomen grausam und abschreckend erscheinen läßt, ist für den in einem höheren Sinne längst am Menschen vollzogen. Sein Rechtfertigungssatz lautet: „Die Zerstückelung hat das Schicksal besorgt. Wir nehmen nur die losgebrochenen Scherben." Daraus ergibt sich für diesen Mann dann auch, was er dem Ich-Erzähler am Ende der Geschichte vorschlägt: Er fügt im Tode, dem Gesetz des Lebens folgend („Das Weib ist für den Mann geschaffen"), wieder zusammen, was das „Schicksal" zuvor vollbracht hat. Auch hier geschieht offenbar nur, was Jahnn als ein Weltprinzip ansah: die Aufhebung der Gegensätze unter dem von ihm postulierten Schöpfungsprinzip.

Die Tiefendimension all dieser Texte wird sich dem Leser aber erst enthüllen, wenn er sie im Kontext der Romane liest, in denen sie den ihnen vom Autor zugedachten Platz einnehmen. Denn sie stehen mehr oder weniger alle in einem inneren Korrespondenzverhältnis zu den beiden Hauptgestalten dieser Bücher und deren Leben und geben Jahnns Erzählkunst erst dann ganz dem Blick des Lesers preis, wenn sie innerhalb dieses Zusammenhangs gelesen und gedeutet werden. So gesehen sind sie eine Ouvertüre, die vorbereiten könnte, was ihr als Hauptwerk in nicht allzu großen Zeitabständen folgen sollte.

Leipzig 1986 *Klaus Schuhmann*

Rechtsnachweis

Inhalt

Universal Bibliothek BELLETRISTIK

JOHN DONNE

Zwar ist auch Dichtung Sünde

Gedichte englisch und deutsch

Aus dem Englischen. Nachdichtungen von M. Hamburger und Chr. Schuenke.
Herausgegeben von M. Hamburger
Mit 10 Federzeichnungen von I. Kraft
Band 944. Broschur 1,50 M

Noch nicht dreißigjährig, galt John Donne (1572–1631) unter seinen Zeitgenossen als Dichter, ohne auch nur eine Zeile veröffentlicht zu haben. Lediglich vier Gedichte ließ er zu Lebzeiten drucken, dennoch galt er einer Generation von Lyrikern als Vorbild. Kurz nach seinem Tode erschien 1633 eine aus fliegenden Blättern zusammengestellte Gesamtausgabe seiner Dichtungen, und dreißig Jahre lief eine Auflage nach der anderen von der Presse.
Wie Shakespeare in der Dramatik hat Donne in der Lyrik Herausragendes zur Erneuerung der Sprache geleistet. Ein bedeutender Poet, für manche Kenner der größte Liebeslyriker englischer Zunge, hier mit einer beachtlichen Auswahl seiner Gedichte und Sonette, Elegien und Satiren vorgestellt.

Universal Bibliothek

BELLETRISTIK

FERNANDO PESSOA

Ich legte die Maske ab

Dichtungen

Aus dem Portugiesischen von G. R. Lind
Herausgegeben und mit einem Nachwort von C. Rincón
Band 722 (Sonderreihe) · Broschur 1,50 M

Fernando Pessoa (1888–1935), die faszinierendste Erscheinung der modernen portugiesischen Literatur, wollte „so vielgestaltig wie das Weltall“ sein. So sind seine Dichtungen von ganz unterschiedlichem Charakter: Neben klassizistischen Oden im Stil Klopstocks oder Hölderlins stehen provokante futuristische Dichtungen mit sich überstürzenden Metaphern und Bildern; neben schlichten Naturgedichten, die alles Naturgegebene als gut hinnehmen, stehen genauso beeindruckende, die moderne technisierte Welt bejahende Verse.

Universal Bibliothek BIOGRAFIEN

LOTHAR EHRLICH

Christian Dietrich Grabbe

Leben und Werk

Mit 113 Abbildungen
Band 1174 (Sonderreihe) · Broschur 4,– M

Christian Dietrich Grabbe (1801–1836), der „betrunkene Shakespeare" (Heinrich Heine), rang in einer Periode der Restauration um die Erneuerung des nationalen Dramas, poetisch radikal, konfliktbetont, oft auch grotesk explosiv. Er gilt heute als bedeutender Neuerer auf dem Theater. Ein titanisches und zugleich qualvoll einsames Schaffen prägte seine Künstlerpersönlichkeit, die auf Zeitgenossen faszinierend genial und abstoßend skurril wirkte. Die von Legenden freie, informative Darstellung von Leben und Zeit verbindet Interpretation und Wertung des literarischen Werks eines in seiner Zeit gescheiterten Dichters.